스무살 청춘!
A^+보다
꿈에 미쳐라

스무살 청춘! A⁺보다 꿈에 미쳐라!

저자_ 박원희

1판 1쇄 인쇄_ 2009. 12. 10.
1판 6쇄 발행_ 2010 . 3. 27.

발행처_ 김영사
발행인_ 박은주

등록번호_ 제406-2003-036호
등록일자_ 1979. 5. 17.

경기도 파주시 교하읍 문발리 출판단지 515-1 우편번호 413-756
마케팅부 031)955-3100, 편집부 031)955-3250, 팩시밀리 031)955-3111

값은 뒤표지에 있습니다.
ISBN 978-89-349-3651-0 03810

독자의견 전화_ 031) 955-3200
홈페이지_ http://www.gimmyoung.com
이메일_ bestbook@gimmyoung.com

좋은 독자가 좋은 책을 만듭니다.
김영사는 독자 여러분의 의견에 항상 귀 기울이고 있습니다.

〈공부9단 오기10단〉 박원희의 하버드 점령기

스무살 청춘! A⁺보다 꿈에 미쳐라

박원희 지음

김영사

프롤로그

"Enter to grow in wisdom(지혜를 얻기 위해 들어오라)."

하버드대학교의 덱스터 게이트(Dexter Gate)에 씌어 있는 말이다. 5년 전, 나는 하버드라는 이름에 미리부터 겁먹은 신입생이었다. 내가 받은 합격통지서가 정말 나와 어울리는 것일까? 이 천재들의 전쟁터에서 나는 무사히 살아남을 수 있을까? 그런 생각을 하는 한편, 나는 하버드에서 내가 얼마나 많은 지식을 얻을지에 대해 기대를 넘어 환상을 품고 있었다.

하버드 캠퍼스에 첫발을 딛자마자, 나는 서둘러 목표를 정하고 출발선을 그었다. 민족사관고등학교에서 그랬던 것처럼 하버드에서도 최고가 되기 위해서는 누구보다도 더 빨리 달려야 한다고 믿었다. 그러나 어느 순간 나는 내가 쫓았던 것이 꿈이 아니라 '학교'였고 '성적'이었다는 사실을 깨달았다. 여태까지 나는 무엇을 위해 그토록 치열하게 싸웠던 것일까.

나는 하버드대학교에서의 학문적 경험에 더할 나위 없이 만족한다. 일상생활의 현상을 수식으로 술술 풀어내는 경제학 교수를 보고 있노라면 절로 탄성이 나왔고 몰랐던 원리를 알게 되면 나도 모르게 흥분했다. 관심 분야에 대해 연구하고 지도 교수와 의견을 주고받으며 논문을 다듬는 과정은 온 몸의 세포들이 새로 돋는 것처럼 느껴질 만큼 짜릿했다. 그러나 그 모든 만족과 즐거움에 '목적'은 없었다.

나를 눈뜨게 한 것은 바로 하버드에서 만난 열정적인 친구들이었다. 주말이면 도심의 저소득층 학생들에게 과외 봉사를 가는 수학 천재 브라이언이나 중국의 시각장애인들이 더 많은 직업 선택의 기회를 가질 수 있도록 비영리단체를 통해 현장에 살았던 나의 베스트 프렌드 조세핀, 중간고사 기간에 더 열심히 활동했던 아카펠라 동아리 멤버 등 하버드의 천재들은 다양한 가치와 신념으로 움직였고 그것은 자신만의 꿈을 향해 있었다. 그때 나는 깨달았다. 그들이 뿜어내는 대단한 열정의 원동력은 바로 그들의 꿈이라는 것을. 덱스터 게이트에 씌어 있던 대로 하버드에서 내가 배워야 할 것은 단순한 지식이 아닌 내 삶에 대한, 내 꿈에 대한 지혜였다. 그렇게 한 차례 미래에 대한 생각이 깊어진 뒤, 나는 더 치열해질 수 있었다.

사실 두 번째 책을 쓴다는 결심은 쉽지 않았다. 미국 명문대학 열 곳 동시 합격을 소재로 첫 번째 책을 내고 이름이 알려지면서 나를 보는 시선이 곱지만은 않았다. 또래 친구들이나 후배들이 대단하다, 힘이 되었다는 인사를 전하기도 했지만 이제 겨우 대학교에 들어갔을 뿐인 열일곱 살의 아이가 무언가 대단한 걸 이루기라도 한 양 에세이를 썼느냐는 날선 말들도 들어야 했다. 그래서 전공과 관련된 책이 아니면 더 이상 책을 쓰지 않겠다는 다짐을 하기도 했다.

많은 사람들에게 오만하다고 비난 받을 걸 뻔히 알면서도 다시 책을 쓰고 싶다는 생각을 하게 된 것은 3학년 말, 아이비리그 탐방을 온 한 특수목적고등학교 학생들을 만나면서부터였다.

나는 그때 그들에게 캠퍼스 투어 가이드를 해주었다. 6년 전 내가 그랬던 것처럼, 학생들은 하버드를 동경의 눈으로 바라보고 있었다. 난 그들이 무언가 도전을 품고 있다는 사실이 기뻤고, 겨우 몇 년이긴 하지만 그들 앞에서 먼저 길을 나선 선배로서 이런저런 이야기를 들려줄 수 있다는 사실에 감사했다. 한참의 투어가 끝난 뒤, 우리는 빈 교실로 들어갔다. 그리고 그곳에서 하버드대학교에 대해 궁금한 것을 질문할 수 있도록 시간을 마련해주었다.

그때 한 여학생이 나에게 물었다.

“하버드에 너무 가고 싶어요. 어떻게 해야 들어가나요?”

나는 질문에 답하기 전, 다시 그 후배에게 되물었다.

“왜 하버드에 들어오고 싶은가요?”

그러자 그 후배는 질문을 할 때와는 사뭇 다른 태도로 우물쭈물 말했다.

“좋은 학교잖아요.”

“좋은 학교는 많아요. 그런데 왜 꼭 하버드여야 하죠?”

나는 그 후배가 '자신만의 꿈이 무엇이기에' 하버드 대학교를 목표로 하고 있는지를 알고 싶었다. 그러나 후배는 어깨를 한 번 들썩이고는 결국 대답을 하지 않았다.

불과 몇 년 전, 나는 그 후배와 같은 모습이었다. 나 역시 중·고등학교 때 내 꿈에 대한 분명한 그림 없이 '최고'라는 수식어가 붙는 대학교를 막연히 동경했으니까. 그러나 그것만으로는 지금 당장의 눈앞의 욕심 때문에 치열할 수는 있어도 더 긴 미래를 향해 끝까지 치열할 수는 없다.

이 책을 쓰는 이유는 누군가가 바로 나처럼, 그 후배처럼 목적 없는 치열함으로 가장 아름다운 시간을 낭비하지 않았으면 하는 바람에서다. 부디 내 5년의 경험이 누군가의 미래를 완성하는 데 조금이나마 도움이 되기를 바란다.

2009년 12월

박 원 희

차례

| 3장 |

더 큰 발걸음을 위한 쉼표

| 4장 |

우리의 의무는 도전하는 것

일러두기 – 본문 속 인물들의 이름은 실명과 가명을 혼용하여 사용했습니다.

하버드, 그 새로운 세계

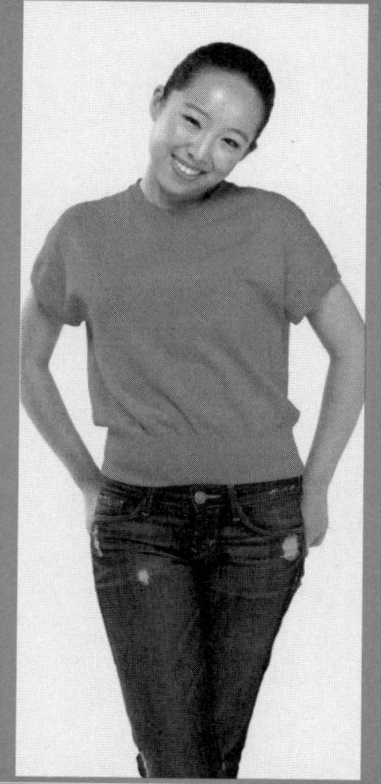

하버드대학교 합격 소식을 듣고 난 뒤, 내 미성숙한 자아는 우월감과 열등감이 뒤죽박죽되어 허둥거리고 있었다. 미국 최고의 대학교 합격은 당치 않은 행운이라는 부담감, 그래도 내가 하버드 학생으로 선택된 데는 이유가 있을 것이라는 막연한 자부심, 과연 잘 해낼 수 있을까 하는 불안감, 그리고 주위 사람들의 기대에 부응하고 싶다는 책임감, 이 모두가 한 데 뒤섞여 내 마음을 온통 무겁게 뒤덮고 있었다.

졸업, 더 큰 꿈을 위한 발걸음

졸업식 날은 하늘이 그림처럼 맑았다. 하버드대학교 졸업식에는 항상 비가 온다는 속설이 있는데 그 속설이 빗나간 셈이다. 졸업생들이 앞으로 몇 년간 사회에 나가 견뎌야 할 시련을 생각하면, 비까지 내려 마음이 더 착잡해지지 않은 게 얼마나 다행인지 모른다.

기숙사 학생들은 아침 7시에 일어나 함께 야드까지 행진을 했다. 행진이라고 해봤자 엉성하게 두 줄로 서서 걷는 게 다였지만. 하버드 학생들의 기숙사 사랑을 증명해주듯, 졸업식장에서는 학과별로 앉는 게 아니라 기숙사별로 앉도록 되어 있었다. 캠퍼스 근처에 사는 주민들은 이른 아침부터 문 앞에 나와 '축 졸업'이라고 쓴 종이를 흔들며 즐겁게 행진을 지켜보고 있었다. 어머니는 내 모습을 비디오에 담느라 여념이 없었는데, 뒷걸음을 치다가 넘어지실 것 같아 마음이 조마조마했다. 기숙사 친구들은 그런 동양 아줌마의 귀여운(?) 모습에 카메라를 향해 계속 장난을 쳐댔다. 친구들은 동양 사람들의 나이를 가늠하기 힘든지 어머니를 보고 언니냐고 묻기도 했다. 그 말에 어머니는 짓궂게 장난을 치셨다.

"그래, 난 원희 언니야!"

오늘이 내가 학생 신분으로 하버드대학교를 거닐 수 있는 마지막 날이라는 생각에 난 미래에 대한 생각은 잠깐 접었다. 아마 다른 학생들도 같은 마음으로 축제 분위기를 만들고 있었을 것이다. 졸업식이 시작되기 전, 모든 졸업생들은 메모리얼 교회에 들어가 학교 목사인 곰즈 목사의 말씀을 들어야 했다. 그는 우리 모두가 자리에 앉은 것을 확인하고는 입을 열었다.

"헨리 8세가 앤 볼린에게 말했듯, 나도 같은 말을 여러분에게 하지요. 여러분을 오래 여기에 두지 않겠습니다."

곰즈 목사의 재치 있는 말에 모두가 웃음을 터뜨렸다. 퍼져나가는 웃음소리와 함께 독감으로 고생하는 졸업생들의 재채기 소리가 여기저기서 들려왔다.

"아마 여러분들 중 많은 학생들이 아직 직장을 구하지 못했겠죠. 앞으로 몇 년간 여러분은 하버드에서보다 힘든 일들을 경험해야 할 것입니다. 하지만 이것은 짧은 시간의 시련일 뿐, 여러분이 원하는 대로 빛날 수 있을지 그렇지 않을지를 결정하는 시간이 아닙니다. 마지막으로 여러분에게 해주고 싶은 말은 바로 이것입니다. 절대로 포기하지 마십시오. 절대로 포기하지 마십시오. 여러분의 포기는 하버드대학교의 낭비이며 세계의 낭비입니다. 절대로 포기하지 마

• 2009년 하버드 졸업식 중 파이 베타 카파 클럽 기념식

십시오."

우리는 짧으면서도 가슴 깊이 새겨지는 말씀을 듣고 메모리얼 교회를 걸어 나왔다. 졸업생들을 위해 곰즈 목사는 교회 문 앞에 서서 "절대로 포기하지 마십시오(Never give up)"라는 말을 반복해 들려주었다. 우리를 결의에 차게 만드는 배웅이었다.

하버드대학교가 위치한 미들섹스 카운티(Middlesex County)의 군 보안관이 목청 좋게 졸업식의 시작을 알렸다. 군 보안관의 선포로 졸업식이 시작되는 것은 하버드의 오래된 전통이다. 검은색 졸업 가운에 졸업모를 쓴 학생들이 한눈에 다 들어오지 않을 정도로 많이 앉아 있었다. 졸업식에는 학부 학생들뿐만 아니라 대학원생들도 참석한다. 학부와 대학원의 학장들이 나와서 파우스트 총장에게 그간의 성과를 알리고, 총장은 우리의 졸업을 승낙하는 간단한 축사를 하는 정도가 졸업식의 전부였다.

그리고 그런 형식적 의례가 끝나기 전, 학교 전체가 학부생 두 명의 헌신적인 봉사정신을 표창하는 시간을 가졌다. 이들은 방학 때마다 제3세계를 방문해 현재 큰 관심을 끌고 있는 마이크로 파이낸스(저소득 소외계층을 위한 소액금융 서비스) 분야를 개척하는 데 힘써온 학생들로, 졸업 후에도 다시 아프리카를 여행하며 자신의 마이크로 파이낸스 회사를 설립할 예정이었다. 이 멋진 젊은이들은 졸업식에서 누구보다도 큰 박수를 받았다. 한 남학생이 먼저 기립 박수를 시작하자 너도 나도 일어나 열렬한 박수를 보냈던 것이다. 그리고 그들이 표창장을 받고 다시 자리에 돌아갈 때까지 우리는 모두 그 자리에 선 채로 박수를 멈추지 않았다. 학문에 뜻이 있는 학생들이나 더 세속적인 의미의 성공에 관심이 있는 학생들은 감히 도전할 수 없는 일을 해낸 이들, 가장 직접적인 방식의 실천을 통해 세상을 더 나은 곳으로 만들어 나가려는 이들에 대한 경의의 표시였다. 표창장을 받은 학생이 소속된 기숙사에서는 그들이 자리에 돌아가 앉을 때까지 환호와 격려의 박수와 외침이 끊이지 않았다.

마지막으로 총장의 졸업 선언이 남아 있었다. 먼저 대학원 학장들이 나와 총장에게 대학원에 대한 간단한 소개와 함께 졸업생 수를 발표했다. 각 대학원의 발표가 끝날 때마다 총장은 큰 소리로 영광의 선언을 해주었다.

"제군들이 지식인의 반열에 들었음을 인정합니다."

각 대학원 총장의 선언을 듣고 환호하는 소리를 들으면서 흥분은 더 고조되어갔다. 인원수가 가장 많으며 가장 어린 학부생들은 하버드대학교의 어떤 대학원들보다도 우리의 열정이 뜨겁다는 것을 어떻게든 보여줘야 했다.

드디어 학부생들의 차례가 왔다.

"제군들이 지식인의 반열에 들었음을 인정합니다."

파우스트 총장의 선언이 끝나자 몇 명의 학부생들이 구호를 외치기 시작했다.

"Oh What?"

우리는 이에 대해 당연하다는 듯 대답했다.

"Oh Nine!"(하버드대학교의 학번과 같은 것으로, 졸업생 클래스는 졸업하는 연도에 따라 이름이 붙여진다. 우리 클래스는 2009년에 졸업했기 때문에 '09 클래스'라고 불렸다.)

"Oh What?"

"Oh Nine!"

그리고 일제히 환호! 반대편에서 대학원생들이 웃음소리가 들려왔다. 우리는 다시 더 큰 환호성을 질러댔다. 그리고 누가 먼저랄 것도 없이 모두가 학사모를 벗어 하늘 높이 던져 올렸다. 그 순간만큼은 내가 최고 영예인 숨마를 받지 못했다는 것도, 내 클래스의 많은 사람들이 아직 직장을 구하지 못했다는 것도, 그리고 어떤 길을 가든 앞으로 몇 년간은 힘들 것이라는 것도 상관없다는 듯 우리의 졸업을 진심으로 축하할 수 있었다.

눈부시게 맑은 하늘의 축복 속에, 학사모를 하늘로 날리면서 나는 마음껏 환호했다. 나를 보호해주던 하버드대학교로부터 한 걸음 내디딘다는 것, 그 하얀 거품 속을 나간다는 것은 더 이상 내게 두려움이 아니었다. 시니어 위크까지만 해도 그 보글거리는 거품 속에 남아 있고 싶다고, 4년을 다시 이 캠퍼스에서 살고 싶다는 미련을 가졌지만, 이 순간만큼은 내가 그렇게도 사랑했던 대학생활이 끝난다는 것에 대해 일종의 해방감을 느꼈다. 일주일 사이에 난 마음의 준비를 마치고 한 뼘 성장을 했던 것일까.

이것만은 분명했다. 우리 2009년 졸업생들은 어떤 결과를 가지고 졸업을 했든, 코앞의 미래가 투명하든 불투명하든, 더 긴 미래를 향해 모두가 한 걸음 크게 내딛고 있었다. 그리고 우리 자신이 딛고 있

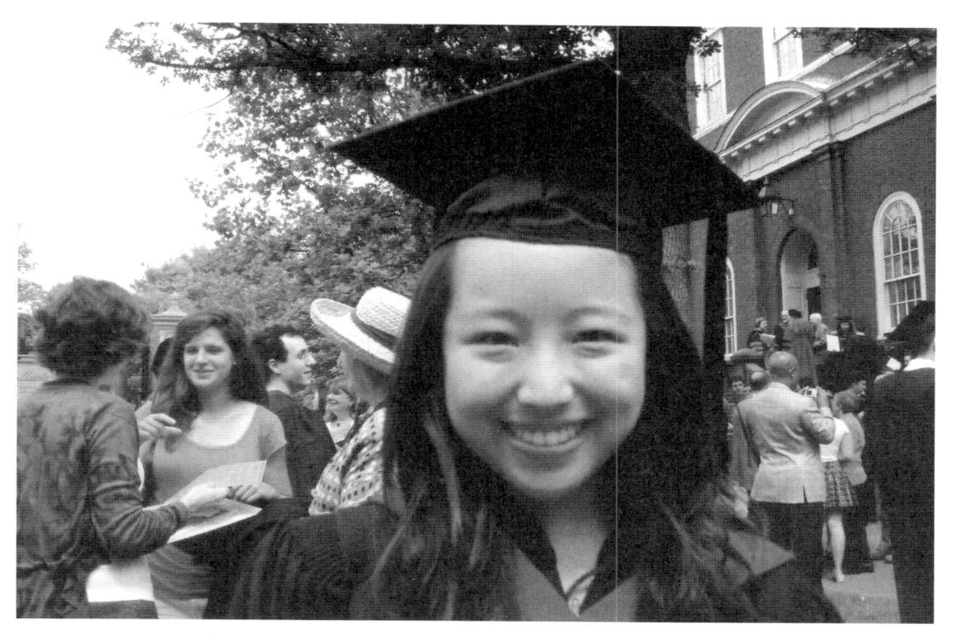

이것은 분명했다.
우리 졸업생들은 코앞의 미래가 투명하든 불투명하든,
더 긴 미래를 향해 모두가 한 걸음 크게 내딛고 있었다.
그리고 우리 자신이 딛고 있는 그 한 걸음 한 걸음마다
우리는 두려움을 떨쳐버리고 큰 꿈과 야망을 가슴에 품고 있었다.
그것이 바로 하버드대학교에서 4년을 보낸 우리의 모습이었다.

는 그 한 걸음 한 걸음마다 우리는 두려움을 떨쳐버리고 큰 꿈과 야망을 가슴에 품고 있었다. 그것이 바로 하버드대학교에서 4년을 보낸 우리의 모습이었다.

꿈의 대학, 하버드에 들어가다

뒤죽박죽 허둥거리는 마음

2004년 9월, 난 얼마나 겁 없이 미국행 비행기를 탔던 걸까? 한국을 떠나기 전날 밤, 나는 겁이 나기는커녕 큰 기대와 설렘에 쿵쿵 심장 뛰는 소리를 들으며 좀체 잠을 이루지 못했다. 침대에서 몇 시간이나 뒤척거리다가 아예 이불을 걷고 일어났다. 새벽 4시. 어차피 지방에서 인천공항까지 올라가야 했기에 잠은 깨끗이 포기하기로 했다. 짐 가방을 다시 한 번 챙기고 여권을 확인하는데 열린 문틈으로 인기척이 들렸다. 아버지가 안방 문을 열고 나와 주방으로 들어가시는 모습이 보였다. 아버지는 분명 나와는 다른 이유로 그날 밤을 새우셨을 것이다.

이별의 아침식사는 여느 때와 다름없이 차분했다. 그러나 나와 어머니를 공항버스에 태워 보낼 때, 아버지의 눈빛이 가늘게 흔들렸다.

2년 전 나를 강원도 민족사관고등학교에 두고 떠나실 때의 그 눈빛처럼……. 부모의 걱정이 왜 자식에게는 불필요한 짐처럼 느껴지는 것일까. 집을 떠난다는 아쉬움보다 하루도 채 안 돼 도착할 미국에 대한 기대감에 나는 웃으며 아버지에게 손을 흔들었다. 아는 사람 하나 없는 이국땅으로 향하면서 어찌 그리도 담담할 수 있었는지, 지금 생각하면 정말 모르는 게 약이었구나 싶을 뿐이다. 어쩌면 함께 가는 어머니가 마치 보온병처럼 이국의 차가운 공기로부터 내 들뜬 열기를 식지 않게 보호해주고 있었는지도 모른다.

하버드대학교 합격 소식을 듣고 난 뒤, 내 미성숙한 자아는 우월감과 열등감이 뒤죽박죽되어 허둥거리고 있었다. 미국 최고의 대학교 합격은 당치 않은 행운이라는 부담감, 그래도 내가 하버드 학생으로 선택된 데는 이유가 있을 것이라는 막연한 자부심, 과연 잘 해낼 수 있을까 하는 불안감, 그리고 주위 사람들의 기대에 부응하고 싶다는 책임감, 이 모두가 한 데 뒤섞여 내 마음을 온통 무겁게 뒤덮고 있었다.

난 하버드대학교 입학을 중학교 수학경시대회 입상쯤으로 생각하고 있었는지도 모른다. 세계 석학들이 모인 대학교에서 마음껏 공부할 수 있는 기회와 행운을 얻었다는 감격을 느낄 새도 없이, 나는 좋은 성적을 내야 한다는 욕심에 급한 마음이 되어 100미터 달리기를 준비하고 있었다. 하버드 입학시험 에세이에 써 냈던 것처럼 내 멋대로 출발선을 그어버리고는, 경기 규칙도 듣지 않은 채 무작정 경주를 시작한 것이다.

천재들의 전쟁터에 나갈 준비

쓸데없이 전투적인 내 마음과는 상관없이, 처음 도착한 케임브리지는 아직 여름의 끝자락이 남아 따가운 햇살이 고루 퍼지고 있었다. 11월 말쯤이면 괴팍한 날씨로 돌변하는 케임브리지. 그러나 9월 초의 케임브리지 하늘은 신입생을 환영하기 위해서일까, 나중에 속았다는 생각이 들었을 정도로 맑고 따사롭기만 했다.

신입생들은 캠퍼스 생활에 익숙해지도록 재학생들보다 일주일 정도 일찍 학교에 나와야 했다. 4학년 승규 오빠가 고맙게도 어머니와 나를 위해 캠퍼스 투어를 해주었다. 2년 전 민족사관고등학교에서 수학여행으로 아이비리그 탐방을 와서 한복 차림 그대로 삼삼오오 활보했던 캠퍼스인데, 눈길이 닿는 곳마다 그때 보았던 캠퍼스와는 또 다른 느낌이었다. 마치 처음 와보는 것처럼 모든 게 새로웠고 나를 고양시켰다. 감히 꿈도 꾸지 못했던 이곳에서 1,650명 합격생 중 하나가 되어, 수백 년 동안 쟁쟁한 선배들이 오갔던 캠퍼스를 돌아보고 있다니!

야드(the yard)라고 불리는 캠퍼스 중심지. 초록 융단처럼 펼쳐진 잔디밭은 마음껏 싱그러웠다. 한 세기 전에는 하버드 합격생들이 소를 한 마리씩 가져와 풀어놓았다는 잔디밭 주변을 1학년 기숙사와 도서관, 그리고 강의실이 있는 고풍스런 건물들이 둘러싸고 있었다. 야드 중앙에 낯익은 얼굴의 남자 하나가 보였다. 하버드의 설립자 존 하버드의 동상이었다. 고등학교 수학여행 중 하버드 캠퍼스를 방문했을 때, 나는 감히 합격을 기대할 수는 없으면서도 못 먹는 감 찔러나 보는 심정으로 존 하버드의 구두를 만지작거리며 이렇게 기도했다. '합격하게 해주세요.' 많은 사람들이 알고 있듯, 존 하버드 동상의 왼쪽 발을 만지면 하버드대학교에 합격한다는 이야기가 전해지고 있다. 이런 속설 때문에 이 대학에 입학하기를 원하는 지원자들이 얼마나 그곳을 만져댔는지 동상의 왼발은 유달리 반짝반짝 빛이 났다. 그로부터 몇 년이 지난 지금도 존 하버드는 같은 자리에 앉아 야드에서 바쁘게 움직이는 신입생들, 그리고 덩달아 뛰어다니는 다람쥐들을 엄숙한 표정으로 내려다보고 있었다.

400년 가까운 역사에 걸맞게 하버드는 캠퍼스 구석구석마다 나름의 사연이 있다. 붉은 벽돌 건물이 대부분인 하버드 캠퍼스에서 와이드너 도서관은 단연 돋보인다. 야드의 한가운데 있는 이 도서관은 어마어마한 높이의 하얀 기둥이 입구를 떠받들고 있어 마치 중세의 성처럼 느껴진다. 미국에서 국회 도서관 다음으로 소장 자료가 많다는 와이드너 도서관은 1907년 하버드대학교를 졸업한 해리 와이드너를 기념하여 지어졌다. 와이드너는 졸업 2년 후 부모님과 타이타닉 호를 탔다가 배가 침몰하면서 아버지와 함께 죽었다. 구사일생으로 살아난 와이드너의 어머니는 아들을 기리는 뜻으로 도서관을 설립, 하버드에 기증했다.

아들이 수영을 못했기 때문에 죽었다고 믿은 그녀는 모든 하버드 신입생들이 수영 시험을 치를 것을 요구했다고 한다. 그 시험이 다름 아닌 찰스 강을 건너는 것이었다니, 내 체력으로는 다 들어간 하버드 대학교를 강을 못 건너 떨어지지 않았을까. 하버드, MIT 학생들이

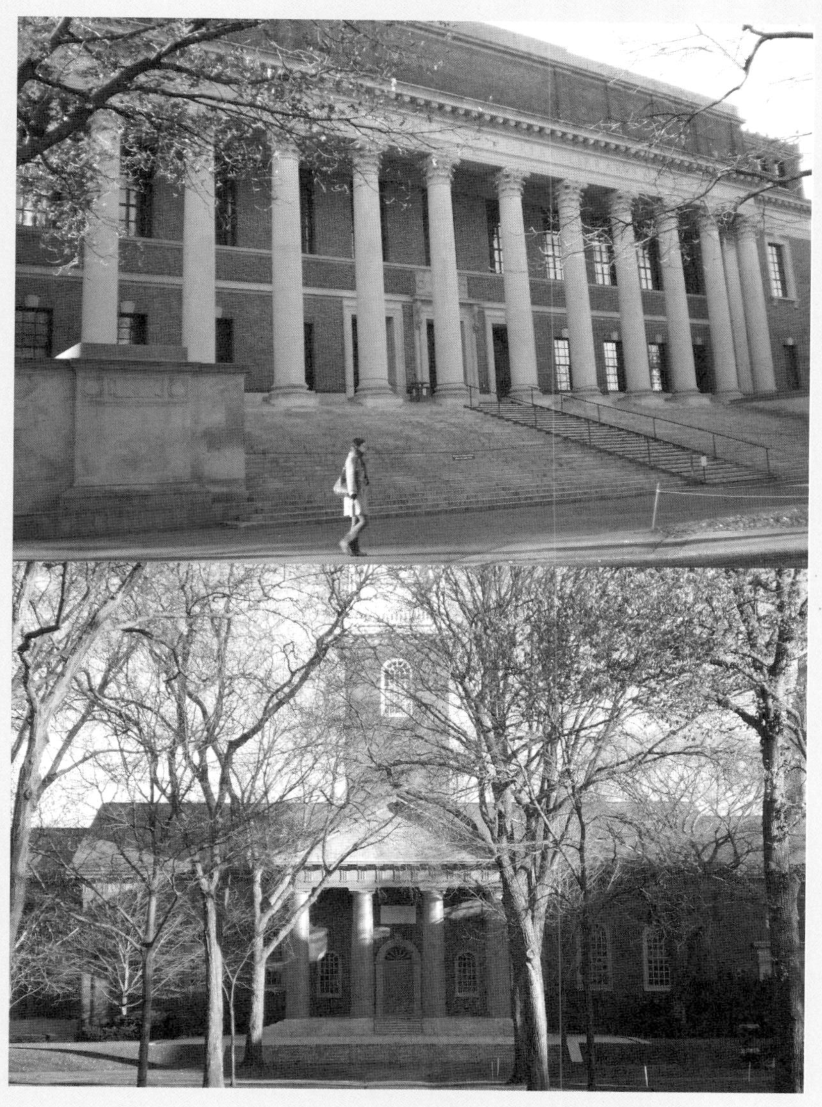

• 와이드너 도서관(위)과 메모리얼 교회(아래)

카누 연습을 하기도 하는 찰스 강은 캠퍼스 주변을 도도히 흐르는 꽤 큰 강인데, 나도 찰스 강변에서 가끔 조깅을 즐겼다. 어쨌든 오래 전 학교에서 수영 시험을 폐지했다는 사실에 감사할 뿐이다. 이 외에도 와이드너의 어머니는 아들이 좋아했던 아이스크림을 교내 식당에서 매주 마련하도록 요구했는데, 고맙게도 그 요구는 아직까지 지켜지고 있다.

와이드너 도서관 다음에 간 곳은 메모리얼 교회였다. 도서관 기둥 옆에서 건너편을 바라보면 메모리얼 교회의 하얀 종탑이 우거진 나무들 위로 보인다. 교회 안으로 들어가면 너 나 할 것 없이 아름다운 실내장식에 감탄사를 터뜨리며 사진 찍는 데 정신이 팔린다. 제1차 세계대전에서 전사한 졸업생들을 기리기 위해 세워졌다는 메모리얼 교회. 강단 위의 오르간 파이프는 오랜 세월의 흔적을 이기지 못해 여기저기 금이 가 있다. 교회가 지식의 보고인 도서관과 마주하고 있는 데는 지적인 성장과 함께 영적인 성장을 게을리 하지 말라는 깊은 뜻이 담겨 있다고 한다.

캠퍼스 투어를 하는 동안 나는 촌스럽게도 하버드 특유의 고풍스런 건물의 아름다움보다 야드를 돌아다니는 다른 학생들의 모습에 넋을 잃고 있었다. 세계 각국에서 온 그들은 부모님들과 함께 기숙사로 짐을 옮기며 자신감에 찬 얼굴로 대화를 나누고 있었다. 저기 바이올린을 어깨에 메고 뛰어가는 저 여학생은 에릭 시걸의 소설《하버드 천재들(The Class)》의 다니엘 로시 같은 음악 신동일까? 기숙사에 짐을 옮기면서도 프레피 스타일의 옷차림을 한 저 남학생은 거물급 정치가 집안의 도련님이라도 되는 걸까?

영어가 익숙지 않아 고작 묻는 말에나 짧게 대답하고 길을 묻는 정도가 다였던 나는 완전히 기가 죽었다. 얼굴 표정이나 몸짓에서 자신감이 흘러넘치는 학생들을 보면 볼수록 내가 이 대학교 입학을 위해 냈던 레주메(이력서)가 부끄러워졌다. AP(Advanced placement: 대학 학점 사전취득제) 시험을 열한 과목이나 통과했으면 뭐하고, SAT 작문에서 만점을 받았으면 뭐하겠는가. 한국에서는 자랑스럽게 여겼던 성적도 이곳에서는 명함도 못 내밀 만큼 흔할 게 분명했다. 자신은 이 대학교에 들어올 수 있는 충분한 자격을 가졌다고 확신하는 듯 당당한 아이들. 그런 하버드대학교 신입생들과 나는 확실히 다른 존재 같았다. 누군가 내게 "어떻게 이 학교에 들어왔지?"라고 묻는다면, "입학사정관의 실수로요"라고 대답했을지도 모른다. 신입생들의 자신감에 찬 얼굴이 하버드 대학생 특유의 포커 페이스였음을 알게 된 것은 거의 한 달이 지나서였다.

1학년 때 내가 살았던 기숙사는 페니패커였다. 이 건물은 엘리베이터가 없어 1층에서 3층까지 끙끙거리며 짐 가방들을 들어 올린 후 하나씩 풀기 시작했다. 짐 정리를 하던 룸메이트 스텔라가 인사를 청해 왔다. 우리는 방 하나를 공부방 겸 거실로 쓰기로 하고, 나머지 방 하나는 침실로 쓰기로 했다. 서랍에 옷가지를 정리해 넣은 다음 한국에서 가져온 얼마 안 되는 책을 책꽂이에 꽂았다. 그리고 그 한쪽에 가족사진을 잘 닦아 올려놓았다. 사진을 보는 순간 가족과 함께 있는 듯 마음이 편해졌다. 미국으로 오기 전 가족사진 찍기를 잘했다는 생각이 들었다. 이렇게 대충 짐을 정리해놓고 보니, 그날 하루 이방인처럼 돌아보았던 하버드가 정말 내 학교라는 느낌이 천천히 내 의식 속으로 스며들기 시작했다.

이제 내일이면 어머니가 한국으로 돌아가시고 다음 주면 하버드대학교에서 첫 수업이 시작된다 생각하니 약간 긴장되었다. 민족사관고등학교에 처음 도착했을 때와 비슷한 불안의 그림자가 내 가슴을 묵직하게 짓눌렀다. 앞으로 잘 해나갈 수 있을까? 내 앞에 펼쳐진 길은 두 갈래였다. 보잘 것 없는 성적으로 간신히 졸업하는 미운 오리가 될 것인가, 아니면 당당하게 내 레주메를 보일 수 있는 화려한 백조가 될 것인가. 그러나 이러한 불안 속에서도 꿈의 학교에 왔다는 사실에 뭐든 할 수 있을 것 같은 흥분 역시 느껴졌다. '노력하면 된다'는 식의 전략으로 얻은 '열 개 대학 합격', 그리고 '하버드대학교 입학'. 그 정도면 열일곱 살의 나이에는 성공이라고 부를 수 있는 결과였다. 난 그 화려한 단맛에 취해 미련하게 또다시 같은 전략을 손에 들고 천재들의 전쟁터에 나갈 준비를 하고 있었다.

하버드에는 파티 애니멀이 있다

하버드의 공부벌레들은 도대체 어디에 있을까?

페니패커 기숙사는 1학년 식당인 애넨버그홀에서도 아주 멀고, 과학 수업을 하는 사이언스센터에서도 멀리 떨어져 있는 외곽 구역의 기숙사이다. 열두 개의 기숙사 중에서 야드 밖에 있는 기숙사는 페니패커를 포함해 세 곳. 1학년 야드 안의 기숙사들은 교실까지 걸어서 3분, 식당까지 5분이면 갈 수 있어서 편리하다. 페니패커도 식당까지 10분 정도밖에 걸리지 않지만 야드 밖에 있다는 이유로 유니온 기숙사(union dorm)라고 불린다.

내가 1학년을 보냈던 페니패커는 특히 떠들썩한 파티로 유명했다. 얼마나 파티에 열성들이었는지! 그것도 모르고 난 입학 전 기숙사 배치 설문조사에서 '사교생활을 얼마나 즐기고 싶습니까?'라는 질문에 1부터 5까지의 척도 중 4에 체크를 했다. 그것 때문에 어이없게도 파티를 좋아하는 동양 아이로 보였는지, 난 파티 돔이라 할 수 있는 페니패커에 배정된 것이었다. 이후 기숙사에서 일어날 일들을 알았다면 절대 사교생활을 즐기는 정도를 4로 답하지 않았을 것이다.

페니패커에 배정된 것이 결코 좋아할 만한 일이 아니었다는 건 얼마 지나지 않아 바로 깨달을 수 있었다. 고등학교 때처럼 조용한 자습시간은 기대도 할 수 없었으니까. 목요일부터 밤마다 강렬한 비트의 시끄러운 음악이 위층 남자아이들의 방에서 흘러나오고, 복도에서는 술 취한 남녀의 목소리와 술주정을 하다 꽈당 쓰러지는 듯한 소리가 들려왔다. 한번은 2층에 사는 남자아이가 술을 얼마나 마셨는지, 이 방 저 방 돌아다니며 문을 두드리다가 아무도 대답하지 않자 내 맞은편 방의 문을 주먹으로 내리쳐 부숴버린 일도 있다.

고등학교 때부터 유학생활을 했다면 그렇게 놀랄 일들이 아니었는지 모른다. 하지만 민족사관고등학교의 보수적인 교육방침이 몸에 밴 나는 이 말도 안 되는 광경에 혀를 내두를 수밖에 없었다. 이 학생들이 세계의 수재들과 경쟁하여 선발된 상위 12퍼센트의 합격생이 맞는지 의심스러웠다. 세계 최고의 인재들이 모여 있다는 이 대학교엔 파티계의 천재까지 다 모인 게 분명했고, 그들이 하필이면 나와 같은 기숙사에 살게 된 것이다. 이건 모두 '사교생활을 얼마나 즐기고 싶습니까?'라는 질문에 4를 택한, 나의 위대한 결정이 가져다준 선물이었다.

목요일부터 주말이네 뭐네 하며 저렇게 놀기 시작하면 도대체 언제 공부를 하겠다는 건지, 나로선 기가 막힐 뿐이었다. 그들은 자기들끼리 파티를 즐기는 데 열심이었을 뿐 아니라, 기숙사를 잘못 선택한 나까지 파티에 끌어들이려 했다. 옆방의 에이미와 크리스틴은 파티 분위기를 꽤나 즐기고 있는 듯 위층의 파티에 날 데려가려 해 당황하기도 했다. 《하버드대학의 공부벌레들》에 나오는 그 벌레들은 케임브리지의 어디에 서식하고 있는 것일까?

자칭 한국산 공부벌레의 생존을 위협한 것은 이뿐만이 아니었다. 기숙사 생활을 시작한 지 3주쯤 되었을까. 에이미와 크리스틴이 놀러 와서는 같은 기숙사에 살고 있는 여학생 메간에 대해 따끈따끈한 소문을 늘어놓았다.

"메간이 어제 위층의 스티브와 잤다고 하던데?"

"그런데 글쎄, 스티브가 콘돔을 사용하기 싫다고 했다지 뭐니. 그래서 메간이 오늘 아침 병원에 가서 피임약을 받아왔다고 하더라고."

"그럼 메간은 이제 기숙사 남자들과 거의 다 한 번씩 해본 거네."

스텔라는 나와 눈이 마주치자 이런 얘기를 듣고 있어야 하나, 하는 듯 어이없다는 표정을 지었다.

사실 스텔라와 나는 에이미나 크리스틴과는 노는 방식이 달라 별로 어울릴 일이 없었다. 난 1학년 1학기엔 놀 만한 여유도 없었고, 스텔라는 오페라나 영화를 보러 가는 걸 좋아했다. 이에 비해 에이미와 크리스틴은 전형적인 파티 애니멀이었다. 그것도 이런저런 소문을 퍼뜨리고 다니는! 그 애들이 친하지도 않은 우리에게 남 얘기를 별 생각 없이 해대는 게 달갑지 않았다. 하지만 입학한 지 얼마 되지도 않아 같은 기숙사 여자애가 이 남자, 저 남자와 잤다는 얘기는 그야말로 충격이었다. 그제야 '아! 이곳이 미국이구나' 하는 생각이 들었다.

나는 토끼 눈이 되어 이 얘기를 믿어야 할지 말아야 할지 판단을 내리려 안간힘을 썼다. 페니패커가 돔세스트(dorm-cest: 기숙사를 뜻하는 dorm에 근친상간을 뜻하는 incest의 어미를 붙여서 만든 은어로, 기숙사 안의 남녀가 성적으로 문란하게 행동하는 것을 일컬음)로 유명하다는 말은 들었지만 설마 이 정도일 줄이야. 비 오는 날 남자 선배가 여자 후배에게 우산만 씌워줘도 선생님들에게 좋지 않은 시선을 받았던 민족사관고등학교를 생각하면 한마디로 쇼킹했다. 아무리 개방적인 미국이라지만 이처럼 믿기지 않는 얘기를 들을 때면 놀라울 뿐이었다. 그런데 도대체 메간은 무슨 생각으로 대학교 첫 학기를 그렇게 보내고 있는 걸까?

물론 이런 정도의 성적인 문란함은 하버드대학교에서는 드문 일이었다. 거기다 한국의 보수적인 가치관을 그대로 가지고 있었던 나는 바로 내 주변에서 이런 일이 일어나고 있다는 것을 믿을 수 없었다. 내가 상상했던 하버드대학교는 바른 가치관을 가지고 있는 학생들이 함께 지적인 교류를 하고 학문을 추구하는 고상한 곳이었으니까. 하지만 하버드는 나의 순진하고도 이상화된 이미지를 한 달이 채 되기도 전에 산산조각내고 있었다.

'나는 당신과 다른 가치관을 가질 자유가 있고, 당신의 가치관에 의해 판단 받지 않을 권리가 있다.'

대부분의 미국 학생들은 이런 믿음을 가지고 있었다. 다른 사람이 자신에 대해 어떻게 생각하든 크게 개의치 않고, 자신도 다른 사람의 행동에 필요 없이 간섭하지 않는 것이다. 문화와 종교가 다른 여러 민족이 모여 사는 나라에서 이런 철학은 필수불가결한 것일 수 있다. 그러나 그렇다 하더라도 난 동의하고 싶지 않았다. 법으로 명확히 규정한 범죄가 아니라면 어떤 행동이든 사회적으로 용납될 수 있다니. 고등학교를 갓 졸업한 열일곱 살의 신입생에게 주어진 자유, 그것이 오히려 그들을 혼란에 빠뜨리는 함정이 된다면 어쩌겠는가.

다행스럽게도 이상이 실재하지 않음을 깨닫고 현실을 있는 그대로 받아들이기 시작하자 처음 받았던 문화 충격은 빠른 속도로 치유되었다. 내 관점이 항상 절대적이지는 않다는 것을 인정하게 되었고, 머리로는 이해할 수 없는 사실을 가슴으로 이해할 수 있게도 되었다. 위층의 파티가 단지 소음공해가 아니며, 4년간 우정을 쌓아나갈 마음 맞는 친구를 찾기 위한 노력이라는 것도 분명해졌다. 또한 신입생들이 학기 초에 요란스럽게 벌이는 사교 이벤트 역시 편안하게 소속감을 느낄 그룹을 만들기 위한 통로라는 것도 알게 되었다.

파티에 가지 않는 게 문제라니!

내가 얼마나 고지식한 생각을 하고 있었는지는 모른 채, 기숙사 친구들은 몇 번을 초대해도 도통 파티에 나오지 않는 나를 무척이나 걱정했던 모양이다. 하루는 튜터(기숙사 학생들의 생활을 관리하며 일종의 사감 역할을 하는 사람)가 내 방에 찾아와서 걱정스럽게 말했다.

"원희, 학업 때문에 스트레스를 많이 받고 있는 것 같아."

"하버드에서 맞는 첫 학기인데 쉬울 리가 없죠."

"편안하게 생각해. 네 말대로 쉬울 리가 없으니까 너무 자책할 필요도 없고. 내 생각에는 방에만 틀어박혀 있지 말고 바깥 공기도 좀 쐬는 게 좋겠다."

기숙사 친구들이 튜터를 찾아가 내가 기숙사 생활에 적응하지 못하는 것 같다며 걱정을 늘어놓은 게 분명했다. 그들은 놀이나 파티를 시간 낭비로 생각하는 나의 생활 태도에 오히려 문제가 있으며, 심지어 건전하지 않다고 판단하고 있었던 것이다. 튜터는 내게 스트레스를 많이 받으면 반드시 자신을 찾아오라고 당부하고는 내 방을 나갔다. 우울증에라도 걸릴까 염려되었던 모양이다.

그 이후 문화 충격은 곧 가셨지만, 미국인 학생들과 어울리기까지는 시간이 꽤 걸렸다. 특히 1학년 기숙사 친구들과는 여러 가지 이유로 끝내 친해지지 못했다. 파티에도 몇 번 가 보았지만, 점점 학교에서 주선하는 포멀한 파티 외에 기숙사 방에서 열리는 파티는 가지 않게 되었다. 사람을 만나려면 어둡고 시끄러운 파티보다는 교내 식당이 낫다는 생각 때문이었다. 그러나 비록 놀이와 파티 문화에 동화되지는 못했지만, 난 미국의 놀이문화를 존중해주기 시작했다. 음악 때문에 시끄러워서 공부를 못 하겠다고 불평하는 대신, 주말에는 도서관이나 기숙사 지하의 자습실로 자리를 옮기는 방법을 택하기도 했다.

내 룸메이트였던 스텔라가 매 주말 친구들을 초대해 파티를 여는 파티 애니멀도 아니며 남자친구를 방에 데려오는 일도 없었다는 것은 감사할 일이다. 나와 베스트 프렌드가 된 조세핀의 경우, 2층 침대의 아래층을 차지한 룸메이트 쉘리가 수시로 남자친구를 데려오곤 해서 얼마나 난감해했는지 모른다. 심지어 조세핀이 침대 위층에서 잠을 자고 있는 동안에도 그런 일이 벌어지곤 했으니까.

힘든 기숙사 생활도 2학년 때부터는 훨씬 순탄해졌다. 1학년 말에 학생들은 앞으로 3년 동안 같은 방을 쓰고 싶은 룸메이트와 같은 기숙사에 살고 싶은 친구들을 정할 수 있다. 이렇게 만들어진 그룹을 블로킹 그룹(blocking group)이라고 부른다. 내 블로킹 그룹 중에는 파티를 즐기는 친구들도 있었지만, 자신의 방에서 파티를 열 정도로 광적이지는 않았다. 룸메이트로 정한 베스트 프렌드 조세핀은 나보다 더 보수적인 사고방식을 가지고 있었으니, 1학년 때와 같은 어려움은 걱정할 필요도 없었다. 하지만 내가 미국에 대해서 좀 더 알고 있었다면 1학년 때처럼 힘들게 문화 충격을 경험하지 않아도 되었을 거라는 아쉬움이 남는다. 그랬더라면 페니패커 기숙사 친구들과도 그렇게 담을 쌓을 필요는 없었을 것이다.

왜 웃는지도 모른 채 따라 웃는 아이

영어도 못하는데 하버드는 어떻게 들어왔대?

하버드대학교에서의 첫 학기는 쉽지 않았다. 학업 스트레스는 그럭저럭 견딜 만했지만, 다른 학생들과의 의사소통이 자유롭지 않아 기숙사 생활에 적응하고 친구를 사귀는 게 힘들었다. 특히 백인 아이들이 짓궂게 굴 때는 참기가 어려웠다. 그들은 유학생이기 때문에 영어를 잘 하지 못한다고 이해해주기보다는 나를 저능아 취급할 때가 많았다.

한번은 같은 층에 사는 닉과 스티브가 내 방에 놀러왔다. 사실 나보다는 룸메이트 스텔라를 보러 온 게 분명했다. 스텔라는 체구가 작고 예쁘장하게 생긴 백인 여자아이였는데, 언어 능력이 뛰어나서 학교 신문인 《크림슨(The Crimson)》에 들어가려고 집중 훈련을 하고 있었다.

남자아이들은 스텔라와 무슨 이야기를 하는지 자주 유쾌한 웃음을 터뜨렸다. 나도 예의 없는 호스트가 되기는 싫어서 그들 옆에 앉아 무슨 이야기인지 알아들으려고 애썼다. 사실 고등학교에서 배운 영어로 수업 내용 정도는 알아들을 수 있었지만, 아이들끼리 나누는 일상 회화는 속도가 너무 빨라 따라 잡기 힘들었다. 게다가 중간 중간 영화배우 이름이 들리는 걸 보면 서로 친해지기 위해 가벼운 대화로 연예인 이야기를 하고 있는 것 같았다. 미국 연예인들에게 관심이 없는 나로서는 할 말도 없고 알아듣기도 힘든 대화였다. 한참 동안 얘기를 주고받던 남자아이들이 불쑥 나에게 말했다.

"너는 왜 가만히 앉아서 아무 말도 안 하니? 뭐 재미있는 얘기라도 해봐."

방에 있던 세 사람의 시선이 한꺼번에 나에게로 쏠렸고, 나는 순간 당황하여 아무 말도 할 수 없었다. 그러자 스티브가 우습다는 듯 스텔라에게 이렇게 말을 던지는 것이었다.

"얘 영어 못 해? 하버드는 어떻게 들어왔대?"

물론 스텔라는 스티브에게 무슨 말을 그렇게 하냐며 질책했지만, 평소 하버드에 들어온 것은 행운이었다고 생각하고 열등의식까지 가지고 있던 나는 스티브가 농담처럼 던진 말에 큰 상처를 입었다. 민족사관고등학교 때 나보다 영어를 월등하게 잘하는 친구들과 같이 수업을 들으면서 느꼈던 이질감이 또다시 느껴졌다. 내가 왜 미국까지 와서 저능아 취급을 당해야 하는 걸까. 한국이라면 연예인들 얘기는 유치해서라도 하지 않을 텐데, 겨우 그런 농담을 하면서 하버드는 어떻게 들어왔느냐니.

"스티브랑 닉, 우리한테 관심이 있는 것 같아. 원래 남자애들은 관심 있으면 못되게 굴잖아."

스티브와 닉이 방을 나간 후, 스텔라가 나를 위로하며 말했다. 하지만 스티브가 한 말이 쉽게 용서되지 않았다. 가뜩이나 파티 문화에 익숙지 않아서 기숙사 친구들과 친해지기가 힘들었는데, 그 일로 크게 상처를 받은 나는 기숙사에서 친구를 사귀려는 노력을 아예 포기하고 말았다.

영어 바보에서 수학 천재로!

그렇게 시간이 흐르던 어느 날, 내가 바보가 아니라는 것을 스티브에게 증명해 보일 기회가 왔다. 스티브는 나와 같이 미적분학 수업을 듣고 있었는데, 1학년 식당인 애넨버그홀에서 나에게 알은체를 하더니 대뜸 중간고사 얘기를 꺼냈다.

"말도 안 되게 어려웠어. 완전 망쳤다니까."

스티브는 수학 중간고사를 형편없이 보고 낙담해 있다가, 평소 저능아라고 생각했던 나에게 동조를 구하는 눈치였다.

"정말? 다른 아이들도 어려웠다고 하더라."

의외로 담담하게 대답하는 내 태도가 미심쩍었던지 스티브는 한쪽 눈썹을 치켜올리며 물었다.

"넌 어땠는데?"

"아, 나는 운이 좋았나 봐. 95점."

스티브의 눈 밑에 파르르 경련이 일었다. 그는 같은 테이블에 앉아 있던 친구들에게 몸을 돌리더니, 이렇게 말했다.

"원희 천재가 봐! 수학 성적이 95점이라는데?"

내가 바보가 아니었다는 게 증명되는 순간이었다. 나는 속으로 우쭐했지만 한편으로는 말도 안 되는 칭찬에 민망하기도 했다. 열등감과 우월감 사이에서 나는 얼마나 오랫동안 불필요한 방황을 했던가. 나를 저능아로 취급하는 스티브의 태도에 울컥했다가, 갑자기 천재 소리를 듣고 자존심이 회복돼 우쭐해했던 것을 생각하면 얼굴이 화끈 달아오른다.

얼마 안 있어 기숙사 친구들 중 나보다 낮은 수준의 수학 수업을 듣는 아이들이 내 방으로 찾아오기 시작했다. 같은 수업을 듣는 친구들은 나와 수학 숙제의 답을 맞추어보려고 했다. 당시 나는 수학이나 과학을 영어로 설명하는 것이 익숙지 않아, 일단 공식을 적고 그것을 응용하여 푸는 과정을 알아듣기 쉽게 한 과정씩 써내려가면서 알려주곤 했다. 설명을 한다고 해봤자 말 그대로 "이 공식을 사용해서 이런 식으로 풀면" 하는 정도의 설명일 뿐이었다. 하지만 그들은 내 느려터진 영어를 참을성 있게 들으며 머리를 끄덕이곤 했다. 수학은 푸는 과정을 직접 보여주면 잘 알아들을 수 있기 때문에, 내게 도움을 받으러 찾아오는 아이들이 많았다.

자존심을 내려놓으니 다가온 친구들

하지만 진정한 인간관계는 주는 만큼 받고 받는 만큼 주는 관계, 즉 '기브 앤 테이크'의 관계가 아니다. 대화를 통해 서로를 이해하면서 만들어가는 관계다. 기숙사 친구들은 대부분 내게 수학이나 과학에서 도움을 받는 대신 그들과 대화할 기회를 제공하는 기브 앤 테이크의 대상이었을 뿐, 내 생활에 관심을 보이거나 나와 일상적인 대화를 나눌 만한 친구들은 아니었다. 그렇다면 내가 기숙사 밖에서는 친구를 잘 사귈 수 있었던가? 유감스럽지만 그것도 역시 쉽지 않았다. 1학년 때 내가 친하게 지냈던 친구들이라야 아카펠라 그룹 멤버들과 기독교 그룹 멤버들뿐이었다. 하지만 이들도 미국 생활에 적응하지 못하는 나를 어떻게든 도와주려고 하면서도, 나와 대화가 잘 안 돼 답답해하곤 했다. 결국 1학년 때는 고등학교 기숙사 생활이 그랬던 것처럼 깊은 우정을 나눌 정도로 친구들과 가까워지지 못했다.

언어에는 정말 왕도가 없다. 한국에서는 "영어가 거의 모국어 수준이다", "고등학교 2년 동안 영어 실력이 놀랄 정도로 많이 늘었구나" 하는 칭찬을 받았는데, 미국에 와보니 나는 그저 미숙한 영어를 사용하는 외국인일 뿐이었다. 물론 고등학교에서 영어 교육을 잘 받았던 만큼, 학교 수업을 따라가기는 힘들지 않았다. 하지만 한국어도 뉴스에서 쓰이는 말과 쇼 프로그램에서 쓰이는 말이 다른 것처럼, 영어도 여러 사람을 상대로 이야기할 때와 소그룹 친구들과 대화를 나눌 때가 무척 다르다. 소그룹의 친구들과 얘기할 때는 미국 특유의 문화와 생활을 잘 알지 못하면 이해할 수 없는 영어가 많이 사용되곤 했다.

나의 답답한 영어에도 불구하고 나를 알기 위해 노력해준 친구들이 없었다면 어떻게 되었을까. 동아리 활동을 같이 한 친구들의 도움이 아니었다면 난 언어의 장벽을 끝내 극복하지 못했을지도 모른다. 오랫동안 난 주위 사람들이 웃으면 왜 웃는지도 모른 채 무조건 따라 웃었다. 그리고 나중에 옆에 있던 친구를 몰래 불러 사람들이 왜 웃었는지를 물어보아야 했다. 짓궂은 친구들이 "너는 왜 웃는데? 뭐가 웃긴지 알기나 해?" 하며 망신을 준 적도 한두 번이 아니다. 첫 학기에는 특히 모두가 토론을 벌이고 있는 가운데 나는 그저 대화를 따라가려고 전전긍긍할 때가 많았다.

하지만 언어의 장벽을 넘어서기 위해 특별히 무엇인가를 할 만큼 시간이 많지 않았다. 1학년 때는 숙제가 많아 한가하게 책을 읽거나 생각할 시간조차 없었다. 그런 가운데 친구들과 함께 하는 점심이나 저녁 식사 시간은 내가 영어에 적응하는 데 큰 도움이 되었다. 물론 영어 실력을 향상시키기 위해 친구를 사귄 것은 아니지만 말이다.

내가 속해 있던 기독교 아카펠라 동아리는 주 1회 네 명씩 그룹을 만들어서 점심이나 저녁을 같이 먹곤 했는데, 한 시간 넘게 식사를 하며 각자 힘든 일이나 기쁜 소식을 나누었다. 이때 다른 사람의 말을 잘 듣고 그를 위해 기도해주는 것은 물론 내게 있었던 일을 영어로 얘기해야 했기 때문에, 이 모임은 의도했던 것도 아닌데 나에겐 영어 교실이 되어버렸다.

그러다 2학기가 되어 하버드 생활에 적응하기 시작하면서 난 조금 여유를 찾을 수 있었다. 식사 시간 동안 테이블에 앉아 다른 친구들과 함께 이야기하는 것을 즐기게 되었으니까. 결국 이 시간은 내가 미국 아이들이 서로 어떻게 의사소통을 하며 어떻게 친해지는지를 배울 수 있는 기회가 되었던 것이다.

사실 유학 후 4년이 지난 지금도 내 영어는 절대 완벽하지 않다. 한국인은 특히 관사의 용법에 약한데, 나 역시 에세이를 쓰면 다른 아이들에게 체크를 받아야 할 만큼 문법에서 틀리는 부분이 많다. 또 한국에서 읽고 쓰는 영어를 중심으로 배웠기 때문에 발음을 틀리거나 회화에서만 쓰이는 관용구를 잘못 쓰는 경우가 허다하다. 그런 영어 때문에 미국 아이들에게 종종 놀림을 받았던 건 물론이다. 악의를 품고 비웃는 게 아니라 정말로 재미있어하는 것이었지만.

한번은 친구 에드워드가 나를 칭찬하는 뜻으로 이렇게 말했다.

"원희야, 넌 정말 끝내주는 녀석(badass)이야."

'bad'와 'ass'라는 속어가 합해졌으니 '나쁜 녀석'이라는 뜻일 것이라고 지레짐작한 내가 대차게 맞받아쳤다.

"그래? 그럼 너는 더 못된 녀석(worse ass)이야."

그러자 에드워드가 당황한 표정으로 어깨를 으쓱했다. 주변 친구들은 물론 내 실수를 귀엽게 생각하고 웃음을 터뜨렸다.

처음엔 이런 실수를 거듭하는 것이 무척 자존심 상했다. 내 입학시험 점수는 미국 학생들의 평균보다 한참 앞서 있었고, 내가 놀림을 당할 만큼 영어를 못 한다고 생각하지도 않았던 것이다. 단지 관용구를 잘 모르기 때문에 무시를 당하는 것 같았고, 짧은 기간이라도 미국 체류 경험이 없어 이 먼 곳까지 와서 고생을 하고 있구나 싶기도 했다.

하지만 배우기 위해서는 자존심을 버릴 수밖에 없었다. 난 친구들이 내 실수 때문에 웃을 때 화를 내기보다는 따라 웃는 쪽을 택했다. 그리고 다음에 똑같은 실수를 하지 않도록 올바른 뜻을 설명해 달라고 부탁했다. 이렇게 자존심을 내려놓고 나니 나와 친구가 되려는 아이들이 많아졌다. 실수가 오히려 나를 더 인간적으로 보이게 했던 모양이다. 그들은 다른 문화권에서 온 친구의 실수를 즐거운 농담 정도로 받아들였고, 심지어 그 중 몇 명은 그런 나를 귀엽다며 한동안 '베이비'라고 부르기도 했다. 또 내가 태어나고 성장한 한국의 문화를 배우려 하고, 나에게는 미국 문화를 알려주려 애썼다. 이들 중 몇몇은 깊은 대화를 할 정도의 진정한 친구로 발전했다.

어쩌면 내가 다른 문화권에서 왔다는 것, 영어를 완벽하게 하지 못한다는 것은 약점이 아니었는지도 모른다. 내가 그 사실을 인정하고 나의 일부분으로 받아들이는 순간 친구들이 다가왔으니까. 자신의 부족한 점이 오히려 소중한 재산이 될 수 있다는 건 생각지 못한 사실이었다.

하버드, 자유에 대한 책임을 묻는 곳

화학 강의실 탈출 작전

하버드대학교의 기숙사는 자유로웠다. 아침에 일어나서 침대를 정리하지 않아도, 화장실 배수구에 머리카락이 뭉쳐 있어도 문제될 게 없었다. 기숙사 규칙이 엄했던 고등학교와는 달랐다. 대학교 기숙사에서는 극단적인 잘못을 하지 않는 이상 모든 것이 허락되는 것처럼 보였다. 남녀가 서로의 방을 찾아가는 것에도 전혀 제약이 없었다. 큰 소란을 피워 다른 친구들에게 불편을 주지 않는 이상 방에서 매주 파티를 해도 기숙사 튜터는 크게 상관하지 않았다. 민족사관고등학교에서는 학교의 규칙을 학생들이 잘 지키도록 감시하는 것이 사감의 가장 큰 역할이었다면, 하버드에서 튜터의 역할은 기숙사 내 학생들이 서로에게 불편을 주지 않으며 좋은 커뮤니티를 만들어나갈 수 있도록 도와주는 것이었다.

방의 청소 상태를 검사하는 사감은 없지만, 난 룸메이트 스텔라와 매주 번갈아가면서 청소를 하기로 약속했다. 둘이 함께 사용하는 공간이니 방을 꾸미는 데 필요한 가구 구입과 인테리어 비용도 철저하게 나누어 분담했다. 스텔라와 나는 혹시라도 방이 어질러져 있으면 당번을 따져 방 청소를 했는지 물어보았고, 각자의 책임을 요구했다. 그래서 우리 방은 시험 기간을 제외하면 늘 깨끗하게 유지되었다.

나에게 갑자기 주어진 자유와 책임은 이것뿐만이 아니었다. 모든 학생들이 똑같은 시간에 똑같은 수업을 받고 집으로 돌아갔던 중·고등학교 때와는 달리, 하버드에서는 방을 같이 쓰는 룸메이트와도 스케줄이 천차만별인 경우가 많았다. 인문학 전공을 지망하고 있던 스텔라는 나보다 늦은 시간에 첫 수업이 있어 아침 일찍 일어날 필요가 없었다. 그에 비해 과학 전공 지망생인 나는 실험 시간까지 포함해 수업이 많을 뿐 아니라, 첫 수업이 아침 8시 반에 시작해 부지런을 떨어야 했다. 첫 수업은 기숙사에서 도보로 10분가량 떨어진 사이언스센터에서 있어 제 시간에 말끔한 차림으로 가려면 적어도 7시 50분에는 일어나야 했다. 물론 아침을 먹으려면 최소한 20분쯤 기상 시간을 앞당겨야 했다. 민족사관고등학교 기숙사와는 너무도 달라 나는 알아서 자율적으로 생활하는 게 버거웠다. 고등학교 때는 기숙사에서 아침 6시에 알람 음악을 틀어주었고, 모든 학생이 6시 반까지 검도나 태권도 수업에 가야 해 혹시나 잠을 깨지 못하면 룸메이트가 깨워주는 것이 당연했다. 하지만 이제 더 이상 룸메이트가 내 기상 시간을 챙겨주기를 바랄 수 없게 된 것이다.

물론 강의에 빠진다고 징계가 있는 것도 아니었다. 소규모 수업에서는 출석이 점수에 반영되지만, 과학 수업처럼 수강생이 많은 경우나 하나 빠진다고 해야 티도 나지 않았다. 더구나 아침 일찍 시작하는 과학 수업은 학교에서 비디오로 녹화한 뒤 그날 저녁이면 볼 수 있도록 웹사이트에 업로드를 해놓으므로 수업에 꼭 갈 필요도 없었다. 수업에 가서 얻는 게 있다면 교수에게 얼굴 도장을 찍고 좋은 질문을 했을 경우 교수의 눈에 띌 수 있다는 것 정도였다.

처음에는 각오했던 것처럼 수업도 빠지지 않고 나갔고, 강의실에서도 꼭 앞에서 세 줄 안에 앉아 교수와 눈을 맞추고 좋은 질문을 하려고 노력했다. 하지만 문제풀이 과제와 에세이 등으로 밤을 새는 일이 점점 많아지면서, 꼭 가지 않아도 되는 수업은 빼먹는 것이 습관이 되어버렸다. 어쩌면 고등학교 2년 조기 졸업을 위해 치열하게 잠을 줄여가며 공부했던 탓에 내 몸이 게으름을 피우고 싶어 했는지도 모른다. 특히 아침 8시 반에 시작하는 화학 수업에는 세수도 하지 않고 잠옷 차림 그대로 강의실에 가서 강의 노트만 받아오는 경우가 많았다. 솔직히 고백하자면, 그렇게까지 한 것은 내 돈을 내고 웹사이트에 올라온 강의 노트를 인쇄하기가 싫었기 때문이다.

하루는 잠옷을 입고 강의실에 들어가다가 나와 비슷한 차림으로 온 존을 만났다. 존은 중국계 미국인이었는데 의대 지원을 위한 필수 과목으로 화학 수업을 듣고 있었다. 존 역시 자기 돈으로 강의 노트를 인쇄하는 것이 낭비라고 생각했는지 인쇄물만 슬쩍 가져가려고 왔다가 나를 만난 것이었다. 나는 히죽 웃고는 빨리 가서 빼 오자며 강의실로 들어갔다.

그런데 그날은 운이 좋지 않았다. 당시 강의를 맡은 화학 교수님은 내가 몇 번 찾아간 적이 있는 한국 교수님이었다. 그 교수님은 곧바로 학부 유학을 왔으니 얼마나 힘들겠냐며 나를 한국 식당으로 데려가 맛있는 점심을 사주신 적도 있었다. 괜찮겠지? 이렇게 생각하고 강의실에 들어선 나는 교수님과 눈이 딱 마주쳤다. 이런. 교수님의 따뜻한 눈빛에 붙들려 난 쉽사리 그곳을 떠날 수가 없었다. 잠옷 바람에 이도 안 닦고 왔으니 빨리 기숙사로 돌아가야 할 텐데……. 교수님은 내가 계속 강의실 뒤쪽에 서 있자 손짓을 하셨다.

"여기 빈자리 많아요. 앞쪽으로 내려와 앉으세요."

그러고는 다시 수업을 진행하셨다. 하지만 난 새벽까지 숙제를 하느라 눈꺼풀이 무거울 대로 무거워져 빨리 기숙사로 돌아가서 자고 싶다는 생각뿐이었다. 나는 교수님이 잠시 등을 돌리신 틈을 타 존과 함께 강의실을 후다닥 도망쳐 나왔다. 밖으로 나온 존과 나는 숨을 헉헉 몰아쉬며 웃음을 터뜨렸다. 얼굴을 마주보려니 서로의 꼴이 우스워 참을 수가 없었던 것이다. 두 뺨이 발그레 물든 것을 느끼며 나는 내 속에서 야릇한 쾌감이 흐르는 걸 처음 알았다. 교수님 말씀을 뒤로 하고 뛰쳐나온 내 모습에 나 스스로 놀라고 있었던 것이다.

물론 수업을 빼먹은 날은 바로 그날 웹사이트에 올려진 비디오 녹화 강의로 공부하는 것을 원칙으로 하고 있었다. 그렇게 하면 문제풀이 과제가 나와도 어렵지 않게 해낼 수 있기 때문이다. 그런데 그날 비디오를 보면서 나는 또 한 번 웃음을 터뜨려야 했다. 칠판에 화학 공식을 쓰며 수업을 진행하던 중, 교수님이 뒤를 돌아보시고는 황당한 표정을 지으며 말씀하셨던 것이다.

"세상에, 이럴 수가. 방금 학생 두 명이 내 수업에서 도망갔어요."

그 주인공들 중의 한 명이 나였다니. 중학교, 고등학교 때는 상상도 할 수 없는 일이었다.

알아서 하라, 그리고 책임져라

강의가 비디오로 녹화되는 수업은 이렇게 게으름을 피워도 학점에는 크게 영향이 없었다. 혹시 완전히 이해하지 못한 부분이 있다면 교수나 조교의 오피스 아워(office hour: 교수나 조교가 사무실을 개방하고 학생들의 질문을 받는 시간)에 찾아가서 물어보면 되었다.

하지만 강의가 비디오로 녹화되지 않는 수업에서는 이야기가 달랐다. 1학년 2학기 때 미적분학 수업을 가르친 조교는 인도계 사람이었는데, 악센트가 너무 심해서 도무지 수업 내용을 알아들을 수 없었다. 수학과에 가서 다른 조교가 하는 수업에 들어가겠다고 사정했지만 받아들여지지 않았다. 어쩔 수 없이 첫 주 수업을 들어갔는데 역시나, 아무리 집중을 해도 조교의 말이 제대로 들리지 않았다. 그 다음 주부터 수업에 들어가지 않고 혼자 교과서를 보며 독학했다. 앞부분 3분의 2 정도는 그다지 어렵기 않았기 때문에 과제를 하거나 중간고사를 보는 데도 아무 지장이 없었다.

문제는 중간고사를 보고 나서 마지막 한 달이었다. 두 달간 독학을 한 나는 공식만 훑어보고 과제를 할 수 있는 내공이 생겼다. 한 시간도 수업을 받지 않고 과제를 해내는 정도로만 공부하며 학점에 피해가 없도록 요리조리 빠져나가고 있었던 것이다. 하지만 이렇게 요령을 피우고 나니 교과서 전체 내용을 범위로 하는 기말고사에서 문제가 생겼다. 기초 이해가 없이 공식만 써먹어서인지 그 공식을 처음부터 공부해야 할 처지가 된 것이다. 거기다 무슨 배짱이었는지 기말고사 사흘 전까지 미적분학은 건드리지도 않았다. 사흘 안에 책 한 권 분량을 복습하고 외워야 하는 상황에 직면했을 때, 나는 그야말로 배고픔도 졸음도 잊고 공부에만 매달려야 했다. 1학기 때 너무 쉽게 A를 받은 나머지 자만하고 있었던 게 결정적인 실수였다. 미적분학 수업은 전공 성적으로 계산되기 때문에 목숨을 걸고라도 좋은 성적을 사수해야 했다.

"원희, 그렇게 공부하다 병나겠어."

밥을 몇 끼나 굶고 잠도 자지 않은 채 방에만 틀어박혀 있는 나를 보고 조세핀이 어쩔 줄 몰라 했다. 조세핀은 스트레스를 받느니 성적을 조금 낮게 받겠다는 주의였기 때문에, 내가 악바리처럼 공부하는 것이 이해가 되지 않는 모양이었다. 하지만 지금 몸이 문제인가.

중간고사를 잘 보았던 것이 그나마 다행이었다. 기말고사를 망치지 않는 이상 A를 받을 수 있었기 때문이다. 어쨌든 사흘간 두문불출 공부한 결과 나는 기말고사에서 A학점을 고수할 수 있었다. 하지만 이때의 경험 이후 난 부득이한 사정이 아니라면 수업에는 반드시 들어가기로 원칙을 바꾸었다. 이곳이 어떤 곳이던가? 세계의 수재들이 모여 공부하는 하버드에서 나는 가당치 않게 편법을 쓰려고 했던 것이다.

출석 체크를 하는 한국의 대학교와 달리, 미국의 대학교는 출석을 하든 말든 학생 스스로 자기 행동에 책임을 지도록 했다. 특히 시험 때는 자신이 누린 자유에 대한 대가를 반드시 치러야만 했다. 교과서에 없는 내용을 교수가 가르친 경우, 수업을 들은 친구에게 묻거나 교수를 찾아가서라도 그 내용을 알아내야 시험을 치를 수 있었다. 수업 시간에 다룬 내용은 당연히 모든 학생이 안다고 가정하고 시험 문제를 내기 때문이다. 자유는 그에 따르는 책임을 전제로 한다는 철학이 대학교 시스템에 깊이 뿌리내리고 있다는 사실을 그때 절실히 깨달았다.

하버드에서 자유에 대한 책임을 요구하는 건 그뿐만이 아니었다. 수업마다 매주 내야 하는 숙제가 있는데, 이 숙제는 교수가 따로 말을 하지 않더라도 학생들이 알아서 제출해야 했다. 예를 들어 화학은 한 주에 한 개씩, 미적분학은 한 수업에 한 개씩 문제풀이 과제가 있었다. 인문학 수업에서는 그 주의 읽을거리를 읽고 자신의 생각을 두세 문단으로 써 내야 하는 과제가 있었다. 이런 숙제는 깜박 잊고 내지 못했다는 식의 핑계가 전혀 통하지 않았다. 자정까지 에세이를 내야 하는데 컴퓨터가 갑자기 멈췄다 해도 절대 봐주는 법이 없었다. 자정에서 5초만 넘어도 웹사이트를 닫아버리는 경우가 종종 있을 정도로 데드라인은 엄격하게 지켜졌다. 나는 단 한 번 화학 수업 과제를 사흘이나 늦게 낸 적이 있는데, 다행히 담당 튜터가 아는 한국인 선배여서 사정을 말하고 이해를 구한 후 제출할 수 있었다.

미국의 대학교 시스템이 주는 메시지는 간단하다. 학생들이 어떻게 대학 생활을 해야 할지를 결정해주지 않고 '알아서' 책임지도록 하는 것이다. 6시 반에는 반드시 검도장에 가 있어야 하고, 8시 반에는 첫 수업을 위해 교실에 있어야 하는 고등학교와는 완전히 달랐다. 학생들이 어떤 시간에 어디에 있건 학교가 나서서 상관하지 않지만, 학생들은 자신의 행동에 따른 책임을 반드시 져야 한다. 수업에 나가지 않아 시험에서 좋은 점수를 받지 못한 경우, 학생들은 이에 대해 불평할 권리가 없음을 잘 알고 있다. 취업을 위한 인터뷰 때문에 수업에 빠졌어도, 사전에 교수에게 양해를 구하지 않았다면 그것은 학생의 잘못이다. 교수의 평가가 좋지 않은 것도 학생 책임인 것은 물론이다. 대학을 떠나 사회로 나갈 학생들을 위해, 자신의 모든 자유와 선택에 스스로 책임지는 태도를 길러주는 미국의 대학 시스템에는 언제나 감탄하지 않을 수 없다.

다양한 재능과 신념, 그리고 다양한 배경

천재 교수와 천재 학생들

하버드대학교 학생들의 사고방식과 생활방식이 예상과 달리 '모범적인' 것과는 거리가 멀어서 적잖이 실망했던 게 사실이다. 반면 무엇이든 자신이 책임질 줄만 안다면 무한한 자유가 허용된다는 것을 배웠다는 점에서는 큰 소득이 있었다. 그러나 그 무엇보다도 나에게 중요한 것은 하버드가 학문적으로 기대 이상의 질 높은 교육을 제공해준다는 점이었다. 노벨상을 탄 교수, 세계적으로 자기 분야의 최고 권위자로 떠오르고 있는 교수들과 10미터도 안 되는 거리에서 얼굴을 마주하고 있다는 것은 나에게 크나큰 특혜처럼 여겨졌다. 게다가 그들과 나누는 대화 한 마디 한 마디는 그야말로 금은보화보다 값지고 소중했다.

생물학 전공 지망생이었던 나는 1학년 때 전공필수 과목인 유전학 수업을 들었다. 이 과목의 담당 노교수는 긴 트렌치코트에 중절모를 즐겨 쓰는 멋쟁이였는데, 특이한 악센트로 느릿느릿 말했기 때문에 마음을 단단히 먹지 않는 이상 수업 시간에 졸기 일쑤였다. 수업이 지루하다는 이유로 난 이 노교수를 썩 좋아하지 않았다. 학기 중간이 될 때까지는 그의 이름이 매튜 메셀슨이라는 것도 몰랐을 정도니까.

그런데 유전자 구조 발견 과정에 대한 수업을 받던 어느 날이었다. 교수가 DNA의 반보존적 복제(semi-conservative replication) 사실을 증명한 실험에 대해 설명하는데, 어째 실험을 진행했다는 사람, 즉 주어가 '나'였다. 졸고 있던 난 순간 잠이 확 깼다. 기숙사에 돌아와 허겁지겁 교과서를 펴보니, 메셀슨 교수의 이름이 실험 내용과 함께 떡하니 책에 실려 있고 이론을 만든 사람으로 소개되어 있었다. 호들갑을 떨며 룸메이트 스텔라에게 이 사실을 이야기하자 그녀는 싱긋 웃으며 말했다.

"하버드대학교의 정교수라면 자신의 이름을 붙인 실험이나 이론 정도는 있는 게 당연하지 않아?"

1학년 학생들의 전공기초과목을 가르치는 교수가 뭐 그리 대단하겠나 싶어 마음 놓고 있던 나는 놀라지 않을 수 없었다. 이 유명한 이론의 창시자가 일주일에 한 번씩 학생들에게 오피스 아워를 내주고 있는데, 나는 학기 중간이 될 때까지 그의 오피스에 한번 찾아가본 적도 없다니! 그러기는커녕 교수의 이름도 제대로 모르고 강의실을 들락거렸던 것이다. 정말이지 너무도 부끄러워 땅으로 푹 꺼지고만 싶었다.

하버드에서는 이렇게 세계적인 석학들의 가르침을 받고 그들과 친구로까지 발전할 수 있는 기회가 얼마든지 있다. 난 전공과목에 정신을 쏟느라 신청하지는 않았지만, 1학년에게는 교수들과 가까워질 수 있는 기회로 신입생 세미나가 제공된다. 이 세미나는 학생과 교수가 즐겁게 공부하고 친분을 쌓도록 마련된 것이므로 학점도 매기지 않는다. 인기가 높은 세미나는 신청 학생이 워낙 많아 추첨을 통해 수강생을 뽑는다. 세미나는 주로 열댓 명의 학생이 교수와 일주일에 한 번, 세 시간 정도 지정 텍스트에 대한 토론을 하는 식으로 이루어지는데, 세미나에 따라서 교수가 자금을 대고 외국 여행을 다녀오는 경우도 있다. 나보다 한 살 어린 제시카는 1학년 때 세미나를 통해 도쿄로 일주일간 여행을 다녀왔다.

하버드대학교에 모인 사람들이 얼마나 대단한지는 신입생 식당 애넨버그홀에서도 실감할 수 있었다. 애넨버그 식당은 신입생들이 친구를 만드는 장소로도 곧잘 이용되는데, 특히 1학년 초에는 서로 알지 못해도 무작정 "안녕" 하며 인사를 건네는 경우가 많다. 친해지고 싶다는 뜻이다.

하루는 저녁을 먹으러 식당에 갔는데 내 앞에 줄을 서 있던 남학생이 말을 걸어왔다.

"안녕, 난 에드워드야."

중국인 같아 보이는 그는 나처럼 영어가 어눌했다. 나도 웃으며 짧게 인사를 했다. 그러고 나서 더 이상 얘기할 의사를 보이지 않자 에드워드는 그냥 등을 돌리고 접시를 집어 들었다. 그는 나와 함께 식사를 하고 싶어 하는 눈치였지만, 나는 이미 다른 친구들과 먹기로 되어 있어서 그렇게 헤어졌다.

그리고 몇 주 후 친구 브라이언을 통해 에드워드를 다시 만날 수 있었는데, 그때 브라이언이 해준 말을 듣고 이 중국인 유학생을 다시 한 번 쳐다보아야 했다.

"너 에드워드를 몰라? 이 친구가 영어는 잘 못 해도 수학이라면 미국에서 열 손가락 안에 꼽히는 천재야."

브라이언은 에드워드와 함께 국제 수학 올림피아드 수상자였고, 학부에서는 미국에서 가장 어려운 수학 수업으로 알려진 '수학 55(Mathematics 55)'를 듣고 있었다. 하버드대학교 수학과의 홈페이지에는 이 수업에 대해 이렇게 소개되어 있을 정도다.

'만약 당신이 한계에 이를 때까지 학문적인 도전을 받고 싶다면, 그리고 적어도 몇 년간 대학교 수준의 수학 수업을 들은 경험이 있다면 이 수업을 들을 것을 권장합니다.'

브라이언은 고등학교 때 수학경시대회에 나가면서 에드워드와 알게 됐는데, 하버드에서 함께 수업을 듣고 과제를 해보니 에드워드의 두뇌 회전 속도가 따라갈 수 없을 만큼 뛰어나다며 감탄을 했다. 하지만 뛰는 놈 위에 나는 놈 있다고, 이런 에드워드를 능가하는 천재도 있었다. 수학, 과학, 문학, 인문학 모두에 능통한 티엔카이였다.

에드워드는 언어 면에서는 그다지 뛰어나지 않았던 반면, 티엔카이는 중국인이면서 프랑스어를 완벽하게 구사하는 것은 물론 수학도 최고라고 불릴 정도였으며 인문학에도 관심이 많았다. 하버드를 컵에 담긴 맥주에 비유한다면 이들은 맨 위의 거품 층에 해당하는 학생들이었다. 실제로 많은 신입생들이 이런 천재들을 보고 "나는 어떻게 하버드에 들어온 거지?" 하며 회의를 느끼기도 한다. 하지만 애넨버그에서의 첫 2주 동안은 이런 위축감을 숨기려 서로 자신의 강점을 과시하며 "너는 뭘 할 줄 아니?"라고 묻곤 한다.

1학년 말, 3년간 같은 기숙사에 살겠다고 정한 내 블로킹 그룹에는 브라이언과 에드워드 같은 수학 천재들 외에도 재주꾼이 많았다. 그 중에는 미국의 가요대상에 해당하는 그래미 시상식에서 고등학생 신분으로 색소폰 연주를 했다는 존, 그리고 컴퓨터에 특출한 재능이 있어 대학교 내 컴퓨터 헬프 센터에서 일하는 재커리도 있었다.

열정을 불태울 가치를 찾아가는 하버드의 공부벌레들

하버드에는 이처럼 소위 천재라 부를 수 있는 학생들이 있는가 하면, 어떤 면에서는 나와 비슷한 노력파 학생들도 있었다. 천재라기보다는 똑똑한 학생들, 이들은 뚜렷한 목표 의식을 가졌고 그 목표에 도달하기 위해 밟아야 하는 과정을 정확히 파악하고 있으며 자신이 정의하는 성공을 꿈꾸는 야심가들이었다. 시에라리온에서 장학금을 받고 국가의 미래를 짊어진 채 유학을 온 아프리카 학생, 조국의 민주화를 꿈꾸는 싱가포르 여학생, 그리고 페루의 빈민들에게 희망이 되고 싶은 의학대학원 지망생……. 내가 만난 그들은 천재는 아니어도 목표가 뚜렷한 야심가들로서 나에게 영감을 주는 동료들이었다.

내 베스트 프렌드 조세핀 역시 이런 부류에 속했다. 1학년 때의 조세핀은 하나님 말씀을 전하는 데 무척이나 열정적이었다. 나와 함께 기독교 아카펠라에서 활동하는 것 외에도 성경을 깊이 있게 이해하기 위해 성경 공부 모임에 나가고 있었고, 기독교인이 아닌 친구들에게 공격받을 것을 두려워하지 않고 하나님에 대해 진솔한 대화를 나누려 노력했다. 2학년 때부터는 중국에 대해 관심을 갖기 시작하더니, 중국에서 버려져 미국에 입양된 아이들을 위한 봉사활동에 꾸준히 참가했다. 여름방학마다 중국의 시각장애인 고아원에서 영어를 가르쳤고, 미국 노동부에서 장애인 취업을 위한 연구를 했다. 나는 아빠가 안과 의사라 자연스럽게 그녀의 시각장애인 봉사활동에 관심이 갔고, 그들을 위해 해야 할 일들에 대해 같이 토론을 벌이기도 했다. 언젠가 한 친구가 그녀의 봉사정신을 칭찬하자 조세핀은 이렇게 말했다.

"내가 고아들을 돌보는 것이 왜 칭찬받아야 할 일인지 모르겠어. 사회의 가장 구석진 곳에 있는 아이들을 보듬어주고 싶은 건 당연한 마음 아닌가?"

나와 함께 화학 수업을 들었던 존 역시 1학년 적응 기간이 끝나자 자신의 관심사를 찾아가기 시작했다. 존은 특히 미국의 노숙자 문제에 관심이 많았다. 3학년 때는 나와 함께 노숙자 센터에서 아침을 해주고 침실과 화장실을 청소하는 봉사활동을 했다. 의사가 되고 싶다는 그는 방학 때 노숙자들에게 건강검진을 해주는 봉사단체에서 일하며 논문 자료를 수집하기도 했다.

수단의 다퍼에서 난민 학살이 일어나고 있을 때, 하버드대학교 학생들은 이를 저지하기 위한 운동을 벌였다. 동남아시아에서 태풍 피해로 많은 난민이 발생했을 때는 구급 물자를 보내기 위한 모금운동도 펼쳤다. 국민이 태풍 피해로 고통 받고 있는데도 외부 NGO들의 도움을 거절한 미얀마 군사정부에 항의하는 운동도 했다. 하버드대학교 내의 근로자들이 최저임금을 웃도는 월급을 받고 있지만, 이것만으로는 케임브리지에서 살아갈 수 없다며 야드에서 임금 인상을 위한 단식투쟁을 벌인 학생들도 있었다. 한국인 학생들 역시 북한의 인권문제에 관심을 가지고 탈북자들을 초청해 그들의 경험담을 듣는 이벤트를 열었다. 또 한국인 입양아들이 조국의 문화를 배울 수 있도록 멘토링 프로그램도 만들었다. 이렇게 하버드의 많은 학생들은 자신의 학업을 충실히 해나가는 중에도 열정을 가지고 뛰어들 수 있는 이슈를 찾아 나선다. 그리고 그들 중 상당수는 앞으로 그 이슈를 풀어나가기 위해 필요한 공부를 선택해 자신의 인생을 설계해나간다.

하버드대학교에는 이렇게 다양한 재능과 다양한 신념, 다양한 배경을 가진 학생들이 존재한다. 나는 하버드 재학 4년 동안 홍콩의 반을 가지고 있다고 해도 과언이 아니라는 부잣집 아이를 친구로 사귀었고, 펜싱 올림픽 금메달리스트 그리고 미래에 월스트리트를 주름잡을 통계학 천재와 함께 학교를 다녔다. 하버드에는 백인 우월주의 또는 미국 우월주의에 빠진 거만한 학생들이 있는가 하면, 다른 한편으로는 생활비를 벌기 위해 도서관에서 아르바이트를 하면서도 주말만 되면 보스턴 근교의 저소득층 학생들에게 과외 봉사활동을 하는 학생들도 있었다.

하버드에서 만난 학생들이 모두 뛰어나게 공부를 잘하는 것은 아니었다. 특히 1, 2학년 때는 앞으로 무엇을 해야 할지 모르겠다며 방황하는 아이들도 있었다. 하지만 4학년이 되었을 때는 모두가 자신의 열정을 아낌없이 불태울 무언가를 가지고 있었고, 이 때문에 그들의 머리와 가슴은 뜨겁게 살아 있었다. 우월감에 젖어 있거나 필요 없는 일에 집착하지 않도록 나에게 많은 가르침을 준 학생들, 이들은 훌륭한 교수진과 함께 하버드대학교를 세계 최고의 대학교로 만들어나가고 있었다.

중간고사보다 더 중요한 동아리 활동

아카펠라 동아리, 언더 컨스트럭션의 환영식

하버드대학교에는 신입생을 환영하는 행사들 중의 하나로 '동아리 박람회'라는 게 있다. 학교 내 동아리들이 신입생 모집을 위해 야드에서 이벤트를 여는 것이다. 재학생들을 위한 동아리 박람회도 물론 있지만, 신입생들을 위한 박람회만큼 신선한 흥분은 느껴지지 않는다. 박람회 행사장은 동아리의 특성에 따라 '종교 그룹', '음악 그룹', '사회봉사 그룹' 등으로 분류되며, 동아리마다 한 테이블씩 차지하고 각종 홍보물로 장식한다. 동아리 재학생들은 온갖 방법을 동원해 지나가는 신입생들의 관심을 끄느라 정신이 없다. 특히 음악 동아리나 연극 동아리 쪽으로 가면 홍보가 더 요란해진다. 전년도의 연주 활동 내용을 담은 음악 테이프를 틀어놓는가 하면, 의자 위에 올라가 춤을 추기도 한다. 연극 동아리 그룹은 신입생들의 시선을 사로잡느라 단박 눈에 띄는 분장을 하고 나와 테이블 사이를 활보한다. 키 큰 남학생들이 하얗게 칠한 얼굴에 붉고 푸른 분장을 하고는 공작새를 연상시키는 괴상망측한 옷을 입고 왔다 갔다 하기도 한다. 흥미롭다기보다 무서워 보일 정도지만 눈길을 끌기 위해선 어떤 모습도 마다하지 않는다.

신입생이었던 나도 동아리 박람회를 열심히 돌아다녔다. 뭐 괜찮은 동아리 없을까? 새내기 티를 내며 두리번거리기라도 하면 여기저기서 경쟁적으로 외쳐대는 소리가 들려왔다.

"노래하는 것을 좋아하나요?"

"고아들을 위한 봉사활동에 관심이 있습니까?"

손에 쥐어주는 전단지를 거절하지 못해 무조건 받다 보니 어느새 두 손에 가득했다. 전단지마다 동아리 소개를 위한 미팅 날짜와 장소가 적혀 있었고, 연극이나 음악 동아리의 경우 오디션 정보도 실려 있었다. 이 시기가 대학에서 중요한 커뮤니티를 형성하고 만족스런 캠퍼스 생활을 만들기 위한 좋은 기회였기에 나는 동아리들을 꼼꼼히 관찰하고 다녔다.

나 역시 대학교에 와서까지 공부에만 목맬 생각은 없었다. 고등학교 때도 영어연극 동아리에서 대본을 쓰고 함께 연습해 대회에도 나가보긴 했지만, 그땐 워낙 영어가 부족해 동아리 활동을 원하는 만큼 할 수 없었다. 나는 4학년 선배에게 소개받은 기독교 아카펠라 그룹과 몇몇 봉사활동 그룹에 가입하고 싶어서 직접 동아리 테이블로 찾아갔다.

기독교 아카펠라 동아리 회원들은 신입생 하나가 제 발로 찾아와 오디션을 보고 싶다고 하자 오히려 당황하는 눈치였다. 나중에야 안 사실이지만 기독교 아카펠라는 그리 인기 있는 동아리가 아니었다. 미국에서는 특히 기독교가 다른 사람에게 자신들의 가치관을 강요한다는 이유로 비판을 받고 있는데, 하버드대학교처럼 자유주의를 표방하는 곳에서 기독교 아카펠라가 인기 있을 리 없었던 것이다. 난 노래를 부르는 데도 관심이 있었지만 그보다 한 차원 높은 활동을 원했다. 일주일에 몇 시간이라도 노래 연습에 투자할 거라면 단지 무대에만 설 게 아니라 좀 더 의미 있는 일을 하고 싶었던 것이다. 그래서 기독교 아카펠라 동아리 '언더 컨스트럭션(Under Construction)'과 음악으로 환자들에게 마음의 휴식을 제공하는 봉사 동아리 '미뉴에트(Minuet)'를 선택했다.

미뉴에트는 동아리 가입 신청만 하면 들어갈 수 있지만 언더 컨스트럭션은 오디션을 두 번이나 봐야 했다. 나는 목소리가 하이 톤이라 어렸을 때부터 남 앞에서 노래하는 것이 부담스러웠고 자신감도 없었다. 그러니 오디션은 고사하고 오디션 장소에 가는 것조차 너무 떨리는 일이었다. 이 핑계 저 핑계를 대며 미루고 미루다가 나는 마지막 날짜에 오디션 장소인 재학생 기숙사 다목적실로 향했다. 밖에 나와 있던 여학생이 긴장한 모습으로 찾아온 나에게 편안히 하라며 격려의 말을 해주었다. 다목적실에 들어가자 동아리 박람회 때 보았던 선배들이 심사위원으로 앉아 있었다. 단지 그들 앞에 서 있다는 것만으로도 얼굴이 화끈화끈 달아올랐다.

"자, 솔로 한 곡을 준비하라고 했죠? 한번 불러보세요."

나는 눈을 질끈 감은 다음 뜨거워진 볼에 두 손을 대고 준비해온 노래를 시작했다. 기독교 아카펠라 동아리라면 주로 찬송가를 부른다는데, 나는 그것도 모르고 당시 유행하던 스테이시 오리코의 '스턱(Stuck)'을 불렀다. 다목적실에 가구가 별로 없어선지 목소리가 오디션 룸을 가득 채우며 울려 퍼졌다. 눈을 감은 덕에 소리에 집중은 잘 되었다. 하지만 실내가 너무 조용한 나머지 주변의 공기가 무겁게 느껴지기도 했다.

나는 노래가 끝나고 나서야 눈을 떴다. 심사위원인 재학생들이 박수를 쳐주었다. 그러고 나서 그들이 뭔가 질문을 하고 나는 대답을 했는데, 내가 무슨 말을 하고 있는지 아무 생각도 느낌도 없었다. 마치 이 다목적실을 제삼자의 눈으로 바라보고 있는 것처럼 비현실적이기만 했다. 그렇게 오디션을 마치고 밖으로 나오자 처음 나를 안내해준 학생이 웃음을 터뜨렸다.

"말할 때랑 노래할 때랑 성량이 너무 다르던데?"

나는 얼굴이 거의 토마토가 되어 히죽 웃고는 도망치듯 기숙사로 돌아왔다.

그렇게 오디션이 끝나고 일주일 후 어느날 아침, 아직 자명종도 울리지도 않았는데 쾅쾅쾅 문 두드리는 소리가 났다. 룸메이트인 스텔라는 잠에 빠져 꿈쩍도 하지 않고 있었다. 내가 나가봐야 하나? 이불 속에서 뒤척이고 있는데 문 두드리는 소리가 아까보다 더 세게 들렸다.

"기숙사 청소 동아리예요! 문 좀 열어봐요!"

왜 아침부터 기숙사 청소 동아리가 찾아온 거지? 겨우 몸을 일으키고 나가 문 앞에 서서 물었다.

"이렇게 이른 시간에 웬일이죠?"

"일단 문부터 열어주세요!"

내가 모르는 일이 있나 보다 싶어 문을 열었다. 그런데 이럴 수가! 아카펠라 동아리 회원이 모두 몰려와 노래를 부르는 것이 아닌가.

"네가 오디션에 왔을 때를 기억해. 우린 모두 생각했어. 정말 예쁜 목소리인걸? 우리 동아리에 들어온 걸 환영해요. 우! 아!"

노래가 끝나는 마지막 구절에서 'Welcome to our group!'이라는 가사를 듣고서야 상황 파악이 되었다. 이 뜻하지 않은 장면에 대한 감격의 표시로 나는 깔깔 웃기 시작했다. 이런 멋진 장면을 시작으로 내가 원하는 동아리 활동을 할 수 있게 되다니. 하지만 동아리 멤버들 역시 그들이 원하던 사람을 얻었으니 기쁘기는 마찬가지였을 것이다. 나는 방금 잠을 깨 세수도 하지 않은 채 어안이 벙벙해 서 있었는데, 결국엔 그런 모습을 사진으로 찍혀 그들에게 선물로 준 격이 되었다.

이 멋진 환영꾼들 중에는 동아리에 들어온 다른 신입생 윌리엄도 끼어 있었다. 그도 역시 나와 똑같은 환영을 받은 듯 진심으로 기뻐해 주었다. 오디션에 합격한 다른 멤버들 중에는 뒤에 나의 베스트 프렌드가 된 조세핀도 있었다. 이 정도면 거의 대박이나 다름없었다. 아직 조세핀에게는 합격 사실을 알리지 않았다는 말을 듣고, 나는 이 재미있는 환영 세리머니에 합류하기 위해 조세핀의 기숙사로 향했다.

이렇게 기숙사를 돌며 깜짝한 이벤트를 하고 난 후에 정식 환영식이 있었다. 아침 7시에 하버드 동상 앞에 모여 재학생들이 신입생들을 가운데 두고 그 주위를 빙 둘러싼 다음 찬송가 두 곡을 불러주는 것이었다. 그러고는 기독교 아카펠라답게 신입생 한 명 한 명을 위해 기도를 올리고, 동아리가 한 가족으로서 성장할 수 있기를 기도했다.

이렇게 시작한 아카펠라 동아리는 하나님이 나를 당신께 가까이 불러들이기 위해 마련해주신 은혜라고밖에 설명할 수 없었다. 친구에 목말라 있던 1학년 때, 영어가 어눌한 나를 멀리하기보다 힘든 학교생활에 대한 이야기를 들어주는 열다섯 명의 친구를 만난 곳이 아카펠라 동아리 언더 컨스트럭션이었다. '맘마'라는 별명으로 불리며 바로 동아리의 언니로서 신입생들을 감싸주던 크리스탈, 조용하게 남의 말을 경청하는 천사 지넷, 아이 같은 웃음과 농담으로 분위기 메이커 역할을 했던 에이다, 그리고 춤출 때 고개를 특이하게 흔든다고 해서 '버블헤드'로 불리던 데이비드와 눈치 없이 말을 하다가도 누군가 상처를 입으면 당황스러울 만큼 미안해하던 팀. 모두가 나에겐 고마운 친구들이었다.

학점보다 스스로의 가치를 찾을 것

하지만 동아리 활동은 생각했던 것보다 시간 투자를 많이 해야 했다. 한 학기에 수업을 네 과목밖에 듣지 않으니 12~16과목을 듣던 고등학교 때보다 훨씬 편할 거라고 생각했던 건 오산이었다. 특히 아카펠라 동아리가 얼마나 진지하고 수준 있게 콘서트를 준비할지에 대해서 나는 상상도 못 하고 있었다. 평소에는 일주일에 여덟 시간 정도 연습을

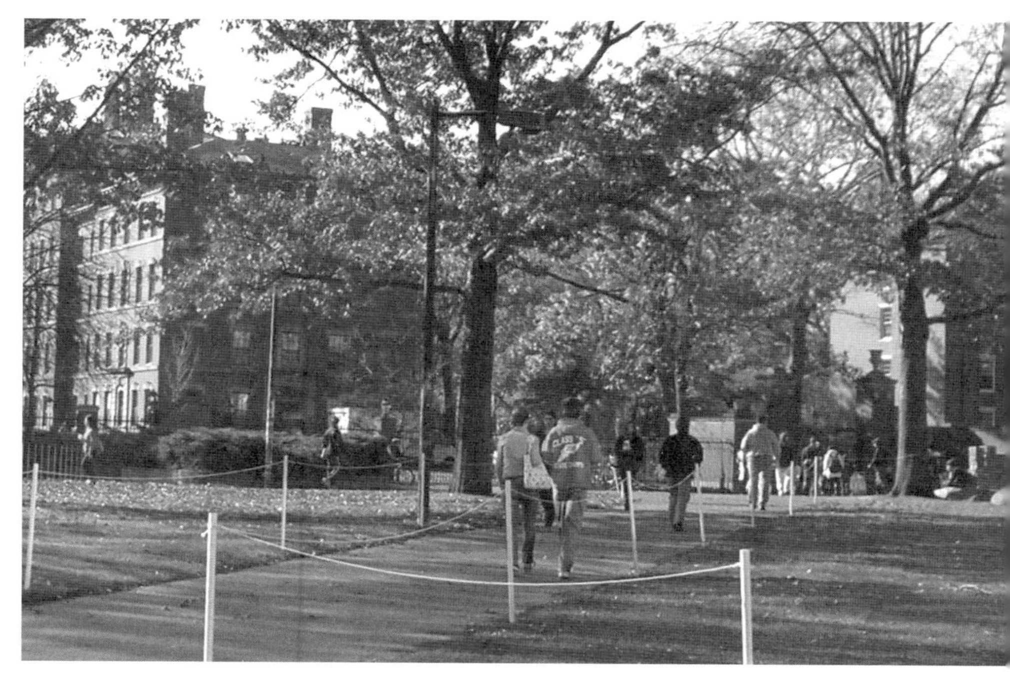

학업은 대학생활의 한 부분일 뿐 가장 중요하거나 전부인 것은 아니다.
사람에 따라서는 내일 내야 하는 사회학 에세이보다
동아리 활동을 위해 써야 하는 기사가 더 중요할 수 있다.
이렇게 학점보다는 자신이 찾는 가치를 찾아 열정을 불태우는 곳,
그곳이 바로 하버드대학교였다.

하더니, 한 학기에 한 번 있는 콘서트 주간이 되자 매일 세 시간씩이나 연습을 하는 것이었다.

콘서트 주간이 얼마나 힘들지 난 예상도 하지 못했다. 시험 기간에는 동아리 활동을 잠시 쉬고 공부에만 매진하여 학점 관리를 했던 고등학교 때만 생각한 것이다. 공교롭게도 나는 콘서트 주간에 중간고사를 무려 네 과목이나 봐야 했는데, 하루 정도는 연습에 빠져도 이해해 주겠거니 했던 내 예상은 철저히 빗나갔다. 평소 그렇게 이해심이 많던 친구들도 연습 시간에 대해서만큼은 굉장히 엄격했다. 콘서트가 일주일도 남지 않은 상황에서, 그것도 처음 콘서트에 참가하는 신입생이 연습에 빠지는 것을 그들은 용납하지 않았다. 동아리 활동 시간 엄수는 동아리 멤버들과의 약속이자 의무라고 생각하기 때문에, 아무리 숙제가 많고 시험이 있어도 빠지지 않는 것을 원칙으로 하고 있었던 것이다. 결국 나는 콘서트 주간에 밤을 꼬박 새워가며 시험 준비를 해야 했다. 그리고 콘서트 당일엔 걸어다니는 좀비 꼴이 되어 있었다.

'너희들은 날 이해하지 못해. 난 유학생이기 때문에 무엇을 해도 시간이 오래 걸리고, 학교생활에 적응하려면 할 일도 너무 많다고.'

한번은 내가 어떤 아이에게 이메일로 이렇게 불평하자 그는 이런 답장을 보내왔다.

'네가 동아리를 잘 이해하지 못하고 있는 것 같아. 너는 우리 동아리에 들어올 때 이 모든 의무에 대해 책임을 지겠다고 했지. 그러니 동아리 밖의 일은 네가 알아서 신경 쓰고 해결해야 해.'

그 이후로 난 내가 감당할 수 있도록 학교 수업과 동아리 스케줄을 맞추는 것이 얼마나 중요한지를 잊은 적이 없다. 수강신청을 할 때도 중간고사가 언제인지를 먼저 체크하고, 일주일에 한 개씩 내 주는 과제가 어느 요일에 떨어지는지를 미리 알아본 다음 같은 요일에 과제가 집중되지 않도록 스케줄 관리를 했다.

그나마 내가 속해 있던 아카펠라 동아리는 취미생활로 하는 것인 만큼 다른 동아리들보다 시간 투자가 적은 편이었다. 자신의 커리어를 위해 전략적으로 활동하는 동아리의 경우, 학점보다 동아리 활동이 더 중요할 수도 있다. 이런 동아리에 들어간 신입생들은 과제를 대충 하는 일은 있어도 동아리 활동을 소홀히 하는 법이 없었다. 하버드 대학교 공식 신문인 《크림슨》은 지원자들에게 동아리 멤버들과 함께 기사를 써오게 하거나 사진을 찍어오게 하는 등 자신의 능력을 증명해 보일 것을 요구한다. 저널리스트의 꿈을 가지고 있던 룸메이트 스텔라는 크림슨에 들어가는 것을 다른 무엇보다 중요하게 생각했고, 에세이 숙제 때문에 밤을 새는 일은 없어도 크림슨에 내는 기사를 완벽하게 쓰기 위해 밤을 꼬박 새우는 일은 많았다. 그도 그럴 것이, 크림슨에서의 활동은 어떤 잡지나 신문사에서도 인정하는 경력이 되므로 앞으로의 진로에 보탬이 되기 때문이었다.

단순히 레주메를 위해서가 아니라, 특혜를 받은 하버드 학생으로서 봉사활동은 최소한의 의무라고 생각해 어떤 일이 있어도 봉사활동만은 빠지지 않고 하는 학생들도 있었다. 초등학생 때부터 마약 거래를 하며 학업 능력이 뒤처지는 저소득층 학생들을 위한 튜터링 프로그램, 노숙자 센터를 들락거리는 사람들에게 밤새 필요한 것들을 제공하는 프로그램 등 학생들이 만든 봉사활동 동아리는 다양했다.

이처럼 하버드의 학생들은 저마다 중요하게 생각하는 가치가 다르고, 따라서 학점만으로 서로를 평가한다는 것은 말이 되지 않는다. 저널리스트가 되고 싶어 《크림슨》 활동에 집중한 스텔라가 단지 학점이 나보다 낮다는 이유로 나보다 성공하지 못한 사람이 되는 것은 절대로 아니었다. 또한 의사가 되려고 쉬운 과목을 골라 들으며 거의 만점에 가까운 학점을 받은 다른 학생이, 좋은 대학원 진학을 목표로 학문적 깊이를 쌓기 위해 어려운 과목을 선택해 공부하는 나보다 무조건 뛰어나다고 할 수 없었다. 각자가 품고 있는 꿈과 야망을 위해 선택하는 전략이 다름을 알고 있기에, 우리는 서로의 선택을 존중하는 방법을 그렇게 배우고 있었다. 하버드대학교에는 분명 학생을 여러 가지 특징을 갖춘 복합적 존재로 이해하는 문화가 정착되어 있었다. 그 학생의 가능성을 거의 학점으로만 평가하는 한국과는 분명 다른 면이 많다는 것을 나는 4년 내내 느낄 수 있었다.

학업은 대학생활의 한 부분일 뿐 가장 중요하거나 전부인 것은 아니다. 사람에 따라서는 내일 내야 하는 사회학 에세이보다 동아리 활동을 위해 써야 하는 기사가 더 중요할 수 있다. 심지어 주말에는 꼭 친구들과 함께 놀아야 한다는 신조가 더 중요할 수도 있는 것이다. 무작정 학점에 매달리는 학생들은 공부벌레(nerd)라는 비아냥거림을 듣거나 패배자(loser)로 불리며 손가락질을 당하기도 한다.

이렇게 학점보다는 자신이 찾는 가치를 찾아 열정을 불태우는 곳, 그곳이 바로 하버드대학교였다.

1 / 하버드, 그 새로운 세계 /

성적 경쟁은 노, 진심 어린 인간관계

성적이 뭐기에, 0.001점을 다투는 경쟁

서로가 선택한 길을 존중하는 문화 때문일까. 하버드대학교는 생각보다 훨씬 여유 있는 학교였다. 좋은 고등학교에 들어가기 위해 친구들을 제치고 전 과목에서 높은 점수를 받아야 했던 중학교 때 같은 숨 막히는 경쟁은 찾아볼 수 없었다. 전국에서 가장 뛰어난 수재들을 뽑았다는 민족사관고등학교 때 벌여야 했던 경쟁과도 달랐다. 모두가 비슷한 정도의 실력을 가지고 있는데도 상대평가라는 가혹한 규정 때문에 0.001의 점수를 놓고 경쟁해야 했던 민사고를 생각하면 하버드에서는 그야말로 숨통이 트였다. 아니, 경쟁을 적당히 즐기며 그럼으로써 기분 좋은 자극을 느낄 수 있었다.

중학교 때는 내가 해야 할 일을 성실히 하는 것만으로도 공격의 대상이 되었다. 시험 때면 아이들은 나를 견제하는 눈빛으로 어떻게 시험을 보았느냐고 묻곤 했다. 잘 본 것 같다고 대답하면 그들은 잘난 체를 한다며 나를 따돌렸고, 못 본 것 같다고 하면 거짓말을 한다며 따돌렸다. 그래서 생각해낸 것이 모르겠다는 대답이었는데, 그렇게 말했더니 이번엔 잔머리를 굴린다며 교활한 아이라고 몰아붙였다. 물론 내가 다닌 중학교에서는 시험 점수를 칠판 옆에다 공개했기 때문에 경쟁이 심해질 수밖에 없었다. 나는 남들보다 영어를 잘한다는 사실을 숨기기 위해 노력해야 했고, 일부러 발음도 딱딱하게 하여 주목을 받지 않도록 해야 했다. 그것이 중학교 시절 터득한 나의 정치적 태도였다. 그래야 조금이라도 편할 수 있었으니까. 점수로써 인간을 서열화하는 우리 교육의 왜곡된 단면에는 내 어린 시절도 들어 있었다.

민족사관고등학교에 합격했을 때, 난 내가 잘하는 것을 숨기지 않아도 되는 학교에 갈 수 있게 된 것을 기뻐했다. 물론 지방에서 자란 내가 서울 학생들과 경쟁해야 한다는 사실이 겁났고, 외국에서 살아 보질 않아 영어 때문에 고생할 것을 생각하면 두려웠다. 하지만 적어도 중학교에서와 같은 따돌림은 없을 거라고 확신했다. 그런데 이것이 얼마나 순진한 생각이었는지를 깨닫기까지는 그리 오랜 시간이 걸리지 않았다. 민족사관고등학교는 모든 학생이 우수한 만큼 그 안에서 더 뛰어나기 위한 경쟁도 심했다. 대부분의 학생들은 서로를 깨워주고 함께 숙제를 하면서 선의의 경쟁을 했지만, 그 중 아주 소수는 편법을 이용하기도 했다. 한 여자애는 내게 노트를 몇 번이나 빌려 갔으면서, 그리고 어떤 노트는 아예 복사본이 친구들 사이에 돌아다니고 있다는 것을 알면서도 나에게 추천서를 써주기로 한 담임선생님에게 가서 이렇게 말했다.

“원희는 애가 너무 이기적이에요. 자기 혼자 잘되려고 노트는 절대 빌려 주지도 않아요.”

그 얘기를 듣고 담임선생님은 나를 불러서 혼을 내기까지 하셨다. 나로선 너무 어이없고 황당한 일이었다. 다행히 다른 친구들의 도움으로 곧 오해가 풀려 좋은 내용의 추천서를 받을 수 있었지만, 난 그 애가 왜 그처럼 옳지 않은 방법으로 나와 경쟁하려 했는지 이해할 수 없었다. 전교생 SAT 평균이 1,600점 만점에 1,500점(미국인 평균은 1,000점 정도로 알려져 있다)을 넘고 그들 모두가 적어도 6~7개의 AP 시험에서 좋은 성적을 거두었다면, 미국 대학교에서는 실력만으로는 우리 중 누구를 붙여야 하고 누구를 떨어뜨려야 할지 알 수 없을 것이다. 그렇기 때문에 그 애는 내가 별로 좋지 않은 내용의 추천서를 받으면 자기에게 더 유리할 것이라고 생각했던 모양이다. 그런 상황에 더 이상 휘둘리지 않는 방법을 터득할 즈음 나는 조기 졸업을 했고, 그런 경쟁으로부터 벗어나 안전지대에 놓일 수 있었다. 그 이후로는 비정상적인 경쟁 같은 건 할 필요가 없었다.

지금은 그 애도 자신의 행동이 얼마나 어리석었는지 깊이 깨달았으리라 믿는다. 그 애 역시 미국에서 공부했으니 내가 느끼고 배운 미국 대학 교육의 참 의미를 똑같이 느끼고 배웠을 테니까. 나도 지금은 가벼운 마음으로 그때의 일을 떠올릴 수 있다. 성적만으로 학생을 평가하는 우리 교육의 비애를 생각하면서…….

하버드에서의 경쟁은 자기 자신과의 싸움뿐

치열한 경쟁에 익숙했던 나에게 하버드대학교는 큰 충격이었다. 내가 시험을 잘 보았을 때, 같은 수업을 듣는 친구들은 조금의 가식도 없이 진심으로 축하를 해주었다. 또한 내가 영어 외에 일본어도 할 줄 안다는 사실 역시 시기하지 않고 쿨하게 받아들였다. '천재들의 전쟁터'라고 불리는 하버드대학교에서, 난 중학교나 고등학교에서와 같은 의미 없는 전쟁을 더 이상 치르지 않아도 되었다.

하버드의 친구들은 같은 수업을 듣는 학생들끼리 서로 돕는 것을 당연하게 생각했다. 내가 뛰어나게 잘하는 과목이든 도움을 필요로 하는 과목이든, 난 항상 네다섯 명의 친구들과 과제를 같이 했다. 내가 수학적 배경 지식이 부족해서 이 애 저 애 붙잡고 설명을 해달라고 할 때도 친구들은 절대 '그것도 모르니' 하는 태도를 보이지 않았다. 대부분은 교육을 다르게 받아 그렇겠거니, 이해하고 친절하게 알려주었다. 또 내가 자신 없어하는 과목의 숙제에 대해 그들과 다른 의견을 얘기해도 진지하고 참을성 있게 들어주었다. 내가 미처 알지 못했던 것들을 그들에게서 야금야금 알아내도, 그들은 결코 밑진다는 생각을 하지 않았다. 그들은 점수 경쟁에서 최고가 되기보다는, 자신이 수업 내용을 얼마나 이해했고 얼마나 많은 것을 배웠는지를 더 중요하게 생각하는 듯했다.

시험에서 하나라도 더 틀리면 등수가 주르륵 미끄러지는 성적 경쟁에 익숙해서인지, 나는 한 문제라도 정확하게 맞힌 것 같지 않으면 나도 모르게 걱정을 하는 버릇이 있었다. 물론 대학생활 1~2년을 보내고 난 후에는 한 문제 틀린 것 가지고 울상을 짓는 일 따윈 없어졌지만, 대학교에 들어와 처음 본 시험인 화학 시험에서는 그렇지 않았다. 분명히 어렵진 않았는데도 하버드에서의 첫 시험인 만큼 내심 불안했다. 다른 학생들은 시험을 얼마나 잘 보았을까. 언젠가 선배들이 했던 조언이 생각나 마음은 더욱 무거워졌다. 화학 수업은 목숨 걸고 학점을 사수하는 의학대학원 지망생들이 많이 듣는다. 따라서 상대평가로 학점이 매겨지는 이 수업에서는 거의 완벽에 가까운 수준으로 공부를 해야 한다는 조언이었다. 나는 아무리 생각해도 한 문제가 틀린 것 같아 시험이 어땠냐고 묻는 친구들에게 울상을 지었다.

"모르겠어. 나 망했나 봐."

그런데 며칠 후 받아든 시험지에는 99점이 적혀 있었다. 그리고 내가 틀렸을 거라고 확신했던 문제에는 '계산 실수'라는 채점자의 코멘트와 함께 1점 감점이 표시되어 있었다. 한국에서 이런 점수를 가지고 엄살을 떨었다면 거의 매장을 당했을 것이다. 망했다는 시험 점수가 99점이라니. 하지만 친구들에게 말하자 반응은 뜻밖이었다.

"와, 잘 됐네! 잘 해냈어!"

조금 더 친한 친구들은 미국인 특유의 눈 굴리기를 하며 비꼬듯이 말했다.

"망했다고? 응, 그래? 넌 네가 잘한다는 사실을 모르는 모양이구나."

그러고는 곧 축하의 말을 건넸다. 다시는 내가 엄살 부리는 것을 믿지 않겠다고 놀리면서.

하버드대학교에서 경쟁이 있다면 그것은 바로 자신과의 싸움이다. 자신의 장점을 살려나가는 과정에서 학생들은 서로 돕는 것을 당연하게 여겼고, 남을 질투하기보다는 자신의 능력을 개발하고 스스로 할 수 있는 일을 찾는 데 집중했다. 미국 문화라고 해서 모든 것을 다 좋다고 할 수는 없지만, 이런 점은 본받아야 하지 않을까?

《공부 9단 오기 10단》 책을 쓰고 나서 몇몇 학생들에게서 안타까운 사연을 이메일로 수없이 받았다. 한 친구는 지방에서 서울의 고등학교로 전학을 갔는데, 학교를 옮기자마자 반 아이들이 별 이유 없이 자신을 따돌린다는 것이었다. 나도 중학교 때 텃세가 심한 학교로 전학해 따돌림을 당한 적이 있기에, 동병상련처럼 그 학생의 일이 가슴 아프게 느껴졌다. 이런 트집 저런 트집으로 나를 괴롭혔던 중학교 때 애들을 생각하면 지금도 괴로운 심정이 된다. 처음에는 목소리가 고음이라 싫다고 하더니, 그 다음엔 영어 발음을 너무 굴려서 싫다고 했다. 그러더니 나중에는 딱 한 마디로 잘라 '재수 없다'는 것이었다. 나에게 이메일을 보낸 그 학생은 내 책을 읽고 큰 용기를 얻었다며 감사의 말을 했다.

악성 루머와 질투 때문에 열일곱 살 어린 나이에 책을 쓰고 방송에 나간 것을 후회하기도 했지만, 내 책을 읽고 또 다른 꿈과 희망을 가지게 되었다는 편지를 받을 땐 '그래도 잘 했구나' 싶은 생각이 든다. 내가 쓴 책이 한 사람의 상처라도 어루만져줄 수 있다면, 잃어버린 희망을 찾아줄 수 있다면, 그리고 새 꿈을 심어줄 수 있다면 그걸로 된 것이다. 그게 책을 쓴 충분한 이유가 된다고 나는 굳게 믿는다.

혹시 말도 안 되는 이유로 다른 친구를 괴롭히는 학생이 있다면, 부디 그럴 에너지로 자신의 장점을 개발하며 선의의 경쟁을 했으면 한다. 그 당시에는 느끼지 못해도, 시간이 지나 돌아보면 어리석은 자신의 행동이 얼룩처럼 남아 스스로도 힘들 테니 말이다.

합리적인 차가움 vs. 비합리적인 따뜻함

박원희가 조세핀과 결혼했다?

하버드대학교에서 놀란 점이 또 하나 있다. 사회 전체가 어느 정도 동의하는 '기본적인 가치관'이 사라지고 있는 듯했던 것이다. 물론 하버드가 위치한 매사추세츠 주는 미국에서도 특히 자유주의적인 성향이 강한 지역으로 이름나 있으니, 내 경험을 미국 전체로 일반화시킬 수는 없을 것이다. 하지만 학생들은 확실히 서로의 사생활에 대해서는 간섭하지 않기를 원하며, 남의 일에 이러쿵저러쿵 참견하는 것을 무례한 행동이라고 굳게 믿고 있는 것 같다.

2학년 때 함께 블로킹했던 친구들 중 한 남자애는 1학년 때부터 사귀던 여자친구와 자기 방에서 동거를 하다시피 했는데, 놀라운 것은 이 남자애의 룸메이트가 이에 대해 아무 말도 하지 않는다는 거였다. 아무리 무던해도 그렇지, 좀 불편하지 않을까 싶어 내가 슬쩍 물어본 적이 있다.

“룸메이트가 거의 매일 여자친구를 데려와 함께 살다시피 하는데 신경 쓰이지 않아?”

그러자 그는 뭐가 문제냐는 듯 대답했다.

“내 방에 와서 사는 것도 아닌데 뭐. 남에게 피해를 주지 않는 범위 안에서는 뭐든지 할 자유가 있는 거 아니야?”

내가 다시 물었다.

“걔 말야, 여자친구랑 그렇게 온종일 붙어 있으면 다른 친구들과는 좀 멀어지지 않을까?”

그러자 이번엔 약간 동의한다는 듯 어깨를 으쓱하고는 말했다.

“걔 선택이잖아. 지금은 여자친구랑 함께 있는 게 더 중요하다고 생각하는 모양이지. 자기 스스로도 잘 알고 그러는 걸 텐데, 뭐.”

나라면 친한 친구가 그러면 가만있기보다 말리는 쪽을 택했을 텐데. 미국 학생들은 다른 사람의 선택을 존중하지 않는 것은 곧 그 사람의 판단 능력을 무시하는 것이며 예의 없는 행동이라고 여기는 듯하다. 자기가 동의할 수 없는 선택을 한다고 해도 자신의 가치관으로 다른 사람의 행동을 판단해서는 안 된다는 생각을 하기 때문일 것이다.

그래서인지 미국인 친구들은 한국 학생들이 서로에게 지나칠 정도로 참견하는 것에 대해 의아해할 때가 많았다. 특히 간섭이 심해 말도 안 되는 소문까지 퍼지는 것은 그들에게 풀지 못할 수수께끼와 다름없었다. 한국에서 이런저런 소문이 많았던 나의 경우를 그들은 좀처럼 납득하지 못 했다. 성적이 좋지 않아 한국으로 돌아갔다는 말부터 시작해 대전의 카이스트 대학에 들어가 기숙사에서 숨어산다는 말까지, 얼토당토않은 소문에 그들은 혀를 내둘렀다. 너를 알지도 못하는 사람들이 왜 너에 대해 그 정도의 관심을 가지고 있으며, 왜 그런 소문을 만들어내는지 도저히 이해할 수 없다는 것이었다. 그런 소문이 어디에서부터 어떻게 시작되었는지는 모르지만, 내가 아닌 다른 사람들이 내 삶을 판단하려고 하는 과정에서 생겼다는 것만큼은 분명한 것 같다. 내가 이런저런 행동을 하면 어떤 소문이 날지, 또는 다른 한국인들이 나를 어떻게 생각할지를 항상 의식하는 나에게 미국인 친구들은 답답하다는 듯 말했다.

"너는 왜 그렇게 묶여서 사니?"

그 이후에도 나에 대해 무성히 번졌던 소문들을 생각하면, 미국인 친구들이 그렇게 말하는 것을 한국 문화에 대한 이해 부족 탓으로만 돌릴 수는 없을 것 같다.

소문은 단지 다른 사람들이 내 이야기를 하는 것 정도로만 끝나는 것도 아니었다. 나에 대한 소문 때문에 민족사관고등학교에서는 입학 설명회 때 자주 질문을 받았다고 한다. 내가 학점이 낮아 학교 적응을 못 하고 한국으로 돌아온 것이 아니냐, 민족사관고등학교에서 학생을 그렇게밖에 교육시키지 못한 결과가 아니겠느냐는 식이었다고 한다. 난 이 점에 대해서 아직도 내 모교에 죄송한 마음이 든다. 그렇다고 그런 소문이 돌 때마다 일일이 설명을 할 수도 없고, 참 난감할 때가 많았다.

이렇게 소문이 많다 보니 재미있는 에피소드도 생겼다. 페이스북(Facebook: 싸이월드와 미슷한 미국의 네트워킹 사이트)의 프로필에 '조세핀과 같은 룸에 산다'는 의미로 '조세핀과 결혼했음'이라고 썼더니, 내가 중국인과 몰래 결혼했다는 소문이 금세 한국에 퍼진 모양이었다. 나의 고등학교 선생님으로부터 축하 메일을 받은 어머니가 놀라서 전화를 하셨다. 이런 루머가 있다는 사실을 그제야 안 나는 어이가 없었다. 그리고 고의성이 다분히 보이는 이 해프닝을 단지 문화의 차이로 이해해야 할지 난감했다. 공부만 하기도 벅찬 내가 어떻게 중국인과 결혼을 하겠는가? 한편으로는 이 귀여운 루머에 웃음이 나오기도 했다. '조세핀'이 여자 이름인데 역시 같은 여자인 내가 '조세핀과 결혼했음'이라고 올렸다면 특별한 경우가 아닌 이상 농담이지 않겠는가. 더군다나 나에게 그렇게 관심이 많다면 조세핀의 프로필에 들어가 보았을 테고 여자라는 걸 확인했을 게 아닌가. 그 당시 조세핀과 나는 각각 중국과 일본에서 1년간 연수를 하고 돌아와 다시 기숙사 룸메이트가 되었고 그 사실을 농담으로 써 올린 것뿐인데, 그런 웃지 못할 일이 생길 줄은 생각도 못했다. 난 어머니로부터 전화를 받고 나서 바로 프로필을 바꿨다. 이에 대해 미국인 친구들은 또 한국 사람들은 농담도 할 줄 모르냐며 고개를 절레절레 흔들었다.

역시 나는 토종 한국인

하지만 나도 한국인으로서 미국인들을 이해할 수 없을 때가 있었다. 서로의 차이를 존중하는 문화 때문에 미국에서 사는 게 편한 건 사실이지만, 그런 만큼 미국 사회는 혼란스러워 보였다. 다른 사람의 가치관을 함부로 평가해서는 안 된다는 강박관념 때문에 그들은 오히려 자신의 믿음과 생각을 표현하는 데 자유롭지 못할 때가 있는 것 같았다. '옳다'와 '그르다'라는 개념은 나 자신을 넘어서 다른 사람에게도 적용된다는 전제를 깔고 있는데, 나에게는 나만의 옳고 그름이 있고 다른 사람에게는 다른 종류의 옳고 그름이 있는 것처럼 행동함으로써 가치 판단의 권리를 포기한 것처럼 보이기도 했다. 물론 정치적으로는 많은 이슈들이 자유롭게 토론되는 나라이지만, 실제 생활에서는 특히 도덕적인 행동에 대한 정의가 없어 보였다. 이건 나의 주관적 의견일 뿐이지만, 예를 들어 우리나라에 간통죄가 있다는 말을 듣고 아시아 문화에 익숙한 조세핀마저도 이해할 수 없다는 표정을 짓는 것을 보고 그런 생각이 들었다. 조세핀은 이렇게 말했다.

"물론 결혼할 때 신랑과 신부는 서로에게 영원한 사랑을 약속하지. 하지만 모든 사람이 결혼이라는 걸 그렇게 생각하는 건 아니잖아?"

또 다른 친구는 이렇게도 말했다.

"결혼을 했어도 다시 다른 사람과 사랑에 빠질 수도 있는 거잖아. 그런 자유도 없으면 그게 말이 돼?"

결혼이라는 것은 사회의 기본 단위인 가족의 시작이 되는데, 그런 정의마저도 사회적으로 동의하는 개념이 될 수 없다면 당연히 가족의 유대감도 약해지는 것이 아닐까. 통계에 따르면 미국의 부부 중 3분의 2가 이혼을 한다고 한다. 나에겐 이 통계가 자유를 너무 중시한 나머지 큰 대가를 지불하고 있음을 증명하는 게 아닌가 생각된다.

다른 사람들에 대해 지나치다 싶을 정도로 참견을 하는 한국, 반대로 지나치다 싶을 정도로 참견을 하지 않는 미국, 이 사이에 적정한 수준이 있지 않을까? 하지만 이는 너무 쉽게 이상에 도달하려는 오만일지도 모른다. 한국은 그 어떤 나라에서도 찾아볼 수 없는 정을 다른 사람들과 나눈다. 그런 만큼 다른 사람들의 삶에 참견하는 것을 당연시 여긴다. 미국은 다른 사람의 생각을 존중하는 태도가 몸에 배어 있다. 대신 옳고 그름의 기준이 분명하지 않아 남이 어떤 행동을 해도 개입할 생각을 하지 못한다.

나는 한국 사람이기 때문에 말도 안 되는 루머 속에 살았어도, 정이 듬뿍 흐르는 우리의 민족성을 사랑한다. 서로의 장점을 시기하지 않고 인정해주며 타인을 존중하기를 바라는 마음은 있지만, 남의 일이라고 관심을 갖지 않는 미국 문화의 냉정함보다는 서로 참견하면서 마음을 써주는 한국 문화의 인간미가 더 좋다. 미국 생활을 해본 뒤에도 변함없이 이런 생각이 드는 걸 보면 누가 뭐래도 나는 토종 한국인인 것 같다.

미래의 진로를 바꾸다

경제학 분야는 이미 설립된 이론에 대해 의문을 제기할 수 있는 기회가 많다. 경제학을 공부한다는 것은 바로 이런 점에서 스릴이 느껴지는 과정이었다. 대학교에서의 공부는 단지 이미 알려진 내용을 뒤늦게 습득하는 것이 아니라, 토론을 통해서 지식을 창출하는 과정에 함께 참여하는 것이었다. 이는 내게 말로 표현할 수 없는 지적 만족감을 주었다.

얼마든지 바꿀 수 있는 전공

실수 연발, 실험실 요주의 인물

과제를 하고, 시험을 보고, 동아리 활동을 하고, 친구들을 만나다 보니 1년이 훌쩍 지나갔다. 하버드 대학생활의 4분의 1이나 되는 시간이 그렇게도 금방 흘러가 버렸다는 사실에 마음이 가볍지만은 않았다. 뭔가 더 노력했어야 하지 않았을까. 하버드에서 내게 준 자원과 기회를 100퍼센트 이용하기는 한 걸까.

하버드에서는 보통 한 학기에 네 개 정도의 과목을 선택해서 듣는 것이 일반적이다. 난 1학기 때는 생물학 전공필수 세 과목과 인문학 교양과목 한 과목을 들었고, 2학기 때는 생물학 전공필수 두 과목과 인문학 교양과목을 두 과목을 들었다. 생물학을 전공하려는 학생들은 대부분 이런 코스를 밟지만, 어떤 이유에서인지 난 전공필수 과목에서 딱히 흥미를 느끼지 못했다. 그 중에서도 유전학 수업에서는 한 학기에 중간고사 세 번, 에세이 네 개, 그리고 매주 있는 프리랩 퀴즈와 랩 리포트가 벅찼던 때문인지, 많은 것을 배운다는 사실이 즐겁기보다는 괴롭기까지 했다. 대학교 졸업 후 바로 직장을 잡지 않고 대학원에 진학할 생각을 하고 있었던 만큼, 내가 실험실을 그다지 좋아하지 않는다는 사실도 내게는 큰 문제였다.

내 의지만을 믿고 내가 어렸을 때부터 꿈꿔온 미래, 즉 아픈 사람들을 돕겠다는 비전 하나만을 위해서 생물 전공을 고수해야 할 것인가. 그랬다가는 평생 뛰어난 실력도 없이 즐기지도 않는 분야에 갇혀 살 수도 있겠다는 생각이 들었다.

특히 실험실에서 나의 활약(?)은 엽기에 가까웠다. 생물학 분야에서 대학원에 진학하려면 실험을 잘해야 했다. 이론에 기초해 어떤 실험을 할 것인지 계획하고 그 계획대로 정확하게 실험 절차를 따라야 하는데, 나는 어떤 실험을 할 것인지 계획하기는커녕 남이 계획한 실험 절차를 따라 하는 데도 소질이 없었다. 그러다 보니 랩에서 나는 여러 가지 에피소드를 만들어내는 주인공이 되었다. 실험실 첫 과제가 신호탄이었다. 그날 우리는 양파 세포조직을 관찰했는데, 내가 만든 양파 세포 표본에서는 심지어 세포가 보이지도 않았던 것이다. 실험실 조교가 황당한 듯 고개를 갸우뚱했던 것도 무리는 아니었다.

실험실 파트너 윌리엄은 늘 나 때문에 당황스러운 사건에 말려들어야 했다. 한번은 약 한 달에 걸쳐 박테리아 콜로니를 배양하는 실험을 하고 있었다. 다른 유전자 조합을 가지고 있는 두 가지 박테리아 콜로니를 한 접시에 배양하면서, 시간의 흐름에 따라 어떤 패턴으로 자세포가 나타나는지를 보는 실험이었다. 2주째가 되었을 때, 첫 주에 배양했던 박테리아를 확인하고, 두 가지 다른 박테리아 콜로니가 한 점에서 만나도록 막대에 박테리아를 묻혀서 옮기는 실험을 해야 했다. 박테리아를 기르는 만큼, 접시에 다른 세균이 들어가지 못하도록 소독을 하는 것이 매우 중요했다.

웬일인지 그날따라 평소보다 순조롭게 실험이 끝났다. 이제 접시의 뚜껑을 닫고 보관 장소로 옮겨놓기만 하면 되었다. 혹시나 실험이 잘 되지 않을 때를 대비해서 접시를 네 개 사용하고 있었는데, 그것을 옮길 때 욕심을 부렸던 것이 탈이었다. 접시를 들었더니 어째 새끼손가락에 받쳐져 있다고 생각했던 마지막 접시가 흔들거렸다. 두 걸음쯤 발을 옮겼을까. 내 외마디 비명과 함께 접시가 허공으로 날았다. 그런데 그 접시들은 바닥에 떨어져 깨진 것이 아니라 바로 옆 쓰레기통으로 골인했다! 내 비명에 뒤를 돌아본 윌리엄은 화를 내기보다는 어이가 없는지 테이블에 쓰러지다시피 한 상태로 웃기 시작했다.

"원희, 너 그 접시 소독해야 한다는 거 알고는 있지? 그런데 쓰레기통에 그대로 골인시켰니?"

우리의 소동에 실험실 조교가 다가왔다. 세포가 보이지 않는 양파 세포 표본 사건 이후로 조교는 나를 요주의 인물로 주시하고 있었다. 이미 일주일간 진행한 실험을 다시 처음부터 시작하면 다른 팀에 비해 진도가 늦어질 게 뻔하다는 걸 알고, 조교는 또다시 곤란하다는 듯 고개를 갸우뚱했다. 이제는 이미 익숙해진 표정이었다.

"혹시 이런 일이 있을까봐 마련해둔 여분의 샘플이 있는데, 거기에

• 사이언스 센터 안에 있는 카페에 앉아서 공부하다가

서 박테리아를 가져다가 새로운 접시를 하나 만들어야겠군요. 걱정하지 말고 그 접시 하나만 만들어놓고 집에 가도록 해요."

윌리엄이 마음이 너그러웠으니 망정이지, 학점에 목숨 거는 의대 지망생이 파트너였다면 아마 나는 매서운 질타를 당하고 스스로 자책감에 시달렸을 것이다.

내가 좋아하는 것이 무엇일까?

하버드대학교에 합격했을 때 한국의 신문에서는 내가 생물학과에 합격했다고 기사를 내보냈다. 하지만 그건 한국의 대학들이 대부분 학과나 계열별로 신입생을 선발하는 데서 온 오해였다. 내가 지원서에 생물학 전공을 희망한다고 써낸 것은 합격 여부와 전혀 관계가 없다. 난 생물학과 학생이 아닌 단순한 학부생으로 하버드대학교에 합격한 것이기 때문이다. 설사 하버드에서 희망 전공에 따라 합격 여부를 결정한다고 해도, 생물학 전공을 지원하는 것이 합격 가능성을 높이는 데는 거의 도움이 되지 않을 것이다. 의대를 지망하는 학생들이 과학 전공 중에서 대부분 생물학 전공을 희망하기 때문이다.

어쨌든 나는 대학생활 1년을 보낸 시점에서 전공을 바꾸는 것에 대해 신중히 고려하고 있었다. 내가 한 박자 늦게 시작하더라도 재미있게, 열정을 가지고 공부할 수 있어야 했으니까. 사실 하버드에서는 1학년이 끝나고 나서 전공을 바꾸는 것이 무척 쉽고 흔한 일이다. 어떤 통계에는 80퍼센트에 달하는 학생들이 대학 입학 전 지망했던 전공을 다른 것으로 바꾼다고 나와 있다. 물론 학교에서는 이를 전혀 문제 삼지 않는다. 특정 학부나 학과에 지원하면 변경하기가 힘든 우리나라의 대학 시스템과 달리, 미국의 대학교에서는 1학년 말 전공을 정할 때까지 신입생들이 어떤 학과에도 소속되지 않는다.

전공을 바꾸는 데 큰 부담을 느끼지 않아도 되는 실제적인 이유는 이수 과목이 그리 많지 않기 때문이다. 전공을 위해 필요한 필수 이수 과목은 보통 졸업을 목표로 하는 경우 열세 과목, 영예 졸업을 목표로 하는 경우 열여섯 과목밖에 되지 않는다. 한 학기에 네 개씩, 2년 동안 꼬박 전공과목을 들을 자신이 있다면 3학년 때도 전공을 바꾸는 일은 가능하다. 이는 충분히 생각하고 결정하도록 시간을 주는 미국 대학의 배려라고 생각한다. 또한 전공필수 이수과목도 몇 가지 기초과목을 제외하고는 자신이 관심 있는 세부 전공을 골라서 들을 수 있기 때문에, 전공과목에 흥미를 느끼지 못하면서 전공을 바꾸지 않는 학생은 거의 없다. 흥미롭고 즐길 만한 과목이 있는데 굳이 좋아하지 않는 과목에 집착할 필요가 없기 때문이다.

사실 중학교나 고등학교에서 하는 공부는 이미 학자들이 발견한 것들을 뒤늦게 배우는 식이기 때문에, 정말 그 과목에 흥미를 느끼는지 아닌지 알기가 어렵다. 물론 민족사관고등학교는 자립형 사립학교로 특수목적고등학교 같은 커리큘럼으로 공부하기 때문에 실험을 할 수 있는 기회가 일반 고등학교보다 많았다. 하지만 고등학교 때 배운 기초 지식과 대학교 때의 심도 있고 세분화된 지식은 차원이 달랐다. 그냥 교양과목으로 생물학을 들었다면 아마도 나는 분명 실험을 즐겼을 것이다. 하지만 전공으로, 그것도 프리메드(pre-med, 의과 대학이 대학원 과정에 속하는 미국에서 의학대학원 준비 과정이나 학생 등을 총칭하는 말) 과목으로 배우려니 도무지 적성에 맞지 않았다.

나는 여러 가지 생각으로 머리가 복잡했다. 너무 쉽게 포기해버리는 건 아닐까. 난 이미 생물학을 전공한다고 알려져 있는데 전공을 바꾸면 실패자로 비춰지지는 않을까. 아니, 난 정말 실패자인 것은 아닐까. 삼성장학회에서는 나를 이공계 장학생으로 뽑아줬는데, 내가 이렇게 포기하면 그분들의 지원을 헛되이 하는 것이 아닐까.

인생 전체를 놓고 보면 그렇게 심각한 일이 아니었을 텐데, 입학한 지 얼마 안 된 나에겐 오만 가지 생각이 다 들었다. 실패자가 되고 싶지 않다는 강박증과 함께 다른 사람들의 시선이 의식되었고 그들의 질타가 두려웠다.

학기 말, 일 년 동안 날 지도해준 생물학과 교수 데이비드와 면담을 했다. 나는 유전자학을 듣고 난 뒤에 생물학에 흥미를 잃었고, 생물학이 내 적성에 맞는지도 잘 모르겠다고 말했다. 데이비드는 내가 불평을 늘어놓는데도 입 꼬리를 살짝 올리며 싱긋 웃었다. 이 오스트레일리아 교수는 처음 만났을 때부터 자신을 편하게 데이비드라고 부르라 했던 친절한 분이었다. 오스트레일리아 사람 특유의 악센트엔 뭔가 사람의 마음을 따뜻하게 하는 힘이 있었다.

"원희 양, 1학년 끝나고 전공을 바꾸는 건 우리 학교에서 아주 흔한 일이야. 그에 대해서 실패라든지 원희 양의 잘못이라고 생각할 필요는 없어. 원희 양은 이제 막 피기 시작한 꽃이잖아? 아직 늦지 않았으니 다른 학과로 전과를 시도해 보는 건 어떨까? 마음에 드는 학과라도 있나?"

곰곰이 생각해보니 고등학교 때 나는 생물학 외에도 경제학을 좋아했다. 사람 행동의 동기를 이해하고, 한 사람 한 사람이 내린 결정이 총체적으로는 어떻게 나타나는지를 연구하는 학문. 실생활과 밀접한 관련이 있기 때문일까, 난 경제학을 공부할 때 흥미롭고 짜릿함을 느꼈다.

그런 경험을 얘기하자 데이비드는 적극적인 반응을 보였다.

"그래? 그럼 이번 여름방학 때 경제학 수업을 들어보는 건 어때? 재미있을 것 같지 않아?"

그렇게 나를 격려한 뒤, 내가 학과를 바꾸더라도 종종 찾아오고 이메일로도 연락하라며 기분 좋게 웃었다. 헤어질 때는 언제나처럼 허그! 난 한결 가벼워진 마음으로 경제학과 수업을 들어보기로 결정했다.

내 적성에 딱, 즐거운 경제학

1학년 여름방학, 난 한국에 들어가지 않고 데이비드의 말대로 학교에 남아서 경제학 수업을 들어보기로 했다. 1학년 여름방학에는 인턴십을 구하기가 힘든 만큼, 많은 학생들이 여행을 하거나 어학연수의 경력을 쌓기보다는 흥미 있는 활동에 시간을 투자한다. 하지만 나에게는 앞으로 가야 할 길을 확실히 아는 것이 무엇보다 절실했다. 특히 졸업 후에 경제학과 대학원에 진학하게 된다면, 2학년 초부터 차근차근 준비하지 않는 이상 다른 학생들보다 뒤처질 수도 있었다. 1학년 여름에 2학년 수준의 수업을 듣고 재미를 느낀다면 경제학이 생물학보다 내 적성에 맞는 것이 아닐까 하는 생각도 들었다.

여름 학기는 약 7주 동안 한 학기에 해당하는 내용을 배우기 때문에 진도가 빠르다. 수업도 매일 두 시간씩 듣고 복습 없이 계속 진도를 나가 이를 힘들어하는 사람들도 있다. 난 2학년 때 듣는 미시경제와 거시경제 이론 수업, 즉 두 학기 분량의 수업을 들었다. 사실 1학년들이 많이 듣는 기초적인 미시경제와 거시경제 이론을 들어야 했는데, 이왕 경제학으로 전과할 거라면 낮은 레벨의 수업은 건너뛰고 싶었다. 담당 교수에게 가서 고등학교 때 AP 시험을 봤으니 2학년 레벨의 수업을 듣게 해 달라고 하자, 그는 배치고사를 본 후에 결정하겠다고 딱 잘라 말했다.

배치고사를 보아야 한다고 겁을 주었어도 두렵지 않았다. 1학년 때 미적분학을 들어둔 만큼, 수학에서는 부족하다는 평가를 받지 않을 자신이 있었다. 경제학도 고등학교 때 배운 내용을 다 기억하고 있지는 않았지만, 책을 한번 훑어보면 크게 걱정할 게 없을 것 같았다. 그리고 배치고사를 본 결과 난 2학년 수준의 수업을 들어도 된다는 평가를 받았다.

2학년 수준의 미시경제와 거시경제 이론 수업은 생각했던 것보다 수학적이지 않았다. 미시경제학에서는 미적분학만 알고 있으면 문제가 없을 정도였고, 거시경제학에서는 미적분학이 아예 필요 없는 수업이 더 많았다. 거시경제학 수업에서 난 빨려 들어가는 듯한 느낌을 받았다. 미시경제학은 고등학교 때 배웠던 것을 조금 더 수학적으로 풀어나가는 정도였던 데 비해, 거시경제학은 예전의 교과서에서 자세히 다루지 않았던 내용이라 무척 재미있었다. 새로운 이론을 배우느라 신이 난 나는 하버드대학교 안에서도 정말 독종만 한다는 예습까지 할 정도였다. 또 미리 좋은 질문을 준비해 가는 등 나도 모르게 수업에 정성을 쏟고 있었다. 수업 시간에는 이론을 정확히 이해하고,

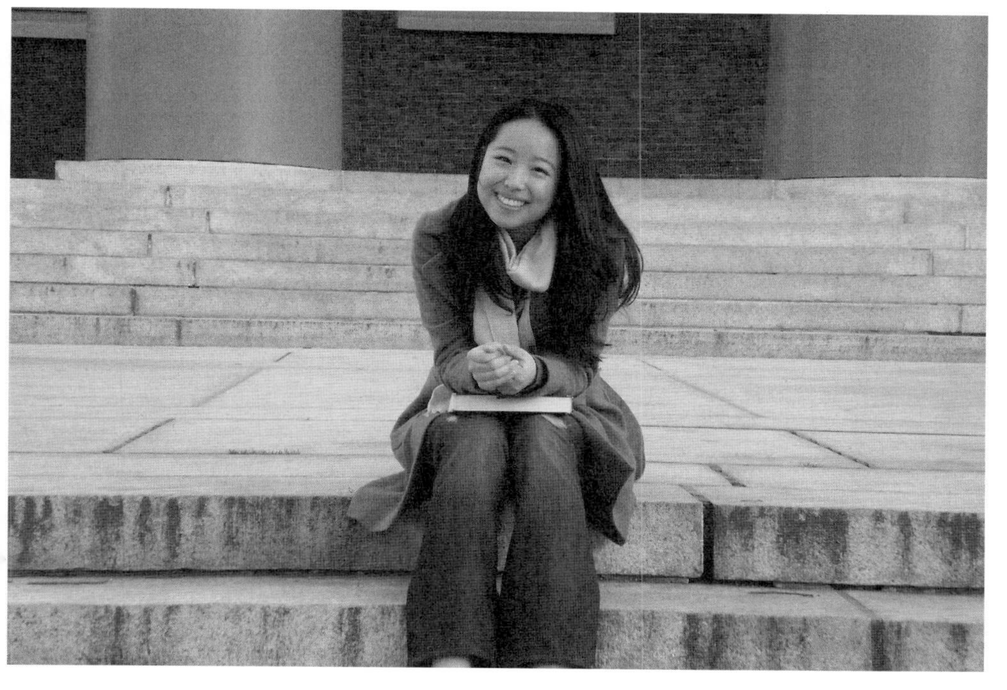

전공을 바꾸면서 자칫 괴로웠을지 모를
대학교에서의 학업도 즐거움으로 바뀌었다.
단지 내가 지금까지 이과 공부를 해왔기 때문에
전공 바꾸기를 미뤄왔다면,
난 더 오랜 시간 동안 즐기지도 못하면서
평생 할 자신도 없는 공부에 매달리고 있었을지도 모른다.

그 이론이 현실적으로 어떤 의미를 가지며 어떤 현상이 예측 가능한지를 생각하려고 노력했다. 아마도 그 당시의 나는 항상 골똘히 생각하는 표정을 하고 있었을 것이다. 학기가 끝나갈 때쯤, 거시경제학을 가르쳤던 교수는 마지막까지 노트에 메모를 하느라 다른 학생들보다 늦게 교실을 나가는 나에게 몸 둘 바를 모를 만큼 칭찬을 해주었다.

"자네는 이 수업을 들었던 친구들 중 가장 똑똑한 학생의 하나야. 앞으로 경제학을 전공하기 바라네."

진로에 대한 고민에 빠졌던 나에게 이 말은 가뭄의 단비와 같았다.

1학년 여름 학기가 끝나고 나서도 나는 전공을 섣불리 바꾸기보다는 경제학 수업을 이것저것 더 들어보기로 했다. 혹시 내가 쉬운 수업을 듣고 혹해서 전공을 바꿔버리는 것은 아닐까 하는 생각에 될 수 있으면 어려운 수업을 골라 들었다. 사실 1학년 때 의대나 과학 전공을 지망한 많은 학생들이 쉬운 경제학 수업을 듣고는 경제학으로 전공을 바꾸는 경우가 허다하다는 얘기를 들었던 것도 생각났다. 특히 의학대학원 지망생들 중에는 전략적으로 쉬운 경제학 수업을 골라 들으며 학점 관리를 해서, 좋은 점수를 얻기 힘든 의대 필수과목 학점을 커버하는 경우도 있다는 친구들의 충고도 마음에 새겼다.

2학년 초, 학습 계획을 의논하기 위해 생물학과 지도교수를 만났다. 난 그에게 전공을 바꿔야 할지도 모르겠다고 말을 꺼냈다. 내가 보여준 학습계획서에는 경제학과 통계학 수업이 빼곡히 채워져 있었다. 그는 별 말 없이 내 결정을 존중한다며 학습계획서에 사인을 해주었다.

내가 확실히 생물학보다는 경제학이 적성에 맞는다는 걸 확인할 수 있었던 건 2학년 1학기가 끝나갈 무렵이었다. 1학년을 위한 기초생물학 수업에서 고전했던 것에 비해, 경제학 수업에서는 상대적으로 어렵다는 수업을 들어도 그다지 힘들지 않았다. 이런 결론은 둘 중 어느 것이 더 쉬운가 하는 난이도에 따라 내려진 것이 아니라 내 적성에 따른 것이었다. 함께 생물학 수업을 들었던 한 친구는 나와 똑같이 경제학 이론 수업을 듣고는 생물학보다 경제학이 훨씬 어렵다고 말하기도 했다. 또 같은 고등학교 후배 중에는 경제학 전공을 선택했다가 중간에 생물학으로 바꾼 경우도 있었다. 하지만 나에게 경제학 이론 수업은 아주 자연스럽게 이해되어 공부를 억지로 해야 할 필요가 없었다. 혹시 1학년 때 전공필수 과목을 너무 많이 듣느라 실험에 질려서 생물학을 포기하려는 것은 아닐까 하는 생각도 들었다. 하지만 곧 그건 아니라는 결론이 나왔다. 생물학과에서 시간을 많이 요하는 것이 실험이라면, 경제학에서는 통계 소프트웨어를 통한 자료 해석이다. 많은 학생들이 이러한 자료 해석을 괴로워하는데 비해, 난 오히려 결과가 기대되어 즐겁기까지 했다.

전공을 바꾸면서 자칫 괴로웠을지 모를 대학교에서의 학업도 즐거움으로 바뀌었다. 단지 내가 지금까지 이과 공부를 해왔기 때문에, 또는 과학 전공을 할 거라는 다른 사람들의 기대 때문에 전공 바꾸기를 미뤄왔다면, 난 더 오랜 시간 동안 즐기지도 못하면서 평생 할 자신도 없는 공부에 매달리고 있었을지도 모른다.

쓸데없는 질문이란 없다

교수와 학생은 동등한 관계

'경제학에 대한 비판적인 시각'이라는 제목의 사회과학 분야 교양과목을 가르치는 마글린 교수가 첫 수업에서 물었다.

"여러분은 왜 시장 균형이 반드시 있어야 한다고 생각하는 거죠?"

질문을 받고 보니 정말 왜 그런지 궁금했다. 고등학교 때 공부했던 맨큐의 저서는 왜 대부분의 수요곡선은 하강하는지, 또 공급곡선은 상승하는지에 대해 간단하게 설명하고 있었다. 즉, 가격이 비싸면 상품을 사고 싶은 사람은 줄어들고 팔고 싶은 사람은 많아지기 때문이라는 것이다. 하지만 왜 수요곡선과 공급곡선이 꼭 한 점에서 만나야 하는지에 대한 설명은 없었다. 단지 좌표에 수요곡선과 공급곡선을 그리니 당연히 한 점에서 만나더라는, 지금 생각해보면 그다지 신빙성이 없는 말뿐이었다.

고등학교 때 기초경제이론을 공부하면서 당연시했던 가정도, 대학교 강의실에서는 이렇게 증명을 해야만 받아들여지는 명제가 되어 있었다. 교수들의 교육방식은 수업이 어려워질수록 더 엄밀해졌다. 물론 교수들만 그런 건 아니었다. 학생들이 수업에 참여하는 태도 역시 한국 학생들과는 달랐다. 2학년 2학기, 경제학 전공 학생들을 위한 논문 수업에서 이는 확연히 드러났다. '불평등과 빈곤'이라는 부제를 가지고 있던 이 수업에서, 학생들은 학자들의 논문을 읽고 와서 강의 시간에 토론을 하는 한편 자료를 가지고 논문을 써내야 했다. 첫 번째 강의의 숙제는 빈곤을 어떻게 정의하느냐에 대한 여러 학자들의 논문을 읽고 오는 것이었다. 다음 시간이 되자 수업을 지도하는 조교가 클래스 전체 학생에게 물었다.

"이번 읽을거리에 대해선 어떻게 생각했죠?"

내 옆에 앉아 있던 히스패닉계 남자아이가 특유의 악센트가 섞인 영어로 담담하게 대답했다.

"말도 안 돼요. 그런 주장이 학자들의 지지를 받았다니 믿을 수가 없어요."

그 후 하루에 1달러 이하를 버는 사람을 빈곤자로 지정한 세계은행의 기준이 얼마나 잘못된 것인지에 대한 비판이 한 시간 동안 계속되었다. 학생들은 어이가 없다는 듯 눈을 굴려가면서, '1달러 이하'를 기준으로 할 경우 빈민들은 하루 벌이가 1달러를 겨우 넘어도 더 이상 지원을 받을 수 없으므로 계속 빈곤층으로 떠밀릴 수밖에 없다는 주장을 폈다. 나로서는 그들의 주장에 일리가 있음을 부인하는 것은 아니지만, 왜 세계은행에서 그런 기준을 도입했는지 무조건 의심만 할 수도 없었다. 세계은행에는 당연히 대단한 경제학자들이 있는데, 그들이 이런 점을 모르고 하루 1달러라는 기준을 만들었을 리 없었다. 하지만 그런 식으로 유명한 학자들의 주장을 수용한다면 나는 얼마나 내 목소리를 낼 수 있을까. 그날 난 머릿속에서 아무런 판단도 내리지 못한 채 다른 학생들의 비판을 듣고만 있어야 했다.

학생들의 날카로운 비판적 태도는 다른 수업에서도 나타났다. 그들은 교수를 이름으로 부르지 않고 깍듯이 '교수님'이라고 정중하게 부르며, 교수에게 이메일을 보낼 때는 문법 하나도 틀리지 않게 몇 번이나 체크하는 등 예의를 갖추었다. 하지만 수업에서는 교수와 학생이 동등한 지적 수준을 가지고 있다는 가정 아래 말하고 행동하는 것 같았다. 1학년 여름방학 때 들었던 거시경제 이론 수업을 담당한 교수는 첫 수업에서 이렇게 말했다.

"이 수업에서 나는 여러분에게 지금까지 많은 경제학자들이 수립한 이론들을 설명할 것입니다. 난 여러분이 내 설명에 의해 설득되기를 바랍니다."

선생님의 말과 교과서에 나온 내용을 진리처럼 그저 받아들여야 했던 중·고등학교 때와는 달리, 학생들에게도 이미 많은 학자들이 받아들인 사실에 대해 질문을 던질 권리가 주어지는 것이었다. 교수들은 또한 학생들이 어떤 질문을 해도 성의 있게 대답하고 진지하게 반론을 제기했다. 내가 들었던 대학원 수준의 계량경제학 첫 수업에서 교수는 말했다.

"하버드대학교에 멍청한 질문, 쓸데없는 질문이란 없습니다. 내 설명이 부족하다면, 그리고 내가 증명해나간 명제에 대해 완벽하게 납득하지 않는다면 언제라도 질문하십시오."

이 수업을 들은 몇몇 학생들은 준비가 부족했는지, 기본적인 통계학 이론을 응용하기는커녕 이해도 잘 하지 못하고 있는 듯했다. 그들은 지치지 않고 너무 기초적인 질문을 해서 교수를 괴롭혔는데, 나는 수업 시간을 낭비하는 것 같다는 생각에 그들을 곱지 않은 눈길로 쳐다보곤 했다. 그러나 교수는 화를 내는 것이 아니라 질문 공세를 받고 난 다음 시간에 이렇게 말하는 것이었다.

"내가 미처 여러분의 통계학적 배경을 고려하지 못했군요. 미안합니다."

그러고는 수업에 필요한 기본 지식이 정리된 프린트물을 나누어 주었다. 나는 교수의 이런 태도에 탄복할 수밖에 없었다. 학생들을 존중하며, 학생들이 수업 내용을 이해하는 것은 자신이 얼마나 설득력 있게 설명하느냐에 달렸다고 믿는 그 겸손함을 나는 사랑하지 않을 수 없었다.

베리타스의 계단을 올라가는 시간

경제학 분야에서는 이미 설립된 이론에 대해 의문을 제기할 수 있는 기회가 특히 더 많다. 예를 들어 경제 이론의 많은 부분은 '모든 사람이 이성적이며 자신의 효용을 극대화하는 결정을 내린다'는 가정을 깔고 있는데, 최근 이 가정에 의문을 제시하는 학자들이 늘어나는 추세이다. 이를테면 '심리학의 거시경제학적 정책에의 응용'이라는 수업에서 '동남아시아의 빈곤계층 가정이 저축을 하지 않는 이유'에 대해 새로운 연구 내용을 배운 적이 있다. 그들이 쉽게 저축하는 기회에 닿을 수 있도록 하는 이른바 '채널 요소'가 없기 때문이며, 그들이 이성적으로 저축을 할 필요가 없다고 생각하기 때문이 아니라는 것이다. 경제학에 심리학을 응용하기로 유명한 라입슨 교수는 다음과 같은 연구를 하기도 했다. 미국의 많은 근로자들이 회사에서 제공하는 저축 계획, 즉 회사 주식 투자를 하는데, 별 이득이 되지 않는데도 근로자들이 그 계획에 동의하는 이유는 단지 '귀찮아서'라는 것이다. 따라서 경제학은 아무리 유명한 학자의 주장이라도 내가 그것을 수용할 수 없다면 설득력 있는 다른 결론을 내릴 수 있는 학문이기도 했다.

경제학을 공부한다는 것은 바로 이런 점에서 스릴이 느껴지는 과정이었다. 대학교에서의 공부는 단지 이미 알려진 내용을 뒤늦게 습득하는 것이 아니라, 토론을 통해서 지식을 창출하는 과정에 함께 참여하는 것이었다. 그리고 이는 내게 말로 표현할 수 없는 지적 만족감을 주었다.

내가 2학년 때 쓴 논문의 내용도 그렇다. 나는 세계은행에서 무료로 제공하는 중국 설문조사 자료를 이용하여, 중국에서 실시한 호구제도가 학력에 미치는 영향에 대해 논문을 썼다. 호구제도의 도입으로 인해 도시로 자유롭게 이주하기 어려워진 농촌 가구에서는 학력이 어떠하든 도시에서보다 돈을 적게 벌 수밖에 없으므로 교육의 가치를 더 낮게 평가할 것이고, 그렇기 때문에 교육에 투자하는 시간이 도시에 비해 적을 것이라는 생각에서 시작한 연구였다.

4학년이 되어 돌아보았을 때는 주제에 접근하는 내 방법에 계량학적인 오류가 많았지만, 당시에는 다른 사람이 한 번도 생각해보지 않았을지도 모르는 문제에 대해 대학교 2학년밖에 되지 않은 내가 나만의 주장을 펼 수 있다는 사실이 기뻤다. 그때의 내 모습은 스스로 생각해도 진지했다고 자부한다. 베리타스(veritas: 라틴어로 진리라는 뜻으로 하버드대학교의 모토이기도 하다)! 난 그것이 무엇인지 늘 알고자 하는 진지함을 길러나가기 위해 노력했다.

하지만 그렇다고 해서 공부가 쉽고 재미있기만 한 것은 아니었다. 2학년 2학기는 내가 하버드에서 보낸 4년을 통틀어 가장 밤샘을 많이 한 학기일 것이다. 당시 나는 통계학, 계량경제학, 경제학 논문 수업을 들었는데, 세 개의 수업에서 각각 다른 통계 소프트웨어를 쓰는 바람에 세 가지 다른 소프트웨어 언어를 배워야 했다. 또한 통계학과 계량경제학의 경우, 일주일에 한 개씩 내주는 문제풀이 숙제는 생소한 소프트웨어를 통해 자료를 해석하는 코드를 짜고 자료 해석에 대한 내 의견을 기술하는 게 많았다. 그런데 코드를 짜는 데만도 시간이 얼마나 오래 걸리는지, 일주일에 2~3일은 밤을 샐 수밖에 없었다.

더군다나 논문 수업에서 내가 사용한 세계은행의 통계자료는 자료의 양이 많고 여러 파일로 나뉘어 있어, 각각의 파일에서 필요한 요소를 모아 한 파일로 만드는 시간만도 엄청나게 오래 걸렸다. 거기에 어떤 계량학적 모델이 자료를 가장 잘 설명하는지를 결정해야 했는데,

이렇게 해서 내가 논문 수업에서 사용한 소프트웨어 STATA와 함께 보낸 시간도 얼마나 많았는지 모른다. 같은 논문 수업을 들었던 학생들 모두 그 점에선 동병상련이었던 듯, 서로 다크 서클이 깊어질 때마다 눈을 마주치며 풋 웃곤 했다.

학기말, 논문을 내기 바로 전날에는 모두들 밤을 새며 아침 7시가 넘을 때까지 서로에게 이메일을 보냈다. 내용은 물론 대단한 것이 아니었다.

'아!!!!!!!!!!!!!! 미치겠다!!!!!!'

'30분째 똑같은 내용을 반복하고 있어. 망했다!!!!!!.'

'나도 내가 무슨 말을 쓰는지 모르겠다. 조교가 보면 웃겠지?'

'이제 다섯 시간 남았어. 힘내!'

'난 끝났어. 이제 자러 가련다. 전사들이여, 장렬하게 싸우라!'

이렇게 몇 시간째 서로에게 답답한 마음을 털어놓고 격려의 이메일을 받으며, 혹시 누가 농담이라도 하면 논문을 쓰다가 웃음을 터뜨렸다. 논문 제출은 정오까지였다. 11시 30분이 넘도록 더 좋은 표현은 없을까, 이렇게 저렇게 문장을 고치다가 50분이 되자 서둘러 이메일로 논문을 보냈다. 그리고 55분이 되자 수업에서 항상 쿨한 입담으로 분위기를 띄우던 히스패닉계 남학생이 클래스 친구들 모두에게 이메일을 보냈다.

'오늘 밤, 밤샘에서 회복되는 대로 내 방으로 집합! 맥주 파티니까 다들 만취를 기원하며 오기를!'

모두가 당연하다고 생각하는 것에 '왜?'라는 질문을 할 수 있고, 이에 대해서 진지하게 함께 고민해줄 교수와 친구들이 있다는 것은 내게 말할 수 없이 큰 행복이었다. 내가 생각했던 진리 탐구를 위한 공부! 나는 그렇게 하나씩 베리타스의 계단을 올라가고 있었다.

공부란 정답을 아는 것이 아니라 과정을 아는 것

나의 공부 전략, 스터디 그룹 만들기

어떤 명제도 당연시할 수 없는 하버드대학교의 교육철학에 나는 흠뻑 매료되었다. 비판 능력을 요하는 수업방식 외에, 이제껏 빠른 속도로 지식을 흡수하고 그것을 다시 읊조리는 데 익숙했던 나를 당황케 했던 하버드의 또 다른 교육방식은 결과가 아닌 과정에 대한 강조였다.

하버드대학교에서는 교양 분야를 열한 가지로 나누어, 이 중 일곱 가지의 수업을 듣도록 하고 있다. 경제학이 전공인 나는 수리나 과학 분야의 세 가지 수업과 인문학 분야의 네 가지 수업을 들어야 했다. 이 중 문학, 외국 문화, 역사 수업은 읽어야 할 텍스트의 양이 많았을 뿐 아니라, 읽은 내용에 대해 자기 생각을 창의적으로 표현해야 하는 숙제가 매주 있다시피 했다.

한 주에 몇 백 페이지의 텍스트를 읽는다는 것은 나에게 큰 부담이었다. 아무리 고등학교 때 영어로 수업을 받았다고 해도 딱 2년뿐이었고, 평생 영어로 교육을 받아온 다른 미국인 학생들과 독서능력을 비교할 수는 없었다. 게다가 그 학생들이 나보다 머리가 떨어지는 것도 아니었다. 기껏해야 한 시간에 30페이지밖에 못 읽는 나는 그들에 비해 너무 많은 시간을 소비할 게 뻔했고, 그건 시간 싸움에서 진다는 뜻이었다.

당시에 내가 짜낸 전략은 이랬다. 어차피 매주 읽을거리를 꼼꼼하게 읽는다 해도 중간고사나 기말고사를 볼 때까지 그 내용을 기억하고 있을 리 만무하다. 매주 한 페이지 정도의 글을 써내는데, 한 수업에 100페이지에 달하는 내용을 꼼꼼하게 읽을 필요도 없다. 따라서 평소에는 읽을거리를 쭉 훑어보는 정도로 하고, 훑어본 내용 중 가장 인상 깊었던 몇 십 페이지에 집중해 숙제를 써 내면 된다. 대신 중간고사나 기말고사를 대비해 스터디 그룹을 만들자. 읽을 분량을 서로 나누어서 읽고 요약본을 만들어 돌려 본다면 중간고사를 보는 데도 문제가 없을 것이다.

하지만 스터디 그룹을 만들려면 인맥이 필요했다. 나는 어떤 수업에 들어가든 일단 첫 주 안에 세 명 이상의 친구를 만드는 것을 목표로 했다. 1학년 때와 같은 새가슴으로는 절대 해내지 못할 전략이었다.

"헤이! 난 원희라고 해. 너 어느 기숙사에 사니? 어머, 나 바로 그 앞에 있는 커리어에 살아. 웬일이니, 웬일이니! 야, 우리 언제 점심 같이 먹지 않을래?"

"헤이! 오늘 기분 어때? 날씨 완전 꿀꿀하지 않니? 봄 학기인데 비만 내리고, 그치? 넌 몇 학년이야? 아, 나보다 한 학년 아래구나? 근데 이 수업 재미있을 것 같니?"

내가 생각해내는 화제는 점점 다양해졌다. 물론 필요에 의한 것이었지만 친구를 새롭게 사귀는 방법이 되기도 했다. 이런 식으로 함께 공부할 친구를 찾지 않는다면, 내가 사람을 만날 기회는 기숙사에서 밥을 먹을 때나 동아리 활동을 할 때뿐이었다. 그리고 무엇보다도 중요한 사실은 다른 학생들 역시 함께 공부할 사람이 필요하기 때문에 그들에게도 절대 손해될 일이 아니라는 점이다. 이렇게 나는 서로 도와 공부하여 함께 살아남을 수 있는 방법을 터득하고 있었다. 내가 세 명을 섭외하면 그 세 명이 다른 친구들을 데려왔고, 그렇게 해서 중간고사가 가까워질 때쯤엔 열 명 정도의 스터디 그룹이 형성되었다.

그러나 좀처럼 친구를 만들기가 쉽지 않은 수업도 있다. 보통 80명 정도가 듣는 대규모 수업이 그렇다. 이럴 경우 수업 내용에 대해 토론하는 소규모 섹션 시간을 이용하면 된다. 중간고사가 2주일 정도 남으면 학생들은 모두 어떻게 공부하는 것이 효과적일지 방법을 찾기 시작한다. 이때 섹션에서 스터디 그룹을 함께 할 사람을 찾는다고 수업 전에 알리고 이메일 주소가 적힌 종이를 돌린다. 그러면 어느새 기꺼이 도움을 주고받으려는 학생들의 이메일이 날아드는 것이다. 물론 시기를 놓치면 이미 모두가 다른 스터디 그룹을 찾아간 터라 친구들을 모을 수 없게 된다.

스터디 그룹이 필요한 이유는 단지 읽을거리가 많아서는 아니다.

인문학 과목의 경우 시험 문제가 서술형으로 나온다. 예를 들자면 페리 제독의 쿠로후네가 몇 년도에 일본에 왔는지를 묻는 게 아니라, 쿠로후네의 도래로 인해 일본의 국민 정서가 어떻게 변화되었는지 그동안 읽은 자료를 토대로 자기 주장을 써 내려가도록 하는 것이다. 즉, 단기간에 외운 지식들을 시험지에 그대로 적어 내는 식의 공부는 아무런 도움이 되지 않는다. 그래서 스터디 그룹의 친구들과 함께 예상 문제를 내고, 그 문제에 대해 서로의 주장을 들어보는 것이 더없이 좋은 시험공부가 되는 것이다. 때로는 교수가 미리 예상 에세이 주제를 열 개 정도 주고, 그 중 세 개 정도를 뽑아 시험에 내기도 한다. 그러면 우리는 각각의 주제에 대해 돌아가면서 주장을 펴고 토론을 하는 것이다. 내 주장이 약한 경우에는 친구들이 반박을 해주고, 그 반박을 통해서 난 내 주장의 어떤 부분을 어떻게 고쳐야 하는지를 배우게 된다. 그야말로 돈을 안 내고 받는 과외나 다름없다.

공식은 도구일 뿐! 사용법을 배워라

수학과 과학 분야도 이와 비슷하다. 정확한 답보다는 답을 얻는 과정을 정확히 이해하고 있는지를 체크하는 시험문제가 나온다. 과학에서는 이론을 어떨 때 응용해야 하는지를 이해하고 있는가에 대한 문제가 많이 나온다. 이를 위해 교수는 이론을 설명하기 위한 가정들 중 한 가지가 성립되지 않도록 한 다음, 학생들의 반응을 살피는 꼬이고 꼬인 시험문제를 내기도 한다. 몇 가지 가정이 성립되었다고 덥석 미끼를 무는 학생은 제대로 이론을 이해하지 못했다는 평가를 받을 수밖에 없다.

수학 수업의 경우, 미적분학을 지나 명제의 증명이 중심이 되는 수업을 듣기 시작하자 숙제도 시험문제도 스스로 그 방법을 찾도록 하는 것이 많아졌다. 개념의 정의를 수업 시간에 알려주고, 기본적인 이론의 증명 방법을 가르친 후, 학생들이 비슷한 방법을 찾아 명제를 증명하는 능력을 기르도록 하는 것이었다. 4학년 2학기 때 들었던 해석학(real analysis) 수업이 특히 그랬다. 해석학을 가르치는 젊은 러시아 교수는 처음 보는 이론의 증명을 가르치면서 일부러 틀린 주장을 하여, 학생들이 수업을 잘 듣고 있는지 또는 학생들이 이것이 왜 틀린 주장인가를 이해하고 있는지 체크했다.

인문학에서의 수업 방식이 내게 도전이었다면, 수학에서의 수업 방식은 오히려 내 흥미를 돋우었다. 단순한 이론이나 개념의 정의에서 이런저런 명제가 탄생하고, 그 명제를 증명할 수 있다는 사실이 정말 신기했다. 마치 레고 블록을 가지고 성을 쌓는 듯한 기분이랄까.

이렇게 수업 방식이 생각하는 능력을 기르는 데 집중돼 있다는 것을 미국 학생들은 정확히 이해하고 있는 듯했다. 그때까지 수업을 지식의 축적으로 생각하던 나는, 1학년 때 배웠던 미적분학의 세세한 공식이 기억나지 않거나 일본 역사 수업에서 배웠던 인물의 이름이 기억나지 않으면 헛배운 것 같은 기분이 들었다. 이에 대해 친구들에게 진지한 질문을 던진 적도 있다.

"너희는 다 기억나는 거야?"

친구들의 대답은 간단했다.

"당연히 아니지!"

그들은 모든 것을 다 기억해야 한다고 생각하는 나를 이해하지 못했다.

"너 미적분학 수업을 들었다고 했지? 그러면 내가 공식 리스트를 주면 어떤 미적분학이든 할 수 있잖아. 그러면 된 것 아니야?"

공식은 도구일 뿐이며, 그 도구의 사용 방법을 배웠다는 것이 더 중요하다는 것이었다. 따라서 한국에서 해왔던 방법, 시험 2주 전부터 벼락치기로 공부하는 것은 도움이 되지 않았다. 아주 기초적인 미적분학 수업이나 암기 위주의 수업 몇 가지를 제외하면 거의가 그랬다. 벼락치기로는 수업에서 가르치려는 알짜 내용, 생각하는 방법을 배울 기회를 놓칠 수도 있었다. 수학이라면 어디서 시작해서 어떻게 증명을 이끌어낼 것인지를 배워야 했고, 경제학이라면 자료를 보고 어떤 질문을 할 수 있고 그 질문을 어떻게 계량학적으로 대답할 수 있는지를 배워야 했다. 이것이 하버드에서 내가 터득한 공부 방법이었다.

가장 훌륭한 글쓰기 선생님, 나의 친구들

빨간 펜 투성이가 된 첫 번째 에세이 원고

단지 사실을 외우는 것이 아니라 사실을 통해 자기 주장을 펴는 방법을 배우도록 강조하는 만큼, 하버드대학교에서는 글쓰기가 여러 모로 중요했다. 그러나 대학교에서의 글쓰기는 고등학교 때 배웠던 4문단 글쓰기와는 완전히 달랐다. 서론에서 논지를 제시하고, 본론의 두 문단에서 논지를 뒷받침하는 증거를 나열하고, 결론에서는 논지를 반복하는 4문단 글쓰기의 간단한 구조보다 훨씬 복잡했다. 일단 짧은 페이퍼라 해도 5~6장 정도는 되기 때문에, 길어야 두 장인 4문단 글쓰기와는 분명한 차이가 있었다.

하버드대학교에서는 1학년 학생들에게 통과의례로 수학과 함께 논리적인 글쓰기 수업을 듣게 한다. 1학년 첫 배치고사를 통해 학생들을 각자 알맞은 레벨로 배치하는데, 논리적인 글쓰기는 10과 20, 두 레벨이 있다. 10 레벨은 주로 영어를 모국어로 하지 않는 외국인 학생들이 듣고, 20 레벨은 그 나머지 학생들이 듣는다. 나는 다행히 20 레벨로 배치되었고, 가을 학기와 봄 학기 중 봄 학기에 듣게 되었다. 그런데 모두가 같은 수업을 듣는 것이 아니라, 여러 주제의 수업들 중에서 자신이 관심 있는 것을 골라 그 주제에 대한 글을 써야 했다. 선택할 수 있는 주제로는 하버드대학교의 딱딱한 학문적인 이미지와는 맞지 않게 추리소설, 유령소설 등 쿨한 것들도 많았다.

내가 선택한 수업의 주제는 '사회와 가족의 의미'였다. 가족의 의미가 어떻게 변해왔는가를 인류학적으로 분석하는 게 주된 내용이었다. 한 학기 동안 써 내야 할 에세이는 네 편, 나로선 가볍지만은 않은 숙제였다. 각 에세이마다 일단 초고를 써서 내고, 그 후에는 교수와 1 대 1 미팅을 하여 논리가 부족한 부분을 지적받거나 친구들에게 의견을 들은 다음 완성된 원고를 써 내야 했다. 물론 초고를 잘 써 내면 완성된 원고에서는 조금만 고쳐도 되지만, 1학년 때의 내 글은 워낙 구멍이 많아 허술함의 극치였다. 첫 번째 에세이의 원고는 그야말로 빨간 펜투성이였다. 게다가 논리의 전개가 이해되지 않는다는 말을 조교에게 들으면서 힘들게 글 쓰는 방법을 배워야 했다.

다른 미국 학생들처럼 표현력이 대단한 것도 아니고 문장력이 있는 것도 아니라 나는 늘 고전해야 했다. 한 시간에 두세 페이지를 써 내려가도 탄복할 만한 문장이 나오는 그들과 겨루는 것은 힘겹기만 했다. 따라서 그들에게 뒤처지지 않으려면 내용으로 승부를 거는 수밖에 없었다. 학문적으로는 표현력보다 내용의 일관성이나 창의성, 문단의 논리적 전개가 더 중요한 요소가 되기 때문이었다. 나는 주제를 정할 때부터 신경을 많이 썼다. 우선 내 주장을 뒷받침할 충분한 자료가 있는지 알아보고, 그렇지 않으면 그 주제를 택하지 않았다. 시간을 낭비하지 않기 위해서였다. 그리고 내 주장을 통해 더 일반적인 주장을 할 수 있는지에 대해서도 심사숙고했다.

고등학교에서 배웠던 글쓰기와는 다르게, 대학교 1학년 때 배운 논리적인 글쓰기의 주제는 매우 복잡했다. 6~7페이지에 달하는 에세이의 중심 주장은 적어도 두세 문장은 될 만큼 단순하지 않은 내용이었고, 사람들이 읽고 반론을 제기할 여지가 있을 정도의 흥미로운 사실이 아니면 쓸 가치도 없었다. 글을 쓸 때는 먼저 서론에서 주제를 제시하고, 본론에서는 이 복잡한 주제의 내용을 몇 부분으로 나누어 한 문단에 하나씩 증명해나가야 했다. 쉽게 제기될 만한 반론이 있다면 그 반론의 내용을 '어떤 사람들은 이렇게 생각할지도 모른다'는 식으로 제시해준 뒤, 이 반론에 대해 다시 반론을 제기함으로써 자신의 주장이 왜 타당한지를 설명해야 했다. 결론에서는 본론의 내용을 정리하는 데서 그치지 않고 글의 주제에 대해 본론에서 펼친 주장이 더 일반적으로는 어떤 의미를 갖는지, 또는 뒤를 이어 연구할 사람들에게는 어떤 과제를 던져주는지를 밝혀야 했다.

내용 뿐 아니라 구조의 면에서도 고등학교 때 썼던 에세이와는 많이 달랐다. 1학년 때 조교는 내가 특히 문단과 문단 사이의 관계에 약하다는 지적을 많이 했다. 한 문단 안에서 첫 문장이 문단의 주제를 제시해주고 둘째와 셋째 문장이 첫 문장을 뒷받침해주는 것처럼, 문단 사이에도 매우 뚜렷한 관계가 있어야 한다는 것이었다. 내용의 흐름상 전개가 어색하지 않더라도 적절히 넣어줘야 하는 말들도 있었다. 즉, 'however' 같은 접속사나 앞 문단의 마지막 문장에 썼던 내용을 가리키는 말을 쓰는 등 문단 사이가 매끄럽게 연결되도록 해야 했다.

나에게 1학년 논리적인 글쓰기 수업은 그야말로 고생길이었다. 초고를 밤새워 써 가면 조교는 논리적 전개가 미흡하니 처음부터 다시 쓰라는 둥, 주제가 복잡하지 않아 지루하니 더 재미있고 복잡한 주제를 찾아보라는 둥 하며 퇴짜를 놓았다. 그러면 완성 원고를 낼 때는 처음부터 다시 시작하듯 써야 했던 일이 얼마나 많았는지!

물론 외국인 학생이 많은 하버드대학교는 글쓰기에 어려움을 겪는 학생들을 위해 글쓰기 지원센터(Writing Help Center)를 운영한다. 이곳에서는 글쓰기에 소질이 있다고 인정받은 학생들, 특히 학교 신문《크림슨》에서 기자로 활동하는 학생들이 다른 학생들의 에세이를 보고 부족한 부분을 짚어준다. 나는 2학년 때부터는 이들의 도움 없이도 에세이를 써 낼 수 있었지만, 1학년 때는 초고에서 번번이 퇴짜를 당하는 만큼 완성 원고를 내기 전에는 반드시 그곳에 들러 의견을 묻곤 했다.

친구들의 질문으로 에세이 숙제하기

1학년 때 글쓰기 방법을 배웠던 것은 결과적으로 나에겐 다행한 일이었다. 그 후 교양 수업 혹은 인문학 수업의 리포트를 쓸 때나 시험을 볼 때도 그때 배운 글쓰기 방법이 유용했다. 주제가 복잡하면서도 흥미로워야 하고, 주제를 뒷받침할 수 있는 근거나 반론에 대한 반론도 설득력이 있어야 한다는 점은 어느 글에서도 똑같이 중요했으니까.

물론 인문학 수업에서 자유 주제로 에세이를 쓰라고 하면 아무런 주제도 생각나지 않는 때가 있었다. 이럴 때는 일단 수업을 들으면서 생각했던 것들을 순서 없이 써 내려갔다. 글의 순서에 개의치 않고 써 내려가다 보면 나도 모르게 괜찮은 아이디어가 떠오르기도 하고, 두 가지 비슷한 아이디어가 연결돼 하나의 주제가 만들어지기도 했다. 하지만 도저히 어떤 주제를 정해야 할지 알 수 없을 때는 친구들에게 SOS를 청할 수밖에 없었다.

"에세이 숙제가 있어. 나랑 얘기 좀 해주지 않을래?"

스터디 그룹에 있는 친구들에게 말하면 대부분은 흔쾌히 부탁을 들어주었다. 그들은 내가 생각해놓은 몇 가지 주제에 대해서 이것저것 질문을 던졌다.

"넌 왜 그렇게 생각하지?"

"이런 반론이 있는데, 그 반론에 대해서는 어떻게 생각하는데?"

그러면서 토론을 해나가는 것이다. 그렇게 한 시간만 저녁식사를 하며 토론하다 보면 어느새 쓸 거리가 만들어져 있었다.

유학생으로서 언어의 장벽은 가장 넘기 힘든 장애물이었다. 1학년 때 집중적으로 글쓰기 교육을 받으면서 좋은 글쓰기의 방법을 배운 것은 사실이지만, 언제나 주변 친구들의 도움을 많이 받았다. 나 혼자서는 도저히 주제를 생각해내지 못할 때 도움을 준 것도, 마지막으로 문법 체크를 도와준 것도, 그리고 혼자 밤을 새기 싫을 때 함께 기숙사 식당에 앉아 컴퓨터 너머로 서로의 잠을 깨우는 농담을 해준 것도 친구들이었다. 자존심을 버리고 다른 사람에게 도움을 청하면, 상상했던 것 이상으로 한가득 선물이 안겨졌던 것이다.

아무리 강조해도 지나치지 않는 지적 재산권 보호

숙제를 베끼는 건 예의가 아니야

논리적인 글쓰기 수업에서 한 가지 철저하게 교육받았던 것이 있다. 바로 지적 재산권에 대한 존중이었는데, 그들은 지나치다 싶을 정도로 그것을 중요시하고 있었다. 고작해야 대학교에서 수업을 위해 쓰는 에세이일 뿐이고 학술지에 발표할 논문도 아닌데, 남의 아이디어를 인용할 때는 적절하게 그리고 뚜렷하게 내 아이디어가 아님을 밝혀야 했다. 그리고 에세이 끝에는 인용 논문의 저자, 논문 제목, 발표일, 발표된 학지 등을 형식에 맞게 기록해야 했다. 이때 만에 하나 저자 이름을 빼먹기라도 하면 지적 재산권을 위반했다는 이유로 징계의 대상이 될 수도 있었다.

나는 글을 쓰기 전에 인용하고 싶은 저자의 말들을 미리 컴퓨터에 문서로 저장해두고, 출처 역시 형식에 맞게 써놓았다. 실수를 미연에

방지하기 위해서였다. 글을 쓰는 과정에서 새로 인용할 말을 찾는 경우, 인용과 동시에 문서 뒤에 첨부되는 인용 논문 리스트를 정리했다. 이렇게 하면 실수할 일도 없고, 글을 다 쓴 후에 따로 시간을 내서 인용 논문 리스트를 작성할 필요도 없기 때문에 좋다.

지적 재산권 보호는 비단 학자의 말이나 저술에만 해당하는 것이 아니었다. 나는 1학년 때 인류학 분야의 글쓰기 수업을 들으면서 인터뷰를 할 일이 있었는데, 이때 역시 인터뷰 대상자가 한 말을 그대로 옮긴 뒤 인용했다는 표시로 따옴표 처리를 해야 했다. 인터뷰 대상자의 말을 이렇게 저렇게 짜깁기하여 본래 의도와 다르게 전달하는 것은 크게 비난받을 행위였다. 인터뷰가 어떤 환경에서 이루어졌으며, 어떤 의도로 그런 말을 했는지를 정확하게 밝히는 것이 중요했다.

사실 지적 재산권에 대한 교육은 이런 정도에서 그치지 않는다. 심지어 수학이나 과학 숙제 역시 슬쩍 베끼는 것이 허용되지 않는다. 물론 문제풀이 과제는 혼자서 쉽게 할 수 없을 만큼 난이도가 높기 때문에, 그룹이 함께 모여서 숙제를 하는 것은 허락된다. 하지만 페이퍼를 제출할 때는 자신의 힘으로, 자신이 생각한 순서대로 논리적인 풀이를 전개해나가지 않으면 안 된다. 혹시라도 시간이 없어서 친구의 숙제를 그대로 베껴 냈다가 교수나 조교에게 들키면 골치 아픈 사태가 벌어진다. 케이스에 따라 다르긴 하지만, 숙제를 베낀 사람이나 보여준 사람 모두 한 학기에서 일 년 정도 학교를 못 다니는 심각한 징계를 받을 수도 있는 것이다.

그래서일까. 언젠가 선형 대수 등을 이용해 문제의 극대화를 해나가는 수학 수업의 스터디 그룹 모임 때였다. 이 스터디 그룹은 모두가 적어도 열 시간 정도는 문제풀이 방법을 생각해본 후, 서로 모르는 것을 알려주고 실수를 체크해주는 방식으로 공부를 하고 있었다. 그날 최고의 숙제는 교수가 교묘히 꼬아서 낸 도형 문제였다. 도형 문제라고는 하지만, 사실은 도형을 이루는 선을 가리키는 방향에 따라 분류, 그 선들을 벡터로 생각한 후 선형 대수를 이용해 풀어야 하는 문제였다.

도형 문제에 젬병인 나는 도형의 성질을 사용하지 않고 문제를 풀 방법을 찾았고, 선형 대수를 이용하면 문제가 간단해진다는 사실을 알아냈다. 그런데 그날 모인 친구들은 나와 같은 생각을 하지 않았던 모양이다. 모두들 이번 주에는 선형 대수와 관련된 명제들만 배웠는데 교수가 이 문제를 왜 냈는지 모르겠다고 하는 것이었다. 그들이 생각해낸 문제풀이 방법을 보니 장황하게 몇 페이지나 설명을 해놓고 있었다.

이 수업은 내가 배경 지식이 부족해 따라가기가 힘들었던 수업이었는데, 드디어 기회가 왔다. 항상 도움만 받다가 비로소 스터디 그룹에 도움을 주게 되었음을 기뻐하면서, 난 내가 어떻게 문제에 접근했는지를 설명해나가기 시작했다.

"원희가 접근한 방법이 교수님 의도에 가장 잘 맞는 것 같아."

"그렇게 하면 정말 문제가 간단해지는구나. 그 방법 정말 마음에 들어."

친구들은 내가 이 수업을 힘들어 하고 있다는 사실을 잘 알아서인지 칭찬과 격려를 아끼지 않았다. 그런 기분 좋은 추임새는 나에게 자신감을 주었다. 그들 중 몇 명은 내 문제풀이 방법을 보여 달라고 하여 읽어보기도 했다. 그러나 누구도 나와 같은 방법으로 그 문제를 해결하지는 않았다. 다른 친구가 두 장에 걸쳐서 쓴 문제풀이 방법을 읽어보니 배배 꼬여 있다는 느낌이 들었다.

"내가 쓴 것 다시 보여줄까?"

혹시 도움을 청하지 못하는 게 아닐까 싶어서 묻자, 그는 싱긋 웃으며 고맙지만 괜찮다고 했다. 분명히 내 접근 방법이 교수의 의도와 맞는 것 같지만, 비록 길더라도 나름의 논리가 있으니 자신의 문제풀이 방식을 고수하겠다는 것이었다. 또한 내가 몇 시간에 걸쳐 생각하고 생각한 끝에 도달한 것을 그 자리에서 베끼는 건 나에 대한 예의가 아니라고 했다. 내가 정말 괜찮다고 해도 그들은 끝내 스스로 문제를 풀 방법을 찾으려고 했다.

그들과 공부하다 보니 나도 똑같은 자존심이 생긴 것일까. 나 역시 도저히 어떻게 풀어야 할지 모르는 문제가 있을 때 친구에게 방법을 물어보긴 해도 그의 숙제를 베끼는 일은 없었다. 도저히 시간이 없을 때는 친구의 접근 방법과 같은 방법을 쓰되, 그 방법을 확실하게 이해하고 나서 내 힘으로 문제풀이 과정을 써 내려갔다. 시간이 조금 있으면 다른 친구가 어떻게 문제에 접근했는지를 메모해두고, 그 방식과 비교해서 내가 접근한 방식은 왜 답에 도달하지 않았는지를 생각해본 뒤 다시 처음부터 문제를 풀어나갔다.

내가 언제 그런 말을 했지?

다른 사람의 지적 재산을 마음대로 가져다 쓰지 않는 태도, 이것은 한국과 특히 차별되는 문화의 한 부분일 것이다. 5년 전 기자들과 인터뷰를 하면서 그런 점을 많이 느꼈다. 인터뷰를 한 후에 잡지나 신문을 보면, 도저히 내가 한 말이라고 상상할 수도 없는 내용이 버젓이 따옴표를 달고 나와 있는 것이었다. 또한 기자들 중에는 자신의 의도에 맞게 인터뷰를 유도해나가는 사람들도 간혹 있었다. 내가 생물학자로서 연구하는 일에 종사하고 싶다는 말을 하자 대뜸 이렇게 묻는 것이었다.

"그러면 노벨상도 바라보겠네요?"

그런 목표를 가져본 적이 없는 나는 적당히 대답했다.

"아뇨, 특별히 그런 것은 아니지만 탈 수 있다면 좋지 않을까요?"

그 기자는 '노벨상을 꿈꾸는 예비 대학생'이라는 내용을 부각시켜 기사를 내보냈다.

내가 열 개의 대학에 합격했을 때도 마찬가지였다. 나는 미래의 꿈에 대한 기자들의 질문에 나름대로 소신 있는 대답을 했다고 생각했는데, 신문에는 내가 말한 내용이 아니라 기자의 의도에 맞게 편집된 인터뷰 기사가 실렸다. 물론 기자들이 나에게 해를 끼치려고 그랬던 것이 아닌 만큼 굳이 문제 삼을 생각도 없었다. 하지만 5년이 지난 지금 돌이켜보면, 내가 하지 않은 말들이 따옴표까지 붙어 실렸으니 미국이라면 분명 고소거리가 될 만한 일이었다. 이는 기자뿐 아니라 글을 쓰는 모든 사람들이 명심해야 할 문제일 것이다.

지적 재산에 대해 별 개념이 없는 문화에서 온 학생들이 미국의 지적 재산권에 대한 엄격한 태도를 알지 못하면 사건에 휘말리기 쉽다. 보스턴 근처의 한 학교에 입학사정관으로 근무했던 친구가 있다. 그의 말에 따르면 1년에 몇 명씩 한국인들이 지적 재산권 문제에 휘말린다고 한다. 주로 친구나 선배의 과제를 베끼는 경우가 많고, 심한 경우에는 선배가 전년도에 썼던 에세이를 몇 문장만 바꿔서 냈다가 걸린 일도 있었다고 한다. 초등학교나 중학교 때는 숙제를 친구에게 보여주지 않는 것을 치사한 일로 여기기도 했다. 하지만 미국의 대학교에 와서 보니 숙제를 베끼도록 놔두는 것조차 징계를 받을 수 있는 위험한 행동이었다. 다른 한국 학생들도 미국 저작권 문화를 좀 더 이해해 그런 일이 없었으면 하는 바람이다.

우리 기숙사가 최고야! 못 말리는 기숙사 프라이드

제발 콰드에 있는 기숙사만은 되지 않기를!

2학년이 되자 대학생활에 적응이 되면서 밥을 허겁지겁 먹으며 공부를 해야 할 필요가 없어졌다. 새로운 환경에서 하나부터 열까지 스스로 부딪치며 알아가야 했던 신입생 때에 비해 한결 느긋해진 것이다. 그리고, 1학년 때의 페니패커 기숙사를 나와 2학년 때부터는 새로운 기숙사에 3년간 살게 되었다. 학교에서 설문조사로 룸메이트를 정해주었던 1학년 때와는 달리, 2학년 때는 학생이 직접 룸메이트와 이웃 친구들을 정할 수 있었다. 학교에서 배정해준 기숙사의 선배들이 별별 퍼포먼스를 펼치는 것을 보고 정신없어하던 1년 전을 생각하면 정말 여유만만이었다. 하지만 모든 것이 낯설었던 신입생 시절도 지나고 보니 재미있는 추억으로 남은 것 같다.

1학년 학생들이 기숙사 배정을 받는 날엔 학교 전체가 들썩인다.

각 기숙사 대표로 나온 고학년 학생들은 신입생들을 위해 직접 기숙사로 배정 결과를 배달한다. 이 배달부들은 기숙사에 대한 애정을 과시하기 위해 속옷 차림으로 캠퍼스를 누비기도 하고, 기숙사 마스코트로 분장한 채 신입생들을 향해 돌진, 신입생들이 깜짝 놀라면 목적을 달성한 듯 포효하기도 한다. 던스터기숙사의 마스코트인 산양으로 분장하느라 앞이 잘 보이지 않는 듯 휘청거리는 학생들이나, 전장에 나가는 인디언처럼 얼굴에 빨간 칠을 하고는 기숙사 깃발을 높이 들고 있는 학생들, 모두 미국 대학들의 기숙사 브로슈어에서 많이 보았던 광경들이다.

어쨌든 내가 2학년이 되어 기숙사를 배정받기 전에 바랐던 것은 단 하나였다. 제발 쿼드에 있는 기숙사만은 되지 않기를……. 페니패커 기숙사는 많은 수업을 들었던 사이언스센터나 1학년 식당인 애넨버그 홀에서 도보로 10분이나 떨어진 거리였고, 1년 동안 그곳에 살면서 괴로운 일들이 많았다. 다른 1학년 기숙사들과 아주 뚝 떨어져 있는 것도 불편했고, 같은 기숙사 학생들과 잘 어울리지 못해 대학생활도 그만큼 힘들었다. 파티 돔으로 유명한 페니패커가 맞지 않다는 이유로 난 단짝 친구인 조세핀 그리고 조세핀의 주변 친구들과 놀 때가 많았다. 내가 조세핀 방에서 자는 날이 너무 많아서, 조세핀의 룸메이트는 우리가 혹시 동성애자가 아닐까 하는 의심을 했을 정도라고 한다.

다른 기숙사들과 멀리 떨어진 기숙사에 살면 여러 가지로 괴롭다는 것을 난 1학년 때 몸소 체험했다. 쿼드는 캠퍼스의 중심인 야드에서 10분은 걸어야 할 만큼 멀었고, 찰스 강 근처에 있어서 '리버하우스'

라고 불리는 다른 기숙사들과는 도보로 약 30분이나 걸렸다. 셔틀버스가 10~20분마다 한 번씩 쿼드와 야드 사이를 오갔지만, 쿼드에 살면서 수업을 들으러 다니는 데는 많은 시간이 필요했다. 뿐만 아니라 리버하우스에 있는 친구를 만나거나 아카펠라 연습을 리버하우스 쪽에서 하게 되면 셔틀버스를 기다려 밤늦게 집에 와야 했다.

기숙사 배정을 받는 날은 특별한 날인만큼 약간 긴장되었다. 그날 아침식사를 애넨버그 식당에서 할까 생각하며 일어날 준비를 하는데 조세핀에게서 전화가 왔다.

"원희! 어떡해! 커리어야, 쿼드에 있는!"

머피의 법칙이라고 하던가. 제발 일어나지 않았으면 하는 일이 일어나고야 말았다. 조세핀의 수화기 너머로, 나와 같은 기숙사로 배정받은 브라이언의 목소리가 들려왔다.

"난 커리어를 사랑한다! 적어도 2학년 때부터 독방이잖아?"

브라이언의 뒤에서 그의 입을 막는 줄리엣의 목소리도 들렸다.

"조용히 해! 네가 속으로 바라서 이렇게 된 거야! 어떡하면 좋아, 파티는 다 리버하우스 쪽에서 한다던데!"

파티를 즐기는 줄리엣다운 반응이었다. 조세핀의 옆에서 수선을 떠는 소리가 전화선을 타고 넘어왔다.

기숙사 프라이드에 전염되다

커리어 기숙사는 하버드의 열두 개 기숙사들 중 가장 작은 기숙사다. 일찍부터 독방의 특혜를 받을 수 있는! 쿼드에 있는 기숙사들은 대개

• 내 방에서 기숙사 티셔츠를 입고

멀리서 통학해야 하는 학생들을 위로라도 하는 듯 2학년 때부터 독방을 쓸 수 있도록 배려해준다. 리버하우스의 경우 독방을 쓸 수 있는 것은 주로 3학년 때부터이고, 독방을 쓰기 시작해도 방이 쿼드의 기숙사보다 대체적으로 작다. 하지만 독방을 차지한다고 해서, 또 방이 크다고 해서 좋아 할 일만은 아니잖은가.

그런데 하버드의 그 누구도 자신의 기숙사보다 남의 기숙사가 좋다고 하지는 않는다. 기숙사 프라이드라고 할까. 나도 예외는 아니어서 기숙사 프라이드에 곧 전염되었다. 한 학기도 안 돼 기숙사가 멀다는 불평이 쏙 들어가고 말았으니까. 난 2학년 때부터 개인 화장실이 있는 방에 배정을 받았으며 식당의 인테리어가 아름답다는 이유로 점점 커리어를 사랑하게 되었다. 커리어는 호텔을 리모델링해서 만든 기숙사라고 하는데, 지하 식당의 한가운데에는 바위 사이로 물이 솟아나오는 아름다운 분수가 자리 잡고 있다. 이 분수는 아침 7시 반 정도부터 물을 뿜기 시작한다. 나는 일찍 일어나 아침이라도 먹는 날엔 콸콸 쏟아지는 물소리에 싱그럽게 하루를 열고 그 리듬으로 마음의 여유도 누릴 수 있었다.

커리어의 장점은 그뿐만이 아니었다. 하버드의 기숙사들 중 가장 작은 기숙사인 커리어에서는 학생들이 거의 서로를 안다고 해도 과언이 아니었다. 앉아서 밥을 먹다가도 같은 테이블에 앉은 친구의 친구에게 다른 친구를 소개받는 일도 많았고, 하우스 내의 학생들과 놀러가는 이벤트도 많았다.

아카펠라 연습은 주로 리버하우스 쪽에서 많이 했다. 밤 11시까지 연습을 하고, 11시 반까지 셔틀버스를 기다리다가, 12시가 다 되어 기숙사에 돌아오는 것이 보통이었다. 밤늦게 돌아올 때는 시간을 낭비한다는 씁쓸함도 들었지만, 늦게 귀가하는 나를 커리어 기숙사는 늘 반갑게 맞아주었다. 문을 열자마자 내게 인사를 하는 기숙사 경비원 요하네스. 그는 자상한 미소를 가진 사람이었다.

"아름다운 아가씨, 늦게 들어오네? 공부하다 오는 거야?"

그는 나를 항상 '아름다운 아가씨'라고 불렀다.

"아뇨. 아카펠라 연습이 있어서 늦었어요."

학생들의 일이라면 다 알고 있는 듯, 그는 내가 기독교 아카펠라에서 활동하고 있다는 것도 기억하고 있었다.

"하나님을 찬양하고 오는 거구나! 그래, 가서 쉬어야지?"

에티오피아에서 온 그는 무척이나 독실한 기독교 신자였다. 기숙사 현관 바로 안쪽에 있는 자신의 책상에서 낮에는 성경을 읽는 모습을 자주 보았다. 내가 시험공부 때문에 스트레스를 받는다는 말이라도 하면 따뜻한 격려를 해주곤 했다.

"네가 이루어내는 게 아니야. 다 하나님이 하시는 거지. 그러니까 너는 최선만 다하면 돼."

물론 요하네스 말고도 기숙사에서 나를 반겨주는 사람들은 많았다. 자정까지 식당에 남아 공부하고 있다가 내가 돌아온 것을 보면 뛰어나와 인사를 하는 친구들……. 따뜻한 친구들과 기숙사에서 보내는 하루하루는 바로 거기가 내 집인 듯 갈수록 편안한 느낌이었다. 그런 가운데 나도 2학년 때부터는 기숙사 프라이드에 동참하기 시작했다.

다음 해, 1학년 학생들이 기숙사 배정을 받던 날, 나는 밤을 새며 신입생들의 기숙사 배정 결과를 기다렸다.

'복권 당첨! 엘리엇이에요.'

기독교 성서 모임의 한 신입생이 이메일을 보내면, 축하 또는 위로의 이메일이 쏟아졌다.

'엘리엇에 온 것을 환영한다! 하버드 기숙사들 중에서도 가장 유서 깊은 기숙사지.'

'저런……. 쯧쯧, 쥐도 몇 마리 키우겠구나.'

오래된 리버하우스에는 서랍에서 쥐나 바퀴벌레가 가끔 나온다는 소문이 있었다.

'물론 엘리엇도 괜찮지. 하지만 절대 커클랜드를 따라올 순 없어. K-HOUSE!!!!!!!!!!'

'분수가 있는 식당을 가진 기숙사가 어디지? CURRIER!!!!!!!!!!'

어떤 의미에서는 모두가 짜고 치는 고스톱에 가까웠다. 기숙사 프라이드가 이런 말로 무너질 거라는 기대는 하지도 않으면서, 우린 그렇게 서로 유치한 이메일을 보냈던 것이다. 유치하다고 생각되는 많은 것들이 때로는 가장 아름다운 추억으로 남기도 하는가 보다. 그때 일들을 생각하면 난 지금도 가슴 벅차오른다.

마음만 먹으면 기회는 얼마든지 있다

교수의 논문 몇 편 읽는 건 기본

미국을 '기회의 땅'이라고 했던가. 하버드대학교는 더 이상 바랄 것이 없을 만큼 많은 기회로 가득 차 있었고, 내가 노력만 한다면 무엇이든 내어줄 준비가 되어 있는 곳처럼 여겨졌다.

대학원 진학을 결심한 나에게는 정말 매력적인 기회가 왔다. 대학교에서 많은 교수들의 연구를 지원해주고, 학부생의 참여를 장려해준다는 것이었다. 물론 교수들에게 다가가는 것은 쉬운 일이 아니다. 오피스 아워마다 찾아가도 교수의 흥미를 끌 만한 이야기를 꺼내지 못하면 퇴짜를 맞을 수도 있기 때문이다. 교수와 같이 프로젝트를 하거나 페이퍼를 쓰거나 일을 하는 것은 자신의 능력을 보여주는 좋은 스펙이 될 수 있다. 따라서 난 어떻게든 학교에서 제공하는 기회를 잡고 싶었다.

그리고 3학년 때, 학교의 구인 사이트에서 우연히 눈에 띄는 구인 광고를 보았다. 유럽의 의료 시스템을 연구하는 포스트 닥터(Post Doctor)가 연구 조교를 구한다는 내용이었다. 그 포스트 닥터에게 일을 하고 싶다는 이메일을 보냈다. 처음부터 교수와 직접 일하는 것도 좋겠지만, 그러기 위해선 먼저 다른 일을 해보는 것이 좋을 듯했다. 대부분의 교수는 자신과 일을 하기 전 다른 프로젝트에 참여한 경력을 원하는 경우가 많았기 때문이다. 포스트 닥터는 연구실로 한번 찾아오라는 답장을 보내왔다.

처음 해보는 인터뷰. 완벽하지 못한 영어를 구사하는 나로서는 떨리지 않을 수 없었다. 한국 사람들도 그렇지만 미국 학생들은 누구와 이야기를 하느냐에 따라서 말투와 사용하는 단어가 달라진다. 물론 한국어처럼 존댓말을 쓰는 건 아니지만, 교수나 인터뷰어에게는 더 뚜렷하고 분명한 말투로 이야기를 해야 한다. 이메일을 쓸 때도 'don't' 같은 축약형 대신 'do not'을 쓰고, 이메일 마지막에는 'Sincerely'와 같은 형식적인 표현을 쓴다. 이렇게 상황에 따라 적절히 말투를 바꾸는 것이 습관화된 미국인 학생들과 달리, 나는 그런 구분은커녕 어눌하기만 한 영어 때문에 똑똑하게 보이기는 애초부터 힘들었다.

나는 일단 연구실로 찾아갔다. 심장 뛰는 소리가 귀에까지 들릴 만큼 초긴장 상태였다. 열린 문틈으로 얼쩡거리는 내 모습을 본 포스트 닥터는 나에게 손짓을 했다.

"원희 양인가요? 들어오세요."

아직 준비가 되지 않았는데……. 연구실로 들어가자 포스트 닥터는 깨끗이 정리된 자신의 책상 앞에 나를 앉혔다. 책상에는 내가 이메일로 보낸 레주메가 놓여 있었다.

"통계 프로그램을 사용할 줄 안다고 했네요. 어느 정도 수준까지 쓸 줄 알죠?"

"경제 글쓰기 수업을 들으면서 용량이 매우 큰 세계은행의 자료를 사용했습니다. 여러 파일에 있는 자료들 중 필요한 부분만 모아서 한 파일로 정리한다든지, 간단한 회귀분석(regression)은 할 수 있습니다."

포스트 닥터는 자신을 위해 책에서 자료를 수집하고 통계 소프트웨어로 해석하는 일을 맡기고 싶다고 했다. 그 자리에서 내 능력을 시험한다든지 이런저런 질문을 하는 일도 없이, 그녀는 나에게 선뜻 첫 일자리를 주었다.

그 포스트 닥터와는 약 8개월을 함께 일했다. 처음에 그녀는 나에게 비교적 단순한 일을 시켰다. 이를테면 도서관에서 유럽 관련 서적을 빌려 와 유럽 각국의 인구수 대비 침대 개수 혹은 건강보험제도의 형태 등과 같은 자료를 수집해 달라고 했다. 그러다가 통계 소프트웨어를 이용해 자료 정리를 해달라고 부탁하더니, 한 달쯤 지났을 때는 미팅을 갖자는 이메일을 보내왔다.

"통계 소프트웨어로 지도를 그릴 수 있나요?"

통계 소프트웨어로 그래프는 그려봤지만 지도는 처음이었다.

"아뇨. 하지만 인터넷에서 찾아보면 어떻게 할 수 있을 것 같아요."

이 대답에 그녀는 내게 유럽 여러 나라의 좌표를 담은 자료를 이메일로 보냈다. 이 자료를 소프트웨어에 넣어서 지도를 그려내라는 것이었다. 인터넷에서 찾은 새로운 명령어는 사용법이 그렇게 어렵지 않았다. 몇 번의 시도 끝에 유럽 지도가 그려졌다. 포스트 닥터는 다시 내게 몇몇 국가에 색을 칠해보라는 이메일을 보냈다. 색을 입혀내니 이번엔 지도에 다른 정보를 넣을 수 있는지 물어본 다음 건강보험제도가 도입된 연도를 표시해 달라고 요구했다. 이렇게 점차적으로 하나하나 일을 끝낼 때마다 그녀는 나에게 더 많은 일을 맡겼다.

포스트 닥터와의 일을 끝내고 나는 교수와 함께 일할 자리가 있는지 알아보았다. 큰 기대는 없었다. 교수와 함께하는 프로젝트 참여 기회를 잡는다는 것이 경제학과에서는 쉽지 않은 일이었으니까. 시간이 걸리는 일을 위해 학부 학생들이 필요한 과학 실험실과는 달리, 경제학과는 대학원생들 외에 학부생들의 도움이 거의 필요치 않다. 사실 이런저런 경제학 모델을 잘 알고 통계 소프트웨어를 잘 다루는 대학원생들이 교수에게는 더 필요한 존재임이 분명하다. 그래서 경제학과 교수들은 공개적으로 연구 조교를 구하지 않는다. 학생이 직접 관심 있는 교수를 찾아가 제발 함께 일하게 해 달라고 애원하지 않으면 기회를 얻기는 불가능하다. 교수가 진행하는 프로젝트가 있고 그 교수에게 학부생을 채용할 자금이 있다 하더라도, 실제로 학부생이 프로젝트에 참여할 기회를 잡기는 힘들다. 또 교수들은 웬만해서는 학생들의 이메일에 답장을 하지 않는다. 그래도 꼭 일을 하고 싶다면 최소한 교수의 논문 몇 편쯤은 읽어보고, 자신이 왜 그의 프로젝트에 적임자인지를 설득력 있게 알리는 이메일을 보내야 한다. 여러 번 이메일을 보내도 답장이 없으면 교수를 직접 찾아갈 정도의 용기가 필요하다.

그 해 여름, 나는 관심이 있던 발전경제 분야의 교수 몇 명에게 이메일을 보냈다. 다행히 한 교수가 답장을 보내왔다. 내 레주메를 본 교수는 전에 함께 일했던 포스트 닥터와 이야기를 하고 싶어 했다. 그 포스트 닥터가 나에 대해 좋게 평가를 해주었는지, 교수는 흔쾌히 나를 프로젝트에 참여하도록 배려해주었다. 이렇게 해서 나는 교수와 같이 프로젝트에 참여한 대학원생과 일주일에 한 번 정도 미팅을 가지며 일할 수 있는 기회를 갖게 되었다.

단 4달러로 고급 과외를

하버드에서 학생들이 이용할 수 있는 기회는 상당히 다양하다. 교수들이 바빠서 학부생들을 챙기기가 힘든 만큼, 학교에서는 학생들이 일주일에 한 번 교수를 찾아갈 수 있는 오피스 아워 외에 교수들과 작은 교실에서 친밀한 관계를 가질 수 있는 시간을 배려하고 있다. 예를 들면 1학년들을 위한 세미나 수업이 있는데, 이 수업에서 열댓 명의 학생들은 유명한 교수들과 매주 세미나를 가지며 친해질 수 있는 기회를 얻는다. 각 세미나에 들어가려는 경쟁이 치열해서 추첨으로 참여할 수 있는 학생을 뽑을 정도다. 경제학과의 경우, 3학년 학생들에게 유명한 교수들과 함께 논문을 쓸 수 있는 세미나를 마련해준다. 1학년 때 세미나를 들을 수 없었던 나는 3학년 세미나는 절대 놓치고 싶지 않았다. 그리고 운 좋게도 난 1지망이었던 세미나 수업에 들어갈 수 있었다. 《타임》 지에 80년대 후반 90년대의 유망한 경제학자 열 명 중 한 명으로 소개되었던 마이클 크래머 교수에게 논문 지도를 받는 행운을 안은 것이다.

세미나 수업 외에도 학생들을 위한 배려는 얼마든지 있다. 이를테면 아카데믹 어드바이저 프로그램은 교수나 대학원생이 학부생들의 진로나 학업을 상세하게 지도하도록 만들어진 것이다. 특히 내가 잠시나마 전공으로 택했던 생물학과의 경우 경제학과보다 규모가 작은 만큼 교수들의 관심을 받기가 쉬웠다. 경제학과는 교수들 대신 대학원생들이 지도를 해주었는데, 대학원생들 역시 내가 대학원 진학을 꿈꾸고 있다는 사실을 알고 여러 방면으로 조언을 아끼지 않았다.

학업에 어려움을 느끼는 학생들을 위해서는 학업상담국(Bureau of Study Council)이라는 기구가 마련돼 있다. 이 기구에서는 수업에 뒤처지는 학생들에게 전에 그 수업에서 B^+ 이상을 받은 다른 학생에게 도움을 얻을 수 있는 기회를 준다. 도움이 필요하다고 요청한 학생은 한 시간에 단 4달러를 내고 과외를 받을 수 있다. 그리고 이에 대해 학교에서는 시간당 8달러를 지원해준다. 나는 단 한 번, 계량경제학 수업에서 어려움을 겪고 있는 학생에게 튜터링을 해주면서 이 기구를 이용했다.

학생들이 경영하는 글쓰기 지원센터는 글쓰기에 부담을 느끼는 학생들이 애용하는 곳이다. 초고를 가지고 센터에 가면, 《크림슨》에서 활동하는 검증된 학생 튜터들이 논리가 부족한 부분이나 글의 흐름에 방해가 되는 문장 등을 지적해준다. 나는 1학년 때 논리적 글쓰기 수업을 들으며 이 기구를 이용했다. 4학년 졸업논문을 쓸 때는 문법이 걱정되어 개인 튜터를 요청했는데, 글쓰기가 뛰어나고 논문 내용에 관심이 있는 2학년 학생이 특별히 시간을 내 문법 체크를 해주었다.

학생들의 진로를 상담해주는 OCS(Office of Career Services)에서는 레주메나 취업 지원 시 보내는 편지를 첨삭 지도해준다. 나도 4학년 때 대학원 진학을 앞두고 교수들과 일할 기회를 찾으면서 레주메나 편지의 첨삭을 받으러 OCS에 자주 갔다. 단 한 장의 종이에 내가 해온 활동들을 인상적으로 적어야 하는 만큼, 동사 하나에도 정성을 기울여야 했기 때문이다. 특히 레주메의 형식은 꽤나 까다로워서 빈 칸 하나도 용납되지 않으므로 무척 애를 먹었다. 이를 잘 몰랐을 때는 실수투성이의 레주메를 가져갔다가 OCS의 튜터에게 꾸짖음에 가까운 조언을 듣기도 했다. 내가 대학원 진학을 고려하고 있다고 했을 때 그는 대학원 전문 어드바이저와 만나볼 것을 권유했다. 그렇게 해서 만난 어드바이저는 내가 교수들과 함께 일한 경험이 있는지를 자세히 묻고, 1년 동안 일을 해보겠다고 하자 기꺼이 격려해주기도 했다.

하버드대학교에는 특히 돈이 필요한 학생들이 이용할 수 있는 제도도 많다. 이를테면 도서관에서 일하는 대가로 장학금을 지급하는 식이다. 아시아와 라틴 아메리카 여행을 하는 학생들에게 문화 체험을 위한 경비를 지원해주거나, 여름방학 동안 아프리카나 오지의 나라에서 연구를 하기 위한 자금을 지원하기도 한다. 물론 그런 혜택을 받기 위해서는 자신이 그만한 가치가 있는 학생임을 설득력 있게 말해야 하고, 지원금 사용 계획서를 상세히 써 내야 한다. 지원금을 사용한 후에는 그 내역에 대한 보고서도 반드시 제출해야 한다.

이렇게 하버드는 여러 면에서 다양한 방법으로 학생들에게 도움을 주고 있다. 내가 학교에서 얻은 모든 것도 내 능력보다는 학교의 지원과 주변 사람들의 도움 덕분이었다고 생각한다. 아니, 내가 받았던 도움만큼 나는 4년간 잘 해낸 것일까, 하는 의문이 들 때도 있다. 어쨌든, 가능한 모든 기회를 이용해 목표를 향해 가는 것이 하버드에서 할 일임에는 틀림없는 것 같다.

각양각색의 레주메 쌓기 전략

경제학을 전공하기로 결정하자, 이제는 본격적으로 레주메 쌓을 준비를 해야 했다. 2학년 때 전공을 바꾼 만큼, 어지간히 해서는 1학년 때부터 체계적으로 경제학 전공 준비를 해온 친구들과 경쟁이 되지 않을 게 뻔했다. 특히 대학원 진학을 생각하고 있는 나로서는 그들보다 몇 배 이상 노력하지 않으면 좋은 대학원에 가기 힘들었다. 하지만 이제 막 전공을 바꾼 상태에서 대학원 진학을 결정해버리는 것 역시 뭔가 맞지 않는다는 생각이 들었다. 혹시 졸업 후 곧바로 일이 하고 싶어진다면? 그렇다면 레주메에서 다른 사람들에게 밀리지 않도록 학점 관리를 어느 정도 하는 것도 필요할 것이다.

나는 공승규 오빠에게 SOS를 쳤다. 아무것도 모르던 신입생 때 나와 어머니를 위해 캠퍼스 투어를 해주었던 승규 오빠. 그는 내 학업 계획에 가장 필요한 도움을 줄 사람이었다. 당시 4년 만에 경제학 학사학위와 통계학 석사학위를 받을 수 있는 'Advanced Standing' 프로그램(AP 갯수가 일정 이상일 경우, 3년만에 졸업하거나 4년간 학사와 석사학위를 동시에 취득할 수 있는 제도)을 끝내고 있었으니까. 나는 내가 어떻게 전공을 바꾸게 되었는지 차근차근 설명하고, 승규 오빠가 밟고 있는 프로그램에 대해 물어보았다. 승규 오빠의 대답은 명쾌했다. 대학원에 진학하든 일을 하든 어차피 통계학은 도움이 될 테니 'Advanced Standing' 프로그램을 한번 해보는 게 어떻겠냐는 것이었다. 이 프로그램에 지원하기 위해서는 AP 시험 점수가 여섯 과목 정도 필요한데, 고등학교에서 열한 과목이나 확보한 덕분에 지원 자격에는 문제가 없었다. 또 이왕 하버드에서 공부하는 거, 보다 수준 높은 수업을 듣고 싶었는데 그러기에 학점(GPA)도 충분히 가능했다. 승규 오빠는 다른 통계학 과목보다 난이도가 높을 텐데 걱정되지 않느냐고 조심스레 물어보았다. 내 대답은 간단했다.

"한번 해보는 거죠 뭐."

나는 하버드대학교에서 공부할 수 있는 축복을 받은 만큼 학점 때문에 몸을 사리기가 싫었다. 그 정도 모험은 해야 하는 것 아닐까?

옆방에 살고 있던 수학 천재 에드워드도 나를 격려해주었다.

"원희, 작년에 수학 수업 들었을 때 잘 했잖아? 너 정도면 다른 통계학 과목도 문제없을 거야. 조금 어렵더라도 이 수업 같이 들어보자."

학부생이 3학년 때 통계학 석사 과정에 지원하려면, 2학년 때부터 교수에게 석사 과정의 수업이 가능하다는 추천서를 받을 수 있도록 준비해야 한다. 2학년 2학기에 들었던 수학적 통계학 과목의 교수는 통계학과 입학사정 회의에 참여하는 교수로 알려져 있었다. 나는 이 교수에게 추천서를 받으면 입학사정 회의에서 나를 강력하게 밀어주지 않을까 하는 생각이 들었다. 그렇다면 수학적 통계학 수업에서 좋은 성적을 받고 오피스 아워를 공략해 교수와 좋은 관계를 쌓는 것이 중요했다.

수학적 통계학을 가르쳤던 중국인 코우 교수는 대학 졸업 후 미국으로 건너와 대학원 공부를 시작했기 때문인지 유학생인 나에게 일종의 동질감을 느끼는 것 같았다. 한 번도 수업을 빼먹지 않고 맨 앞줄에 앉아 질문하는 나를 특별히 귀엽게 봐주었다. 사실 코우 교수가 나를 좋아하게 된 데는 또 다른 이유가 있었다. 바로 에드워드 때문이었다.

에드워드는 수업을 같이 들으면서 내게 관심을 표하기 시작했는데, 그 관심이 때와 장소를 가리지 않아 수업 시간까지 이어졌다. 그는 혀를 내두를 만한 수학 천재로, 한 시간짜리 수업을 30분이나 늦게 들어와 강의 노트만 쓱 보고 모든 내용을 이해할 정도로 머리가 좋았다. 그런데 30분 늦게 들어와서 자리를 잡는다는 것이 꼭 맨 앞줄에 있는 내 옆자리였다. 그는 내 옆에 삐딱한 자세로 앉아 괴이한 행동을 했다. 수업을 잘 듣고 있던 내 귀에 대고 뒷자리까지 다 들릴 만한 소리로 말을 거는 것이었다.

"워어어어언 희이이이이이."

귀신이라도 나타날 듯한 괴성으로 맨 앞줄의 내게 귓속말을 하면 교수의 귀에 들리지 않을 리 없었다. 교수가 조용히 하라는 뜻으로 노려보아도 에드워드는 그걸 아는지 모르는지 또다시 괴상한 소리로 내 이름을 불렀다.

"워어어어언 희이이이이이."

내가 아무런 반응도 보이지 않으면 그때는 아예 코를 골면서 대놓고 엎드려 잤다.

그런 일이 몇 번 있고 난 어느 날, 코우 교수의 오피스 아워에 그의 방을 찾아갔을 때였다. 교수는 내게 걱정스럽다는 듯 물었다.

"원희 양, 에드워드 군이랑 사귀는 사이인가?"

물론 나는 절대 아니라고 대답했다. 그러자 교수는 더욱 걱정스러워하며 말했다.

"그럼 에드워드 군이 왜 그렇게 원희 양을 괴롭히지? 수업 시간에 그러면 원희 양이 내 수업에 집중할 수가 없을 텐데."

에드워드, 얼마나 별나게 굴었으면 이런 소리까지 듣는 거니? 어쩌면 당연한 일이기도 했지만 그래도 난 교수가 에드워드를 미워하게 될까봐 마음이 편치 않았다. 어쨌든 에드워드와 나는 기숙사 같은 층, 바로 옆방에 사는 친구였으니까. 나는 적당히 둘러댔다.

"에드워드가 그때 저에게 물어볼 것이 생각나 그랬을 거예요."

코우 교수는 내가 에드워드를 감싸주려는 걸 알았는지 그 뒤로는 나를 착하고 성실한 여학생으로 생각하기 시작했다. 나도 교수가 나에게 특별히 관심을 가져주는 것이 고마워, 별 질문 거리가 없어도 가끔 교수의 연구실에 이야기를 나누러 갔다. 그러다 보니 나중에는 내 학업 상담을 할 정도로 친해져서 통계학과 경제학 대학원 사이에서 고민할 때도 코우 교수에게 마음 놓고 조언을 들을 수 있었다. 물론 그는 내게 석사 과정 지원을 위한 추천서를 써주었다. 아니, 내가 부탁을 하기도 전에 먼저 물어보았다.

"원희, 석사 과정에 지원하려면 추천서가 필요하지 않나?"

그러고는 기꺼이 추천서를 써준 것이다.

석사 과정 지원에는 두 개의 추천서가 필요한데, 나머지 하나는 추상 대수 수업 교수에게 받았다. 이 과목은 내가 레주메를 위해 전략적으로 공략했다기보다 수업이 재미있어서 한 번도 빠지지 않고 들었다. 명제의 증명 과정에서 이런 방법을 쓰는 것은 어떤지, 아니면 저런 방법을 쓰는 것은 어떤지 하는 의견을 이야기하는 게 무척이나 재미있었다. 혹시 교수의 판서 내용에 틀린 부분이 있거나 증명할 수 있는 다른 방법이 생각나면 이를 적당한 타이밍에 발표하곤 했다. 이 수업은 넓은 강의실에서 진행되었기 때문에 안경을 써야 칠판 글씨가 보였다. 어떨 때는 안경을 쓰고도 글씨가 잘 보이지 않아 인상을 찌푸려가면서 수업에 집중했다. 이런 내 모습을 좋게 보았는지 교수는 추천서를 부탁했을 때 두 말 않고 흔쾌히 써주었다.

학점 관리 역시 중요했다. 난 나에게 중요한 과목과 그렇지 않은 과목을 분명하게 구분했다. 대학원 진학에서는 교양과목을 얼마나 잘했든 별 상관이 없다. 대학원에서 보는 것은 전공에 대한 관심과 열정, 연구 실적이지 모든 과목에서의 뛰어난 성적이 아니기 때문이다. 하지만 혹시라도 일을 하게 될 경우를 생각한다면 교양과목의 학점도 아주 망쳐서는 안 되었다. 따라서 난 통계학과 경제학에서 좋은 학점을 받는 데 중점을 두고, 어느 정도 자신이 생겼을 때 교양과목에 시간을 분배했다. 이렇게 하면 교양과목에서 내주는 에세이 숙제에 시간을 적게 쏟을 수 있었다. 난 교양과목은 A⁻ 정도의 성적만 유지하려고 했을 뿐 반드시 A를 받기 위해 애쓰지는 않았다. 물론 중국 문화나 수학 수업은 워낙 재미있어서 나도 모르게 많은 시간을 투자하긴 했지만 우선순위를 정해 시간을 안배했다.

하지만 이런 정도는 결코 유별난 것이라고 할 수 없었다. 미국인 학생들은 레주메 쌓기에 별스럽게 공을 들인다. 동아리 활동을 즐기는 데 정신이 팔렸던 나와는 달리, 많은 학생들이 레주메에서 점수를 따기 위해 동아리 리더 자리를 노린다. 또 레주메를 특별하게 꾸며줄 동아리 활동이나 인턴 기회를 찾아다니기도 한다. 장학금이나 펀딩 기회에도 데드라인을 놓치지 않기 위해 꼼꼼히 리서치를 해둔다. 더러는 학업보다 이런 종류의 레주메 쌓기에 시간을 쏟는 학생들도 있다.

뿐만이 아니다. 메디컬 스쿨이나 로스쿨로 진학하려는 학생들은 특히 학점이 높아야 하기 때문에 쉬운 과목을 골라 듣는 경우가 많다. 이를 두고 비겁하다, 혹은 약았다고 할 사람도 있겠지만, 나는 이것이 전략적으로 자신이 선택한 길을 포장해나가는 영리한 선택이며 결코 비난할 일은 아니라고 생각한다. 반대로 대학원 진학을 꿈꾸는 학생들은 어려운 수업이나 대학원 수준의 수업을 듣기도 하는데, 이 때문에 학점이 낮은 경우가 많다. 이런 학생들에 대해서도 단지 학점이 높지 않다는 이유로 '똑똑하지 못하다'고 낙인찍을 수는 없다. 때로는 쉬운 수업을 골라 들은 3.9 GPA의 학생보다 어려운 수업을 골라 들은

3.6 GPA의 학생이 더 많은 지식과 스킬을 겸비했을 수도 있으니까.

어쨌든 학생들은 하버드대학교 졸업장 하나만으로는 자신이 원하는 만큼의 꿈을 이룰 수 없다는 것을 잘 알고 있다. 그들은 학점으로 승부하거나, 교외에서 파트타임 일로 경력을 쌓아 레주메를 돋보이게 하거나, 동아리 활동으로 리더십을 보여주거나 하여 자신이 필요하다고 생각하는 것들을 소신 있게 준비해나간다. 자신이 하고 싶은 활동에 대해서도 그 활동을 통해서 얻을 수 있는 것은 무엇인지, 다른 선택지는 없는지를 하나하나 생각하며, 자신을 멋지게 보이도록 만들어 나간다. 이렇게 목표와 전략이 뚜렷한 사람들, 어느새 나도 그들의 모습과 닮아 있었다.

더 큰 발걸음을 위한 쉼표

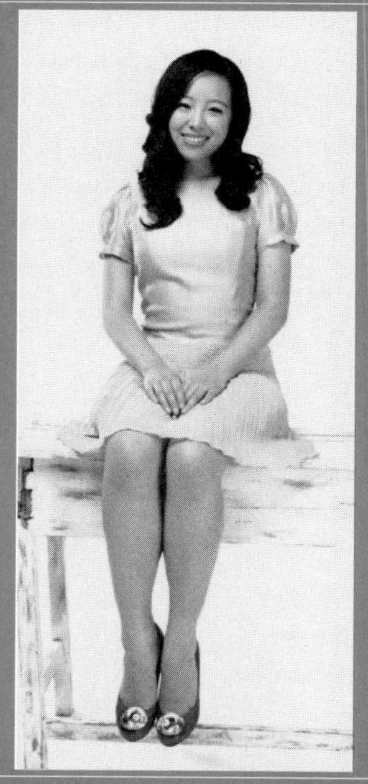

네가 심어진 곳에서 아름답게 피어나라. 이 말씀에 충격을 받아 나는 많은 생각을 했다. 나는 더 많이 성장해야 한다. 내 인생에 있어서 내가 받은 부르심을 알고, 그 부르심에 따라 나의 할 일을 소신 있게 내 페이스로 해나가는 성숙한 태도가 필요하다. 남들에게 인정받고 싶다는 세속적인 목표를 버리고, 내가 옳다고 생각하는 일을 이루겠다는 생각으로 하루하루를 설계해야 한다.

친구들과 사흘 밤 새워 애니메이션 보기

아카펠라여 안녕

대학 생활의 반이 지나갔다. 나는 3학년 가을 학기 시작을 앞두고 다른 사람들보다 일찍 기숙사에 도착했다. 시차 때문에 이른 시간에 잠에서 깨어났다. 식당에 내려갔더니 아직 문도 열지 않았다. 문을 연 옆 기숙사 식당에서 여유롭게 아침을 먹었다. 지각을 걱정해야 할 수업도 없고, 아침 9시까지 마지막 정리를 해서 내야 하는 에세이도 없다.

케임브리지의 초가을은 정말 아름답다. 담장을 타고 오르는 담쟁이 잎사귀들이 붉게 물들어 고풍스런 캠퍼스에 운치를 더한다. 가을 햇살을 듬뿍 받아 짙은 노을빛을 띤 담쟁이 넝쿨들이 아이비리그라는 이름에 걸맞게 건물을 온통 뒤덮었다. 여름내 울창한 숲을 이루며 시원한 그늘을 제공하던 아카시아는 노랗고 붉게 물들어 오색 물결을 이루고 있다. 캠퍼스 전체가 가을의 풍경을 고스란히 담은 달력의 사진 같다. 아직 색이 바래지 않은 초록빛 잔디에 배를 깔고 누워 한가로이 독서할 여유를 올해는 기필코 누려보리라. 햇살이 따스한 곳에 앉아 친구들과 톨스토이에 대해 이야기하고 디킨스의 문학세계를 논할 수 있길 기대해본다.

하버드의 가을, 아침을 열어주는 햇살은 투명하고 따갑지 않아 마음이 평온했다. 창문 가까운 자리에 앉아 맞은편 우리 기숙사를 올려다보는데 식당 청소를 하던 직원이 인사를 건넸다.

"좋은 아침! 아침식사보다 가을 햇빛이 더 맛있지?"

"네, 물론이죠. 좋은 아침이에요."

대학생활이 그나마 로맨틱하게 느껴지는 것은 수업으로 바빠지기 직전인 이때뿐이었다. 이제는 낯이 익을 대로 익은 캠퍼스인데도 2년 전 처음 캠퍼스에 발을 디뎠을 때처럼 가슴이 두근두근 설레었다. 이런 낭만을 누릴 수 있는 시간도 2년밖에 남지 않았구나. 조바심이 났다. 하버드가 제공하는 모든 기회를 누릴 수는 없더라도 최대한 많은 것을 머리에, 가슴에 새겨 넣고 싶었다. 그리고 남은 대학생활 동안 인생의 커다란 목표도 찾고 추억도 쌓고 싶었다. 내가 받고 있는 특혜에 감사하고 감사하면서.

대학 입학 전까지는 시간이 비교적 여유롭게 흘러가는 것 같았는데, 학교생활이 시작되고 나서는 정말 정신없이 빠르게 지나갔다. 아니, 시간이 어떻게 가버렸는지 기억도 잘 나지 않는다.

첫 1년은 폭풍이었다. 난 하루가 멀다 하고 영어 때문에, 어려운 수업 때문에, 문화적 차이 때문에 허우적댔다. 2학년은 가뭄이었다. 내가 하고 싶은 공부도, 동아리 활동도 열정적으로 했지만 마음의 여유는 조금도 없었다. 3학년이 되어서는 열심히 공부를 하는 중에도 마음 편하고 즐겁게 지낼 수 있기를 바라서인지 조바심이 나는 것 같았다.

나는 대학교를 단지 좋은 직장을 잡기 위한, 또는 좋은 대학원을 가기 위한 준비 단계로만 생각하고 싶지 않았다. 친구들과 함께 새벽 두세 시까지 세상일들에 대해 끝없이 수다를 떨고 싶었고, 파티에 가기 전 드레스를 서로 바꿔 입고 화장을 고치며 멋을 부려보고 싶었다. 친구의 생일에는 몰래 케이크를 사놓고 밤 12시에 깜짝 파티를 해주며 뜨겁게 포옹을 나누고 싶기도 했다. 대학교에서만 경험할 수 있는 이런 일들을 단지 꿈을 향한 몸부림 때문에 놓칠 수는 없었다. 얼마나 꿈꿔 왔던 대학생활인가.

2학년 2학기 때 경제 글쓰기 수업을 들으면서 대학원 진학으로 방향을 잡은 만큼, 나는 더 이상 진로에 대해 고민할 필요는 없었다. 하지만 대학원 진학에 도움이 될 연구조교 활동을 해야 했다. 그리고 3학년이 되면서는 2년 동안 열정을 바쳤던 아카펠라 동아리를 떠나기로 마음먹었다. 다양한 친구들과 더 깊은 대화를 나눌 시간이 필요해서였다.

2년 동안 매주 8시간을 투자했던 아카펠라 동아리, 그리고 수준 높은 콘서트를 위해 한마음으로 치열하게 연습하고 기쁜 일, 힘든 일을 함께 나누었던 동료들을 떠나는 것은 물론 쉬운 일이 아니었다. 기숙사 청소 동아리라는 깜찍한 거짓말로 아침 7시에 나를 깨워서는 동아리 합격 축하 노래를 들려주었던 아카펠라의 천사들이 생각났다. 직

• 기숙사 파티에 가기 전에

접 작곡하거나 편곡하여 소프라노, 알토, 테너, 베이스, 파트별로 작은 구석방을 하나씩 차지하고 연습했던 일도 떠올랐다. 동아리 지휘자인 팀이 진지하게 이야기를 하는데 그 새를 못 참아 옆 친구의 엉덩이를 찰싹 때리고 도망가던 장난꾸러기 여학생들도 기억났다.

동아리 활동을 그만두어야겠다고 했을 때, 친구들은 물론 내가 돌아오고 싶을 때는 언제든지 돌아오라고 말했다. 특별히 더 친했던 몇몇 친구들, 나보다 한 살 어린 그레이스나 데렉과는 그 후로도 자주 만나고 식사도 같이 했는데, 동아리에서 노래를 부를 때와는 또 다른 의미의 우정을 쌓을 수 있었다. 오디션을 같이 보았던 에리카는 내가 동아리 탈퇴를 하고서도 마음이 맞아 오랫동안 친구로 지냈다.

베스트 프렌드 조세핀과의 취미생활

동아리 활동을 정리한 3학년 때는 좀 더 자유롭게 친구들과 시간을 가질 수 있었다. 특히 조세핀은 일주일에 서너 번씩 내 방으로 쳐들어와서는 침대에 큰 대 자로 엎어진 채 줄기차게 수다를 떨어댔다. 별로 할 얘기가 없을 때도 이것저것 생각나는 대로 이야기를 했는데, 너무 엉뚱하고 짓궂어 당황스러운 때도 많았다.

"원희야, 넌 나중에 할머니가 되면 아마 볼이 축 늘어진 노파가 될 거야."

"응?"

새벽 2시가 다 되어 꺼낸다는 얘기가 이런 식이었다.

"그리고 에드워드는 할아버지가 돼서도 여자를 밝히는 이상한 노인이 되겠지."

에드워드는 수업 시간에 내게 작업을 걸었다는 죄로, 우리 둘 사이에서는 여자 뒤꽁무니를 쫓아다니는 플레이보이 캐릭터가 되어 있었다.

조세핀과 나는 처음 만났을 때는 서로 좋아하는 것이 많이 달랐다. 그러다가 둘이 함께 할 수 있는 무언가를 찾기 위해 일본 만화를 보기 시작했다. 우리가 첫 번째로 본 만화는 한국에서도 크게 인기를 끌었던 '데스 노트'였다. 일본 만화 사이트를 용케 찾아낸 조세핀과 나는 네티즌들이 친절하게 번역까지 해준 '데스 노트' 애니메이션을 일주일에 한 번씩 보곤 했다. 마치 정기 행사나 되는 것처럼 둘 다 한 번도 거르는 법이 없었다.

조세핀은 만화를 보면서도 상상력이 멈추지 않았다.

"L은 어떻게 해서 최고의 탐정이 되었을까?"

'데스 노트'에 나오는 캐릭터 L을 두고 그녀는 침대에서 새벽 내내 나에게 물었다. 내 이불은 한국에서 공수해온 거위 털 이불이었는데, 조세핀은 그것을 깔고 앉아 막무가내로 뭉개면서 내려오지를 않았다. 나중에는 이불이 납작해져 압축 거위 털 이불이 될 지경이었다. 이부자리만큼은 한국 것이 좋다며 어머니가 특별히 마련해주신 이불을 조세핀은 밤새도록 뭉개댔다.

"글쎄, 고아원에서 다른 아이들도 탐정이 되기 위한 교육을 받고 있는 것 같잖아? 그럼 L도 그러다가 일을 맡고 그랬겠지."

조세핀은 그 정도 대답에 절대로 만족하지 않았다.

"그래? 그럼 L이 맡은 첫 번째 사건은 뭐였을까?"

"L을 유명하게 만든 첫 번째 사건?"

어느새 나도 조세핀과 함께 애니메이션 캐릭터들을 놓고 상상의 세계에 빠져들었다.

"L은 심리전에 강하잖아. 다른 탐정들을 제치고 L 혼자만 범인의 심리를 읽은 거지. 다른 탐정들은 범인이 한 명을 찍어 살해할 거라 생각하고 엉뚱한 곳에 가서 기다리고 있는데, L 혼자 정확한 장소로 찾아가 접전을 벌이는 거야."

이런 식으로 일본 애니메이션을 보다가, 나중에는 번역 자막이 올라오는 것도 기다리지 못하고 내 어설픈 일어 실력으로 통역을 해가며 보기도 했다. 목요일 밤 12시, 우리는 매주 업로드 되는 동영상을 보기 위해 하던 숙제도 멈추고 조세핀의 방에 모였다.

조세핀과 내가 즐겼던 세계 최고의 명문대생이라고 하기엔 좀 떨어지는 취미생활(?)은 이것뿐이 아니었다. 조세핀은 한국인 친구에게 '스타 크래프트'라는 게임의 프로 리그가 있다는 얘기를 듣고는 나에게 함께 게임을 보지 않겠냐고 했다. 처음에는 어이가 없었다. 스타크래프트라면 중학교 때 남자아이들이 수업까지 빼먹고 몰래 PC방에 가서 하던 게임이 아닌가. 내 남동생은 게임에는 별로 관심이 없었는데 그 친구들이 우르르 몰려다니며 스타 크래프트에 빠져 부모님들께 걱정을 안겨주었다. 나도 고등학교를 졸업하고 살짝 배워볼까 했다가 너무 어려워서 그만둔 적이 있다. 조세핀과 내가 처음 본 게임은 2007년 파이널의 마재윤 선수와 김택용 선수의 대전이었다. 우리는 성적이 우수했던 김택용 선수의 전술뿐 아니라 그의 외모에도 감탄했다.

어쨌든 자정을 기점으로 시작되는 조세핀과 나의 취미생활은 3학년 때, 특히 그칠 줄 모르고 계속되었다. 1학년 때는 영어가 어눌해 대화하기도 힘들었던 나는 어느새 이렇게 조세핀과 베스트 프렌드가 되어 있었다. 그리고 룸메이트로 벌써 2년을 같이 살고 있다.

블로킹 그룹의 친구들, 특히 바로 옆방에 살던 브라이언, 에드워드와도 2~3학년 때 많은 추억을 만들었다. 우리는 중간고사가 끝나고 봄방학을 기다려 한 명이 추천한 애니메이션을 사흘에 걸쳐 밤을 새서 보곤 했다. 며칠씩 밤새워 보다가 졸리면 커피까지 타 먹는 투혼을 발휘하기도 했다. 또 재미난 카드 게임을 하면서 배를 잡고 웃을 때도 있었다. 카드를 보지 않고 한 장씩 이마에 붙여 가장 높은 숫자가 나온 사람이 지는 게임이었다. 이때 에이스를 이마에 붙인 친구는 킹을 가진 친구를 보고 웃고, 킹을 가진 친구는 에이스를 가진 친구를 보고 웃는 우스운 상황이 연출되곤 했다. 진 사람에게 벌칙이 없는데도 그저 마음껏 웃을 수 있다는 이유만으로 이 게임을 즐겼다.

물론 하버드대학교에서 가장 가치 있는 일은 학문적인 경험이었다. 하지만 이들처럼 따뜻한 마음을 가진 친구들이 없었다면 난 단지 진리를 배워 생각하는 방법을 알게 된 기계가 되어 있을지도 모른다.

열띤 토론의 장, 디너 테이블

대학생이라면 이 정도는 알아야지

친구들과 많은 시간을 보내면서 나는 식당에서 벌이는 토론에 재미가 붙었다. 사실 이런 토론은 단지 테이블에서 나누는 대화 정도가 아니었다. 그것은 내가 세상에 관심을 갖도록 해주는 기회이자 통로이기도 했다. 2학년 때였던가. 일주일에 2~3일을 밤 새워 숙제에 매달리고 있었는데, 저녁 테이블에서 수단에 대한 이야기가 나왔다. 수단에서 일어나고 있는 집단학살을 어떻게 해야 멈출 수 있는지, 이를 위해 대학생들이 어떤 활동을 할 수 있는지에 대해 열띤 토론이 벌어졌다. 수단에 대한 뉴스는 들어서 알고 있었지만, 도저히 내가 낄 수 있는 대화가 아닌 것 같았다. 들어봐야 스펠링도 알 수 없는 사람들의 이름이 테이블 위를 왔다 갔다 하고 있었다.

"대학생이라면 그 정도는 알아야 하는 것 아니야?"

조세핀이 방에 돌아오자 나에게 따끔하게 한마디 했다. 이제 조세핀은 내가 아무 말도 하지 않으면 그것이 언어의 장벽 때문인지 미숙한 생각 때문인지를 금방 아는 듯했다.

많은 하버드 대학생들에 대해 가장 감탄했던 것은, 단지 좋은 학점을 위해서 모든 것을 포기하는 '똑똑한 바보'가 아니라는 사실이었다. 메디컬 스쿨을 준비하는 실험실 독종이 아니라면 현재 일어나고 있는 이슈들에 대해 관심을 갖지 않는 아이가 거의 없었다. 특히 인문학 계열을 전공하는 학생들은 유럽의 국회의원들 이름까지 죽 꿰고 있는 경우도 많았다.

그뿐만이 아니었다. 디너 테이블에서 오가는 이야기들 중에는 무신론자와 유대교, 기독교 학생들의 토론도 있었고, 게이들의 결혼이나 낙태의 합법화에 대한 토론도 있었다. 4학년 때 함께 저녁을 먹었던 친구들은 대부분 보수파였지만 극단적인 진보파도 몇 명 있었는데, 이 때문에 한 번 토론이 시작되면 격렬한 대화가 오가곤 했다.

한 번은 낙태에 대해 열띤 공방전이 벌어졌다. 나는 낙태 반대론자로서 대화에 참여하고 있었다. 진보파에 속하는 한 아이가 나에게 말했다.

"낙태는 여성에게 선택의 권리를 주는 거야. 어떻게 넌 낙태를 불법이라고 낙인찍고 여성의 권리를 무시할 수 있는 거지?"

"난 낙태를 여성의 선택으로 보는 시각에 문제가 있다고 생각해. 어쩔 수 없는 경우를 위해서는 낙태가 합법화되어야 한다고 생각하지만, 낙태는 분명 살인이야. 어떻게 살인을 선택이라고 할 수 있어?"

내 대답에 다시 진보파 아이가 반론을 했다.

“태아는 세포의 집합체일 뿐이야. 그것을 어떻게 죽여서는 안 되는 고귀한 생명체라고 할 수 있지? 단지 인간으로서 살 수 있는 가능성 때문에?”

이에 대해 다른 아이가 나를 거들었다.

“태아는 완벽하진 않지만 독립적 인간이야. 임신한 여성과는 또 다른 생명체지. 여성의 몸의 일부가 아니라는 거야. 그런데도 낙태가 살인이 아니란 말인가?”

우리의 디너 테이블에서는 기독교인이 많아 숫자로는 진보파가 밀렸다. 하지만 이때 아담이 진보파가 꺼내드는 필살의 무기를 들이댔다.

“좋아. 네 생각은 이해가 됐어. 하지만 왜 네 가치관 때문에 다른 사람들이 법을 따라야 하지?”

이런 말에 대해 보수파는 무척이나 조심스럽게 주장을 펴나가야 했다. 자유주의에 반하는 생각을 하는 건 정치적으로 좋지 않은 태도로 비쳤으니까. 적어도 내가 학교를 다닐 때는 그랬다.

“그럼 누구의 가치관에 의해서 사회가 돌아가야 하는데?”

뒤에서 듣고만 있던 앤드류가 말을 꺼냈다. 키가 190센티미터나 되는 앤드류는 극보수주의자로서 낙태의 합법화 자체에 반대하고 있었다. 그는 임산부의 생명을 위협하지 않는 한 낙태는 절대로 행해져선 안 된다고 믿었다.

앤드류의 말에 할 말이 없어진 아담은 종교를 들먹였다.

"글쎄. 하지만 넌 단지 네가 믿는 종교의 입장에서 그런 주장을 하는 거잖아? 그러니까 너처럼 기독교도가 아닌 이상 네 말에 따를 이유는 없어."

"그렇지. 하지만 내가 네 자유주의를 따라야 한다는 것도 말이 안 되잖아?"

이 말에는 아무리 토론에 능한 진보파라도 반박할 사람이 없었다.

이런 문제에 대해, 하버드대학교에서 최고의 인기를 자랑하는 교양 수업 교수 마이클 샌델은 그의 저서《공공의 철학(Public Philosophy)》에서 다음과 같은 주장을 편다. '어떻게든 많은 사람들이 공감할 수 있는 가치관을 대화로써 찾아나가야 한다.' 하지만 결국에 가서 누구의 가치관이 받아들여지게 되는가를 논하자고 한다면, 자유주의 쪽에서는 이에 반기를 들 것이다.

위키피디아에서 발견한 퀴즈

어쨌든 저녁식사 자리에서는 이렇게 예민한 사회적 이슈에 대한 토론이 활발히 이루어졌는데, 때로는 재미있는 퀴즈 같은 것도 심심찮게 오갔다. 수학 쪽으로 뛰어난 아이들이 모인 테이블에서는 서로에게 퀴즈를 내고 한 시간 반 동안 '숙제'를 푸는 일이 벌어지곤 했다. 하루는 조세핀이 위키피디아에서 발견한 퀴즈를 냈다.

"세 명의 신이 있어. 첫 번째 신은 항상 진실을 말하고, 두 번째 신은 항상 거짓말을 하고, 세 번째 신은 거짓이든 진실이든 그때그때 되는 대로 말하지. 그들은 '라'와 '다'라는 말로 의사소통을 하는데, 라와 다 둘 중의 하나는 '예'이고 나머지 하나는 '아니오'야. 질문을 세 번 해서 누가 어떤 신인지 알아낼 수 있을까?"

이 아리송한 퀴즈에 아이들이 모두 달려들었다. 그들은 냅킨을 하나씩 꺼내 거기에 낙서를 해가면서 어떻게든 문제를 풀려고 했다. 하지만 30분이 지나도록 답이 나오지 않았다.

"잠깐만. 그러니까 식이 세 개고, 변수가 세 개인 거네. 그럼 풀 수 있어야 하는데 이상하다."

내가 말하자 조세핀이 그렇게 말하면 알아듣겠냐는 식의 표정으로 눈을 동그랗게 굴렸다. 결국은 모두 고통스럽게 퀴즈를 풀다가, 식당 청소 시간인 저녁 8시가 다 될 때까지도 답을 내지 못한 채 각자 자기 방으로 돌아갔다.

그런데 그날 밤 12시쯤 되었을까. 누군가 문을 두드리는 소리가 들려 조세핀과 함께 나가보니 함께 저녁을 먹었던 팀이 서 있었다.

"풀었어!"

팀의 설명은 이랬다. 일단 두 신에게 이런 질문을 해본다. "거짓말도 하고 진실도 말하는 신에게 진실을 말하는 신이냐고 물어보면 뭐라고 대답할까?" 그러면 거짓을 말하는 신이나 진실도 거짓말도 하는 신은 뭔가 대답을 할 테지만, 진실을 말하는 신은 아무 말도 할 수 없다는 것이다. 진실을 말하는 신은 거짓말도 진실도 말하는 신이 어떤 말을 할지 알 수 없으니까.

"아, 그럼 예를 들어서 처음 질문을 받은 두 신이 뭔가 대답을 하면 마지막 신이 진실을 말하는 신이겠네? 그러면 그 신에게 다시 '첫 번째 신에게 진실을 말하는 신이냐고 물으면 첫 번째 신이 뭐라고 대답할까'를 물어보면 되겠네?"

내가 말하자 조세핀이 거들었다.

"그렇지. 진실을 말하는 신이 뭔가 대답을 하면 첫 번째 신이 거짓을 말하는 신이라는 뜻이고, 아무 말도 하지 않으면 첫 번째 신이 거짓도 진실도 말하는 신이지."

이 퀴즈를 푼다고 성적에 반영되는 것도 아니고 레주메에 들어가는 것도 아니었다. 그런데 팀은 풀고 말겠다는 욕구 하나로 그 문제를 계속 생각하고 있었던 것이다. 이렇게 호기심이 왕성한 친구들, 그들 때문에 나는 매일 매일이 즐겁고 어떤 형태로든 지적 자극을 받을 수 있었다.

절대 보이는 것이 전부가 아니다

식당에서 만나는 호기심이 대단한 학생들을 볼 때마다 입을 다물지 못하면서도, 난 다른 한편으로 몇몇 학생들의 성숙하지 못한 태도에 당황할 때도 있었다. 세계에서 손꼽힐 정도의 수학 천재라는 에드워드의 경우가 특히 그랬다. 에드워드는 수업을 듣지 않아도 모든 것을 쉽게 이해할 수 있어서인지 공부에 별 관심이 없었다. 레주메를 쌓는데도 자신의 천재성을 믿는 듯 노력하는 모습을 보이지 않았다. 그런 그가 하버드에 들어와 가장 집중하기로 마음먹은 것은 다름 아닌 '여자친구 만들기'였나 보다. 그것은 이미 2학년 내내 나를 따라다니며 '작업'을 걸 때부터 느꼈던 사실이기도 했다.

그는 내가 절대로 넘어갈 생각이 없다는 것을 알았는지 2학년 말이 되자 다른 여학생들을 공략하기 시작했다. 사실 에드워드에게 관심이 전혀 가지 않았던 이유는 그가 한국인이 아니라는 것 외에 그의 납득

할 수 없는 '작업 방식' 때문이었다. 그는 모든 여학생들이 자신의 천재성을 알고 나면 '능력 있는 사람이구나' 생각하고 금세 혹할 것으로 믿었던 모양이다. 게다가 그는 '여자란 나쁜 남자를 좋아한다'는 이상한 철학을 가지고 있었다. 그래서인지 내가 수업 시간에 무슨 실수라도 하면 대뜸 무안을 주는 것이었다.

"너 멍청하구나. 어떻게 그런 실수를 하지?"

그는 보통 여자라면 좋아할 리 없는 발언을 서슴지 않았다. 에드워드가 수학적으로 천재인 것만은 분명했지만, 성숙한 생각이나 행동은 그런 것과 별개의 문제였다.

내가 갈수록 냉담한 반응을 보이자 에드워드는 결국 나를 포기하고 다른 목표를 찾았다. 그는 자신이 TF(Teaching Fellow)로서 가르치고 있는 미적분학 수업의 예쁘장한 1학년 여학생을 찍어놓고 나에게 했던 것과 똑같은 방법을 쓰기 시작했다. 그 중국계 여학생은 미적분학 수업이 어려웠는지, 자신의 기숙사에서 꽤 먼 커리어까지 찾아와 에드워드에게 1 대 1 과외를 받곤 했다. 마침내 에드워드의 전략이 성공한 걸까? 하지만 종강이 다가오자 그 여학생은 갑자기 태도를 바꾸었다. 'TF와 학생은 종강 전에는 데이트를 할 수 없다'는 학교 규율에 따라 어느 정도 거리를 유지하고 있던 에드워드가 드디어 데이트 신청을 했을 때, 그 여학생은 정중하게 거절을 했다고 한다.

"너에게 데이트 신청을 받다니 황홀해. 하지만 데이트는 하지 않는 게 좋을 것 같아."

듣기 좋은 말로 사양했지만 속마음은 뻔했다.

하지만 에드워드는 이에 굴하지 않고 대시를 계속했다. 시험공부를 하는 그 여학생에게 어려운 문제를 친절히 가르쳐주고, 시험이 끝나는 날엔 케이크를 들고 찾아가는 성의까지 보였다. 하지만 그 뒤 에드워드가 다시 한 번 데이트 신청을 하고 나서 들었던 대답은 조금 더 충격적이고 직접적이었다.

"제발 그만 쫓아다녀."

충격을 받은 에드워드는 그날 남자애들과 술을 마시고 만취 상태가 되었다. 물론 우리 기숙사의 이웃들에게도 에드워드의 소식은 전해졌다. 그리고 에드워드가 그 여학생에게 차였다는 것은 그날 디너 테이블의 최고의 화젯거리였다.

"그 여자애가 못됐지. 에드워드를 이용할 대로 이용해먹고 차버린 거잖아?"

남자애들이 열을 올릴 때 조세핀은 어깨를 으쓱하며 나에게 말했다.

"에드워드는 얼굴만 보고 여자를 쫓아다니잖아. 내면이야 어떻든 외모만 예쁘면 되고 그 다음엔 그저 착하기를 바라는 건가?"

에드워드는 그 사건 이후 인생의 목표를 철저히 개편했다. 자신의 천재성에 이끌리는 여자는 없으니 돈으로 승부하겠다는 것이었다. 사실 수학의 천재인 그에게 돈은 보장된 것이나 다름없었다. 월스트리트에도 그에 대한 소문이 퍼졌는지, 2학년 말에는 유명한 해지펀드 회사로부터 러브 콜이 오기도 했다.

"너, 여름에 인턴 자리 필요하지 않아? 원한다면 우리 회사에 자리가 하나 있는데."

하지만 명백하게 세속적인 목표를 세운 에드워드는 괴로워하기도 했다. 일부러 나쁜 남자 흉내를 냈던 것과 달리 에드워드는 사실 마음이 약한 아이였다. 그는 같은 층에 사는 이웃들 중에 우리가 가장 인정이 많다고 생각했는지 조세핀과 나에게 의지하기 시작했다. 새벽 2시나 3시쯤 에드워드는 잔뜩 취해 가지고 우리 방 문을 두드렸다. 그러고는 조세핀과 내가 들어와도 좋다는 허락을 하기도 전에 먼저 안으로 들어왔다. 그 다음엔 신세 한탄을 시작했다.

"나는 언제나 여자에게 이용만 당할 뿐이야. 앞으로 돈을 벌게 된다 해도 달라질 건 없겠지? 나를 보고 만나는 게 아니라 돈을 보고 날 만나는 것일 테니까. 그런 건 진정한 사랑이 아니잖아."

그리고는 거의 울듯이 덧붙였다.

"외로워. 너무 외로워."

처음에 조세핀과 나는 정말 안타까운 마음으로 그를 위로하려 했다. 그리고 그의 부정적인 시각을 어떻게든 긍정적인 것으로 돌려보려고 애썼다.

"아니야, 꼭 너를 사랑해줄 아름다운 사람을 만날 거야. 조금만 기다리자, 응?"

이런 위로를 한 시간쯤 듣고 나서야 에드워드는 자기 방으로 돌아갔다. 하지만 따뜻한 위로도 한두 번이지, 똑같은 고민을 늘어놓으려 늦은 시간에 무조건 방문을 노크하는 에드워드에게 조세핀과 나는 좀 질려버렸다. 그리고 과연 에드워드가 돈 많은 남자를 밝히는 여자들을 비난하거나 탓할 자격이 있을까 하는 생각도 들었다. 어차피 에드워드는 예쁜 여자, 그 중에서도 에드워드의 성격이나 인성보다는 그가 가진 것에 열광하는 여자를 찾고 있지 않았던가. 그의 천재성과 앞으로 유망한 직업을 갖게 될 가능성에 혹하는 여자를 찾고 있었으니 어쩔 수 없는 일인 것 같았다.

하루는 식당에서 저녁을 먹고 있던 에드워드가 막 음식을 받아온 나에게 물었다.

"내가 속물이라고 생각해?"

여자는 무조건 예쁘면 된다고 생각하는 외모지상주의자 에드워드에게 내 대답은 분명히 '예스'였다. 하지만 그렇게 말할 용기가 없어서 대충 얼버무렸다.

"아니, 어떤 면에서는 그렇지 않기도 하지. 수학이라는 학문을 누구보다도 깊이 있게 알고……."

"그렇다는 거야, 안 그렇다는 거야?"

에드워드가 미간을 찌푸리면서 다시 물었다. 그러더니 마침 음식을 가지고 같은 테이블로 온 조세핀에게 똑같은 질문을 던졌다.

"조세핀, 너는 내가 속물이라고 생각해?"

"응."

조세핀은 얼굴 표정 하나 변하지 않고 대답했다. 자기 생각을 그렇게 거침없이 표현할 수 있다니, 역시 멋진 애였다. 게다가 자기에게는 작업을 걸었던 적이 없었는데도 그런 말을 할 수 있다는 게 놀라웠다.

어쨌든 에드워드를 통해 알게 된 것이 있다면, 외적인 타이틀로만 사람을 판단할 수는 없다는 것이었다. 에드워드는 분명 수학적인 능력에서는 천재였다. 그것도 하버드에서도 뛰어난 천재였다. 에드워드가 우리나라 사람이었다면 신문과 방송에서 때마다 대대적인 보도를 하여 유명인사가 되었을 것이다. 그리고 많은 어린 학생들이 그를 우러러보며 롤 모델로 삼았을 것이다. 하지만 에드워드는 그토록 뛰어난 머리로 오직 돈을 많이 벌어 예쁜 여자와 사귀겠다고 자기 입으로 말하는 아이였다. 그가 천재이면서도 결코 빛나지 않는 이유는 바로 그런 태도 때문이었다. 거기다 여자에게 한 번 차였다고 며칠을 우울증 환자처럼 방에 틀어박혀 밥도 먹지 않고 지내는 소심함이라니. 그가 여자에게 호감을 사려면 뭔가 가치 있는 일에 관심을 가져야 할 것이다. 아무리 친구라고 해도, 아무리 그를 잘 봐주고 싶다 해도, 난 그의 생각이 성숙하지 못했으며 그 아까운 재능을 좀 더 가치 있게 써야 했다고 말할 수밖에 없다.

에드워드가 가진 천재성과는 비교도 되지 않지만, 나는 비슷한 이유로 한국의 매스컴에 적잖이 소개되기도 했다. 많은 초등학생, 중학생들이 열렬한 반응을 보냈던 일이 생각난다.

'원희 언니, 존경해요!'

이런 내용의 편지를 받았을 때, 나는 약간의 부담감을 느꼈다. 단지 미국의 여러 대학교에서 합격 통지서를 받았다는 이유로 내가 존경한다는 말을 들을 자격이 있는 걸까? 아니면 내가 공부를 잘하는 학생이고 좋아하는 공부를 열심히 했다는 이유로 존경받는 사람이 될 수 있는 걸까? 물론 나는 분명히 아니라고 생각한다. 그런 이유만으로는 절대 존경을 받을 수 없다. 단지 타이틀과 레주메만으로 많은 학생들이 나를 존경의 대상으로 삼는다는 건 위험하기 짝이 없는 일이다.

수많은 사람에게 선망의 대상이 되는 하버드대학교 학생들. 그러나 그들이 공부 잘하는 수재들이라고 해서 모두 본받을 만한 것은 아니다. 지혜와 지식은 분명 다르다. 하버드대학교의 한 교수가 쓴, 《영혼이 없는 뛰어남(Excellence without Soul)》이라는 제목의 책이 있다. '영혼이 없는 뛰어남'이란, 지식수준이 높은 학생들이 두뇌는 쓸 줄 알면서도 가슴으로 이해해야 하는 지혜는 알지 못함을 뜻하는 말일 것이다. 어쩌면 그동안 나는 지식의 양이 많은 사람들을 지나치게 높이 평가하는 성적지상주의에 휩쓸려 지혜의 중요성을 간과하며 지냈던 건 아닐까? 그렇게 하버드는 나에게 방대한 지식과 함께 지혜의 중요성도 가르쳐주고 있었다.

3 / 더 큰 발걸음을 위한 쉼표 /

나를 성장시킨 신앙 공동체

약해질 땐 용기를 오만해질 땐 겸손을

하버드대학교에서는 여러 가지 매력적인 기회들과 함께 방황할 기회도 많다. 특별히 범법 행위를 했거나 F 학점을 받을 정도로 과제에 소홀해 어드바이저에게 문제아로 찍히지 않은 이상, 대학교는 학생들의 생활에 아무 간섭도 하지 않는다. 마음만 먹는다면 몰래 마약을 할 수도 있고, 쓰러질 때까지 술을 마실 수도 있다. 자유를 어떻게 쓰느냐에 따라서 생활이 극에서 극으로 달라지는 것이다.

만약 내가 대학교 입학을 최종 목표로 공부했다면, 그래서 입학과 함께 목표를 이루었다는 착각에 빠졌다면 난 방황을 했을 게 분명하다. 중학교와 고등학교에서 독하게 공부하고 달려왔던 만큼, 목표 지점에 도착했다고 생각하는 순간 나태해지기 쉬웠을 테니까. 다행히도 부모님께서는 나에게 대학 입학만으로는 그 무엇도 이룬 것이 아니라고 귀가 닳도록 당부하셨다. 나는 전공을 바꾸면서 변화를 겪긴 했지만, 내가 하고 싶은 일에 대해서는 집요하게 파고드는 야심가적인 면이 있어 오히려 도움이 되었다. 새로운 공부에 대한 나의 꿈은 때로 내 부족한 면을 비추며, 또 해이해지는 나를 확인시켜주며 채찍질하는 힘이 되었다. 그리고 내가 넘어졌을 때 다시 나를 일으켜주는 힘이 되었다.

하지만 꿈이 나를 완전히 붙잡아줄 수는 없었다. 꿈은 크게 가졌으나 그 꿈에 한 걸음도 다가가지 못했다는 생각이 들면 절망으로 무너지기 쉽기 때문이었다. 또 뛰어난 학생들과 겨루다 보면 내가 최고가 아니라는 생각에 끝까지 노력하지 않고 포기해버릴 수도 있었다. 그리고 한편으로는 혹시 어떤 의미의 성공이라도 이루면 거만해질 위험도 있었을 것이다.

나를 쉽게 절망에 빠지지 않게 해주고, 쉽게 거만해지지 않게 도와준 것은 바로 기독교였다. 대학교 2학년 때부터 나는 매주 금요일마다 성경 공부 클럽에 나가기 시작했고, 그즈음 내 믿음이 자라는 것을 느낄 수 있었다. 난 성서를 통해 마음이 약해질 땐 용기를 얻었고, 오만해질 땐 겸손을 배웠다. 사실 고민도 많이 했다. 과연 나의 꿈대로 학자가 될 수 있을까, 자신 없을 때도 있었다. 특히 몇몇 수학 천재들에 비해 내 실력이 너무 떨어진다는 생각이 들면 내가 너무나 허황된 꿈을 꾸고 있는 것 같아 주눅이 들었다. 이때마다 나를 붙잡아준 것은 성경 말씀이었다. 1학년 말부터 매일 성경을 읽어온 것이 얼마나 다행이었는지.

‘내게 능력 주시는 자 안에서 내가 모든 것을 할 수 있느니라(I can do all things through Christ who gives me strength).’

난 사도 바울의 말을 믿었다. 하나님께서 나를 쓰시려고 그분의 뜻에 맞게 다듬어주실 것이고, 하나님의 뜻에 따라 모든 것을 이룰 수 있을 것이라고.

미래가 두려울 때 나에게 힘을 주는 말씀이 또 있었다.

‘마음을 강하게 하고 담대히 하라(Be strong and courageous)!’

모세의 뒤를 이어 이스라엘 백성들을 이끌고 많은 민족과 전쟁을 해야 했던 여호수아를 격려하는 말씀이었다. ‘나, 너의 하나님이 너와 함께 계실 것이니 하나님의 뜻에 의해 모든 것이 이루어지리라’는 말씀은, 내가 인생에서 어떤 목표를 갖고 있든 내 능력이 아닌 하나님의 뜻에 순종함에 따라서 얻어질 것이라는 확신을 주었다.

성경 공부 클럽에서 나는 ‘하나님은 말씀, 즉 성경을 통해 나와 소통하신다’고 배웠다. 처음에는 이런 것이 이해되지 않았다. 하나님께서는 구약성서의 많은 인물들에게 직접 말씀을 하셨다. 모세에게 이스라엘 백성을 너의 백성이라 부르며 멸망시키려 하셨을 때, 하나님은 한낱 창조물일 뿐인 모세의 부탁에 귀를 기울이셨다. 모세는 이스라엘 백성을 다시 하나님께서 선택하신 백성이라 부르며, 하나님의 백성을 버리시지 말라고 부탁했다. 또 다니엘은 하나님을 숭배했다는 이유로 풀타는 풀무에 들어가는 벌을 받았을 때, 예수님과 함께 가마솥 안을 걸어다니는 영광을 경험했다. 하지만 하나님은 구약성서와 똑같은 방법으로 내게 말을 걸어주시지 않는 것 같았다.

에드워드는 언젠가 내게 이렇게 물었다.

"원희야, 있지, 네가 하나님께 기도를 드리면 하나님께서는 말로 대답하셔?"

"응, 그럼. 내가 '하나님 아버지' 하고 부르면 '요, 왓스 업(Yo, What's up)' 이라고 하시지."

내가 이렇게 대답하자 에드워드뿐 아니라 옆에 있는 애들까지 모두 웃음을 터뜨렸다. 난 하나님께서 내게 그렇게 말로 대답해 주시기를 얼마나 원했는지 모른다.

하나님께서 내게 성경을 통해 말씀하신다는 사실을 조금이나마 이해할 수 있었던 것은 3학년 초, 사무엘 전기를 읽다가 문득 사울의 거만함과 그럴 듯한 겉포장이 나와 얼마나 닮았는가를 깨닫고 난 다음이었다. 부끄러운 일이지만 그때 나는 하버드에서 성적 상위 10퍼센트 이내의 학생들에게 주는 하버드 장학금 수여자로 선정되었다는 사실에 기고만장해 있었다. 이 모든 것이 오로지 내 능력 덕분인 양 자신만만해져 거만한 마음까지 들었던 것이다.

사무엘 전기에서 사울은 하나님에 의해 왕으로 지명되었을 때 부끄러워하며 뒤에 숨어버렸던 겸손한 사람이었다. 하지만 그런 그의 모습은 금방 거만함으로 바뀌었다. 이웃 나라와의 전쟁에서 보물을 챙기지 말고 모두 파괴하라는 하나님의 명을 어기고 재물을 빼앗아 챙겼던 것이다. 사무엘이 이를 꾸짖으려 하자, 사울은 태연한 얼굴로 이는 하나님께 영광을 돌리기 위한 일이라고 그럴 듯한 핑계를 댔다.

구약의 이 이야기는 당시의 내 모습을 똑바로 바라볼 수 있게 해주었다. 나 역시 하나님께서 주신 달란트에 감사하고 그분의 격려에 감사하는 것이 아니라, 나 혼자의 힘으로 노력하고 공부한 덕에 큰일을 해낸 양 오만해져 있었던 것이다. 하나님께서는 사무엘 전기를 통해 그런 나를 꾸짖으셨고, 내 재능에 취해 그 모든 것이 하나님께서 주신 선물임을 잊고 있었다는 사실을 깨닫게 해주셨다. 하나님은 늘 이렇게 성경의 말씀을 통해 나를 다그치시고 격려해주신다.

나를 한 뼘씩 성장시키는 사람들

교회의 친구들과 지도자들 또한 내게 너무도 소중한 버팀목이었다. 나를 성경 공부 클럽에 가입하도록 권유한, 아니 나를 그 모임에 끌고 가다시피 한 조세핀은 4년 동안 나의 가장 든든한 친구가 되어주었다. 내가 말도 안 되는 이유로 학자의 길을 포기해야 할 것 같다고 불평하면, 그녀는 나에게 진정 어린 질책을 해주었다.

"너 TV 드라마에 나오는 비운의 여주인공이 되고 싶은 거야? 네가 그렇게 생각해야 할 이유가 어디 있어? 하나님이 네게 경제학자가 될 자질이 있다고 계속해서 격려를 보내주고 계시잖아. 그런데 겨우 과제 하나 풀지 못한다고 '포기'라는 말을 입에 올리다니 실망이야."

이러면서 나를 제정신으로 돌려놓는 것이었다.

조세핀은 보수적인 나의 생각에 대해서도 따끔한 충고를 아끼지 않았다. 예를 들어 내가 설득력 없이 동성애자 결혼의 합법화에 반대하면 이렇게 말했다.

"그건 사랑을 하고 싶은 사람들에게 '사랑은 죄'라고 말하는 것과 같아. 너무 무자비한 판단 아니니? 하나님은 희생보다 자비를 원하셔. 그렇다면 우리도 동성애자들을 바라볼 때 그들이 우리와 다르다는 이유로 배척하기보다는 이해하는 마음을 가져야 하지 않을까?"

조세핀은 이렇게 종교적인 입장을 벗어나지 않으면서도 논리적으로 나를 감동시키는 재주가 있었다.

하지만 그런 조세핀이라고 해서 고민거리가 없는 건 아니었다. 체중조절 때문에 스트레스를 받을 때, 또 그녀 역시 앞으로 하고 싶은 일에 대한 확신이 생기지 않을 때 나에게 찾아와 상담을 청하기도 했다. 나도 조세핀이 나에게 해준 것처럼 그녀가 할 수 있는 일에 대해서 격려를 아끼지 않았고, 불필요한 고민을 할 때는 쓸데없는 걱정이라며 명쾌하게 정리해주었다. 이렇게 우리는 진심으로 서로에게 솔직한 충고와 격려를 할 수 있는 사이가 되어 있었다.

교회의 지도자들은 나에게 더욱 따끔한 충고를 해주었다. 내 지도자인 크리스틴 선생님은 겉포장을 그럴 듯하게 하고 진정으로 하나님께 간구하지 않는 오류에 대해 가르쳐주셨다. 그리고 줄리아 선생님은 '하나님은 나의 마음을 보시는 분'이라는 것을 상기시켜 주셨고, 내가 학점, 외모, 레주메 등 외면적인 것들에 연연할 때면 내가 쌓고 있는 성은 모래 위에 있으며 영원한 것이 아님을 깨우쳐주셨다. 2학년 때 내가 몇 번이고 "나는 학자가 될 자질이 있을까요? 하나님께서는 내가 학자가 되기를 원하시는 걸까요?"라며 조바심을 치면 크리스틴 선생님과 에이미 언니는 지치지도 않고 나를 토닥거렸다.

"여태까지 하나님께서 널 격려해 주셨잖니. 하나님께서 주신 달란트를 너 스스로 생각해 진로를 결정했고 네 결정을 하나님께서 계속 격려해 주신다면 의심 없이 확신을 가지고 도전해야 하지 않을까?"

이렇게 애정을 담아 얘기해주는 사람들이 있다는 생각만으로도 나에겐 금세 새로운 에너지가 충전되곤 했다.

그 밖에 내게 도전이 되어준 많은 친구들이 생각난다. 앞으로 라틴 아메리카의 빈민들에게 의료봉사를 하고 싶다며, 방학마다 위험을 무릅쓰고 혼자 페루에 봉사활동을 다녀오는 로즈. 미국 노숙자들의 건강을 위해 봉사하고 싶고, 그것이 하나님께서 자신에게 주신 사명이라며 확고한 신념에 찬 존. 그들의 희생정신은 언제나 내게 힘이 되어 주었다.

나보다 두세 살 어린데도 의젓하고 두터운 신앙심을 가진 후배들 역시 내가 약해질 때마다 강해질 수 있도록 도움을 주었다. 헬렌, 시온, 마리아, 그리고 효정이. 그들은 진지하게 하나님에 대한 대화를 나누다가도, 단지 내가 몇 살 많다는 이유로 귀여운 애교를 부리며 웃음을 주곤 했다. 이 어여쁜 후배들에게는 선배로서 성숙한 모습을 보이지도 못하고 제대로 챙겨주지도 못한 것 같아 미안한 마음뿐이다.

이렇게 신앙의 공동체 안에서 나를 성장시킬 환경을 만났다는 것은 나에겐 큰 행운이었다. 혼자 성경을 읽고 하나님과 교통하는 것만으로는 절대 내면이 깊어질 수 없었을 것이다. 마음이 맞지 않는 자매를 사랑하는 법을 배우고, 나 자신이 인간으로서 죄가 있음을 깨달았던 과정. 비록 고통스러웠지만 이런 과정은 나에게 성장의 기회가 되었다. 나 스스로를 죄인이라고 진정하게 말하는 것은 쉽지 않다. 그래서 단지 혀로 하는 고백이 아니라 가슴으로 하는 고백일 때 그만큼 아픔이 느껴지는 것 같다. 이렇게 가슴으로 고백하고, 그러다 또 내가 죄인임을 잊고 살다가 다시 고백으로 사함을 받고, 그런 과정을 거치면서 한 뼘씩 자라고 있다는 데 난 감사하고 있다. 아직 하나님 보시기에 완벽하게 기쁜 사람이 되지는 못했지만, 난 하나님께서 나를 인도해주고 계심을 믿는다. 그래서 가끔 평정심을 찾지 못하고 흔들려도 하나님에 대한 신앙의 끈은 놓을 수 없다. 나는 그것이 나의 운명이라고 믿는다. 아니, 그것이 내 인생의 목적이다.

또 하나의 선택,
한 박자 쉬어 가기

1년간의 휴식을 위한 탐색

초등학교 때는 유난히 독서를 강조한 부모님 덕분인지 책을 참 많이 읽었던 것 같다. 그런데 중학교, 고등학교 때는 공부에 매달려 줄곧 전속력으로 달리기만 했다. 중학교 때는 만점에 가까운 점수를 받아야 좋은 고등학교에 진학할 수 있다는 생각으로, 그리고 나를 배척하는 아이들에게 내가 어떤 사람인지 보여주겠다는 오기로 공부에만 몰두했다. 고등학교 때는 그런 생각조차 할 여유가 없었다.

중학교 때까지는 한국의 대학교를 갈 생각으로 공부했는데, 민족사관고등학교에 들어가 갑자기 국사와 국어를 제외한 모든 과목을 영어로 수업 받는다는 게 너무 힘들었다. 게다가 일주일에 한 번은 단어시험을, 2주일에 한 번은 독서 시험을 보아야 했다. 또 오전 6시 반에는 반드시 기상해 아침 운동을 해야 했다. 정말이지 지독하게 빡빡한 일과였다. 덕분에 공부는 원 없이 했고, 내가 무엇을 하고 싶은지에 대한 생각은 많이 한 것 같다. 하지만 지난 시간을 꼼꼼히 돌아보며 성찰할 여유는 없었다. 그런 시간이 필요하다는 생각이 든 건 대학에 온 뒤였다. 고등학교를 2년 만에 졸업하면서 1년을 벌었지만, 단지 '남보다 빨리 간다'는 것은 큰 의미가 없었다. 그리고 빠르게 가는 것이 특별한 의미를 갖지 못하는 것처럼, 남들이 가는 속도에 굳이 맞추어야 할 필요도 없을 것 같았다. 나는 내 페이스대로 내가 세운 계획에 따라 충실하게 살아가고 싶었다. 1년 정도 휴식을 갖는 것은 어떨까. 그 휴식의 시간을 외국에서 살아본다면?

나는 미국 유학을 가기 전까지는 한국에서만 살았는데, 민족사관고등학교와 하버드대학교에서 만난 친구들 중에는 세계 곳곳에서 살다 온 아이들이 많았다. 나는 이런 애들을 은근히 부러워했다. 이를테면 홍콩에서 국제학교를 다닌 친구들은 중국어와 영어도 잘하고 홍콩의 문화와 미국 문화를 훤히 알았다. 그럴 수 있는 기회를 가졌다는 것 자체가 나에겐 축복받은 일처럼 느껴졌다. 간혹 어떤 친구들은 오히려 한국에서만 살았기 때문에 한국 정서를 잘 아는 나를 부러워하기도 했다. 하지만 어느 정도 그 나라 언어를 할 수 있다면 외국에 가서 사는 데 두려움을 느끼지 않을 테고, 새로운 곳에 대한 기대감도 더 크지 않을까? 내가 휴식의 필요성을 느꼈을 때도 바로 그런 생각을 하고 있었다.

후보로 떠오른 나라는 일본과 중국이었다. 초등학교 시절, 나는 원어로 일본 애니메이션을 보고 싶다는 이유로 일본어를 배웠다. 애니메이션을 통해 느끼는 일본은 우리나라와 비슷하면서도 달랐다. 그런 느낌 때문인지, 아니면 일본이 지리적으로 가까운 나라이기 때문인지, 일본은 나에게 반드시 가보고 싶은 나라였다.

우리 가족은 그 흔한 해외여행 한번 함께 가보지 못했다. 의사로서 아버지가 가지고 있는 철학 때문이었다. 아버지는 돈 좀 벌었다고 휴가와 공휴일 모두 진료를 쉬는 것은 환자들과의 약속을 저버리는 일이라고 하셨다. 그래서 개인 병원을 연 이후로 지금까지 여름휴가를 한 번도 가신 적이 없다. 안과 병원은 여름에 환자가 많아 여름휴가보다는 추석 연휴 때 가족 여행을 가는 쪽을 택하셨다.

나는 친구들이 일본에 갔다 온 기념으로 작고 예쁜 포장지에 싸인 일본 과자나 기념품을 줄 때마다 신기했다. 한 번도 가본 적은 없지만 일본은 그 과자나 기념품들처럼 아기자기하고 예쁠 것만 같았다. 중국에 대해서는 대학 3학년 때 중국어를 배우기 시작하면서 관심을 갖게 되었고, 베스트 프렌드 조세핀을 만나면서 더욱 흥미를 느꼈다. 중국에서 살면 더 빨리 중국어를 배울 수 있지 않을까, 하는 생각에 한번 가보고 싶기도 했다. 물가가 일본에 비해서 훨씬 싸다는 점에 끌린 것도 사실이다.

물론 이 두 나라에 가보고 싶은 이유는 또 있었다. 일본이나 중국 모두 역사적으로 기독교가 박해를 받았고 기독교 신자가 별로 없는 나라인 만큼 선교를 위해 가고 싶었다. 특히 일본 쪽으로 더 마음이 갔다. 일본은 신사를 섬기는 나라여서 기독교 선교가 힘들다고 알고 있었다. 또 3학년 때 일본 문화와 일본 역사에 대한 교양 수업을 들으면서 특별한 인상을 받기도 했다. 즉, 많은 현대 일본인들이 '온과 기리'(은혜와 보답)에 의한 형식적인 인간관계를 구축하며, 부유함에 안주하다 보니 목표의식을 상실한 채 어떤 의미로는 정신적 고통을 겪고 있는 것 같다는 것이었다. 그리고 어차피 대학에서 갓 배운 중국어보다는 어렸을 때부터 애니메이션을 통해 갈고 닦은(?) 일본어 실력이 나았기 때문에 의사소통하기도 더 편할 것이었다. 결국 난 최종적으로 일본을 택했다.

다음으로는 일본에서 보낼 1년간의 휴가를 언제쯤으로 잡아야 할지 결정해야 했다. 이런 궁리를 시작한 것이 3학년 1학기 말이었으니, 3학년을 마치고 쉬거나 4학년까지 모두 끝내고 쉬는 게 좋을 것 같았다. 3학년을 마치고 1년을 쉬면 공부의 맥이 끊길 수 있어 겁이 났고, 4학년까지 끝내고 쉰다면 유학생들이 미국에서 비자 스폰서십 없이도 1년간 일할 수 있게 주는 OPT(Optional Practical Training)의 기회를 놓치는 게 아쉬웠다.

3학년 때까지는 포스트 닥터와 일을 했을 뿐 교수와 일할 기회는 얻을 수 없었다. 그러나 교수와 프로젝트를 수행하거나 같이 일했던 경력은 대학원 진학 때 매우 중요했다. 나는 4학년 때 논문을 쓰면서 조교까지 하는 고생을 하기보다, 4학년이 끝나고 1년 동안 교수와 일하는 것이 전략적으로 좋다고 생각했다. 대학교 3년을 보낸 시점에서 앞으로 내가 어떤 일을 할지 계획하고 지난날을 반성해볼 기회를 갖자는 데 역시 마음이 끌렸다. 그래, 과감히 떠나는 거야. 충분히 휴식을 취하며 내 인생의 양분을 얻기 위해. 내 결심은 그렇게 굳어졌다.

새로운 그곳, 일본으로

3학년을 마치고 1년간 일본 연수를 가는 것에 부모님은 반대하지 않으셨다. 하지만 이왕 일본에 간다면 그곳에서 선교 활동만 하기보다 일본어를 확실히 배우기를 바라셨다. 한국에서 불규칙적으로 교회를 다니긴 했지만 미국 교회에 정기적으로 나가기 시작한 것이 대학교에 들어와 2학년 때부터였던 만큼, 난 두 살박에 안 된 아기 기독교인이나 마찬가지였다. 그런 꼬마 기독교인이 풀타임 선교사로 일본에 가는 것보다는 부모님 말씀을 따르는 것이 옳을 것 같았다. 교회의 지도자들 역시 같은 생각이었다. 교회에서 봉사를 하는 것만으로도 도쿄의 분교(分教)에 격려가 될 수 있다며, 부모님 말씀을 따라 어학연수 프로그램을 알아보는 것이 어떻겠냐는 것이었다.

결정을 내린 것은 다행히 아직 늦지 않은 3학년 1학기 말이었다. 마침 도쿄에는 내가 보스턴에서 다니는 교회의 분교가 있었다. 도쿄 분교에서 선교를 하며 들을 수 있는 어학 프로그램을 알아보니, 게이오대학교와 와세다대학교에 각각 하나씩 있었다. 어학을 가르친 선생님에게 추천서를 받아야 프로그램에 지원할 수 있어, 3학년 2학기 때는 일본어 수업을 들어두었다.

하버드에서 휴학을 하는 학생들은 나 말고도 많았다. 특히 외국에 나가서 그곳의 문화를 배우기 위한 휴학이라면 학교에서도 기꺼이 휴학계를 받아주었다. 내가 휴학을 하고 싶다며 학생들의 학업에 관여하는 기숙사 튜터를 찾아갔을 때, 그는 내게 많은 것을 경험하고 느끼고 배워 오라며 흔쾌히 허락해주었다. 또 일본의 유명한 애니메이션

감독 미야자키 하야오의 몇몇 영화를 인상 깊게 보았다며, 마음껏 일본을 체험하고 오라는 뜻으로 하이파이브를 했다.

사실 하버드에는 외국 문화 체험을 장려하는 장학금이 상당히 많다. 아시아 지역을 위한 장학금으로 조건이 별로 까다롭지 않은 옌칭 장학금이 있다. 문화 체험 계획서와 보고서만 제출하면 언어만 배우고 오는 것도 가능하며, 수업을 받지 않고 그 나라 사람들의 생활을 그냥 구경만 하고 올 수도 있는 장학금이다. 이 장학금을 신청하면 좋았을 것을, 나는 신청 기간이 다 지나서 일본 어학연수와 휴학을 결심한 탓에 장학금을 받을 수 없었다.

휴학 사실을 알리자 기숙사 친구들은 어떻게 우리를 버리고 갈 수 있냐며 다소 놀라는 반응을 보였다. 그러나 조세핀만은 잘 했다며 기꺼이 박수를 보내주었다. 그녀는 이미 옌칭 장학금을 신청해놓고, 중국의 칭화대학교에서 중국 대학생들과 함께 수업을 듣기 위한 자격시험을 준비하고 있었다.

"적어도 함께 아시아에 있으니 인터넷으로 통화는 할 수 있겠다. 휴학을 할 줄 알았다면 너도 옌칭 장학금을 신청하면 좋았을 텐데."

그녀는 장학금을 놓친 것이 아깝다며 안타까워했다.

"정말 우리를 버리고 가는 거야? 졸업하면 못 볼 수도 있잖아."

브라이언이 불평하자 옆에 있던 줄리엣이 거들었다.

"이제 우리 블로킹 그룹에 남자애들만 남겠네. 내년은 정말 암울할 거야."

대학 친구들은 대부분 4년이라는 시간이 지나가면 더 이상 가까이에서 볼 수 없게 된다. 그런데다 1년 일찍 헤어진다고 생각하자 정말 서운해졌다. 나는 갑자기 먹먹해지는 마음을 감추려고 과장되게 말했다.

"뭐야? 졸업하고 나서는 안 볼 생각이었어? 걱정하지 마, 내가 쫓아가서라도 만날 테니까."

1년 후에 돌아와 다시 안기게 될 나의 집 커리어 하우스. 마지막으로 기숙사 사감인 팻에게 휴학 사실을 알렸다.

"일본에 간다고요? 많은 걸 경험하고 와요. 커리어 하우스는 언제라도 원희 양을 반겨줄 테니."

팻은 학생이 기숙사 시설을 이용하고 싶을 때나 기숙사 내에서 학생들 사이에 문제가 생겼을 때 이메일 또는 직접 방문을 통해 이야기할 수 있는 사람이다. 그녀는 학생들이 자신을 편하게 대할 수 있도록 함께 저녁을 먹기도 하고, 자신의 오피스에는 언제든지 찾아와도 된다며 마음을 늘 열어주는 옆집 아줌마 같은 분이었다.

이렇게 나는 1년간의 휴식을 위해 하버드대학교에 이별을 고했다. 4월 말, 와세다대학교와 게이오대학교에서 합격 통지서가 왔다. 부모님과의 상의한 후 나는 와세다대학교에 가기로 결정했다. 새로운 곳에 가서 새로운 문화를 접한다는 것에 완전히 흥분해 있던 나는 주저 없이 일본으로 향했다.

친절한 일본, 그 겉과 속

친절도 상대를 가려가며 하는 나라, 일본

나리타 공항에 도착하자 매끄러운 안내방송이 일본어로 흘러나왔다. 일본말을 좀 안다고 생각했는데 말하는 속도가 너무 빨라선지 절반 정도밖에 알아들을 수 없었다. 교회 친구들이 공항까지 마중을 나오겠다고 했을 때 고맙다고나 할 걸. 일본어를 할 수 있으니 우에노 역까지는 혼자 가겠다고 우긴 게 잘 한 일인지 알 수 없었다. 기차표를 사는 창구가 어디인지, 지나가는 사람에게 어눌한 일본어로 물어보았다. 그는 일본어를 유창하게 하지 못하는 아시아인에게 말 한마디 하기가 귀찮다는 듯 손가락으로 왼쪽을 가리켰다. 그것이 일본에 대한 첫 인상이었다.

도쿄 생활은 하버드 대학생활보다 어떤 의미에서는 더 힘들었다. 이제는 미국에 익숙해진 탓이었을까. 지나가는 사람들이 나와 눈이라도 마주치면 흠칫 놀라 시선을 돌리는 것이 이상하기 짝이 없었다. 미국이라면 빙긋 웃던지 인사라도 건넬 텐데. 될 수 있으면 다른 사람과 관계를 맺고 싶어 하지 않는다는 일본인의 특징이 작은 행동 하나에도 그대로 나타나는 것 같았다. 겉은 친절하지만 속은 차갑다고 조언했던 한국 친구의 말이 떠오르곤 했다.

일본에 대한 첫인상은 외국인에게 너무 무심하고 차갑다는 것이었다. 물론 내 경험이 다른 사람들의 경험과 다를 수도 있지만, 내가 느낀 일본은 외국인으로서, 특히 아시아계 외국인으로서 살기는 힘든 곳이었다.

한번은 택시를 탔는데 기사가 말을 걸어왔다.

"아가씨는 중국인인가?"

말을 걸어준다는 것 자체가 감사할 정도로, 나는 몇몇 교회 친구들이 아닌 일본인과의 접촉에 목말라 있었다.

"아뇨, 한국인입니다."

그 말에 택시기사는 "호" 하고 감탄사를 내뱉었다.

"돈벌이로 유흥가에서 일하는 한국 여자들, 꽤 많다지? 그런 곳에서 한국 여자를 만난 내 친구가 그러더군. 한국 여자가 예쁘긴 한데 절대 여우같은 짓에 넘어가면 안 된다고. 다 성형발이라는 거야."

이 택시기사는 도대체 자신이 하고 있는 말이 얼마나 무례한지를 알고 있기나 한 걸까.

"아, 그래요? 저는 그런 사람이 아닌데. 미국에 있다가 잠시 일본에 유학 온 거예요."

미국에서 왔다는 말에 마술이라도 건 듯 택시기사의 태도가 확 달라졌다.

"와, 굉장하구만, 굉장해. 미국이라니, 정말 굉장해."

그는 다른 말은 다 필요 없다는 듯 굉장하다는 소리만 연발했다. 목적지에 도착해 인사를 하고 내리며 난 씁쓸한 마음을 감추지 못했다. 우리나라가 국가 브랜드 마케팅을 잘못하고 있는 건 아닐까. 그렇다면 한국의 국가 브랜드를 높이기 위해 노력하는 것이 나를 비롯한 우리 세대가 해야 할 일이 아닌가 하는 생각이 들었다.

학교에서도 일본인의 아시아인에 대한 무시는 이어지고 있었다. 교내 식당에만 가도 아시아인에 대한 대우와 미국 혹은 유럽인들에 대한 대우가 확연하게 달랐다. 유럽인들이 앉아 있는 테이블에는 어김없이 일본인들이 모여 유럽에 가고 싶네, 미국에 가고 싶네 하며 듣기 좋은 말을 퍼부어댔다. 아시아인들은 주로 같은 국적을 가진 친구들과 함께 중국어를 하거나 한국어를 하며 식사를 하는 게 보통이었다. 일본인 친구를 사귀어볼까 하여 언어 교류(Language exchange) 프로그램에 신청도 해봤지만 상대를 구하기가 힘들었다. 한국어를 배우고 싶어 하는 일본인은 드물었고, 영어를 배우고 싶어 하는 일본인도 '토종 미국인'을 선호했기 때문에 하버드에서 유학 온 나 역시 찬밥 신세였다.

처음 두 달 동안, 나는 일본에 대해 매우 실망했다. 미국인에게 일본은 신비의 나라였다. 기모노나 토토로 같은 단순한 문화 상품에도 미국인들은 열광했고, 일본에 짧은 기간 여행이라도 다녀오면 사람들

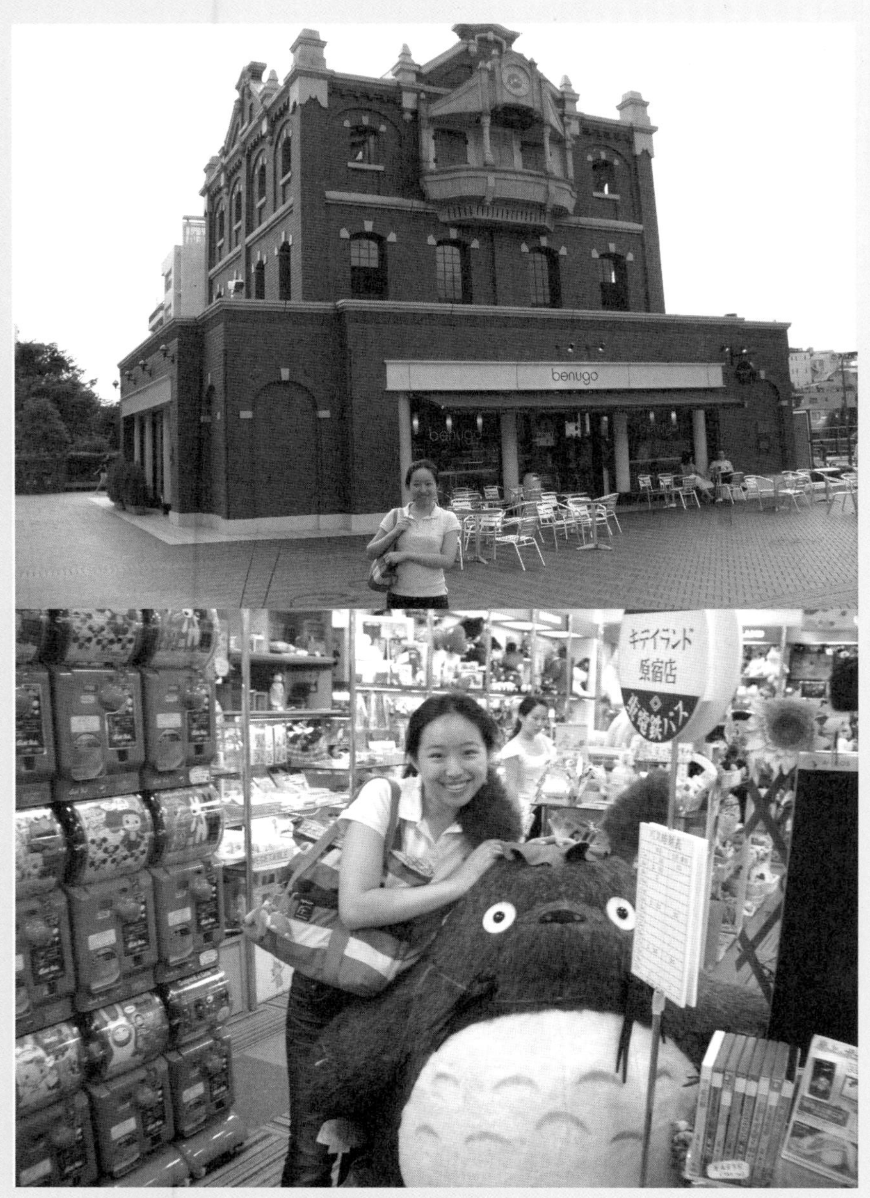

• 일본 도쿄 에비스 거리(위)와 오모테산도의 캐릭터 상점(아래)에서

이 너무 친절해서 좋다는 말을 연발했다. 주위에서 그런 말을 들어 기대를 안고 왔기 때문일까. 미국인들이 경험했다는 일본인의 친절은 어디에도 없었다. 그들이 경험했다는 친절은 일본인들의 사대주의일 뿐이라는 생각을 떨칠 수 없었다. 아시아 최고의 경제 강국으로 성장한 일본에게 한국과 중국은 무시해도 되는 후진국일 뿐이었던 것이다.

소위 일본인들의 친절이라는 것에도 난 공감할 수 없었다. 일본에 도착하자마자 독감을 앓았는데 기침이 멈추질 않았다. 열 때문에 멀리 나가기가 힘들어, 집 앞 편의점에서 요깃거리라도 사려고 마스크를 쓰고 나갔다. 편의점에서 삼각주먹밥 두 개를 들고 카운터로 가 돈을 내는데 여직원이 얼굴도 쳐다보지 않고 말했다.

"찾아주셔서 감사합니다. 210엔입니다."

미국인이 감탄하는 전형적인 목소리로, 하이 톤에다 친절이 가득 배어 있는 목소리였다. 그런데 얼굴은 무표정이었다. 무거운 한숨이 마스크 안을 맴돌았다. 기침을 하는데 목이 아팠다.

"210엔 받았습니다. 감사합니다. 또 오세요."

여직원은 여전히 마네킹처럼 무표정한 얼굴로 친절한 멘트를 했다. 나도 인사를 하고 편의점을 나섰다. 하지만 그 여직원의 친절한 멘트와 인사에는 온기 한 점 없었다는 생각이 들면서 마음이 불편해졌다. 내 인사도 그녀의 마음에 없는 친절에 대한 딱 그만큼의 답례였을 것이다. 나도 모르게 그녀와 똑같이 무표정한 얼굴을 하고 목소리만 하이 톤으로 끌어올려 "감사합니다"라고 했으니까.

이뿐만이 아니었다. 집에서 지하철로 몇 정류장 떨어져 있는 이케

부쿠로에 쇼핑을 갔을 때였다. 옷을 고르면서 같은 디자인에 다른 색상은 없는지를 물어보는데 여직원의 태도가 이상했다. 보통 쇼핑을 하면 아무리 아시아인이라 해도 손님에 대한 예의는 차리는 법인데, 이 여직원은 손만 흔들 뿐 말도 하지 않았다. 내 일본어를 못 알아들었나 싶어 영어로 물어보자 그 여직원의 태도가 싹 달라졌다.

"아이 에에에에에또 위루? 위루 에에에에또 쪡끄? 에에에또 웨이또."

방금 전까지 태연하게 일본어를 주고받았는데, 내 영어에 갑자기 서툰 영어를 써대는 것이었다. 그리고 가게 뒤로 가서 재고를 체크하고는, 아주 미안한 표정으로 다른 색상은 없다고 말했다. 일본사람보다 발음이 유창한 나를 보고 아시아인이 아니라 미국인이라고 생각했던 모양이다. 이런 일이 한두 번이었다면 그 사람의 성격 문제려니 하고 넘어가겠는데, 가는 곳마다 비슷한 경험을 해야 했다.

이럴 때마다 나는 한국이 그리웠다. 아무리 민족성이 다르다지만, 이건 달라도 너무 달랐다. 하다못해 미용실엘 가도 그랬다. 한국에서는 머리를 만져주는 헤어디자이너 언니와 연예인에 얘기도 하고 다이어트 비법에 대해 수다도 떨며 웃을 수 있었다. 그런데 일본어 독해 수업 선생님은 미용실에서 머리를 만지며 말을 거는 여직원에 대해 불쾌하다는 말을 했다. 괜히 자신의 일에 참견하는 것 같고 끈적끈적하게 기분 나쁜 느낌까지 든다나. 다른 사람과 철저하게 벽을 쌓고 사는 일본. 친절도 상대를 가려가며 하는 나라. 내가 왜 이 나라를 막연하게나마 동경하고 있었는지 맥이 빠졌다.

일본, 그들만의 동그라미

미국에서도 일본에서도 난 외국인이고 유학생인데, 어떻게 이토록 다를 수 있는 걸까. 물론 미국에서도 첫 1년 동안은 영어를 잘하지 못해 친구들과 어울리기가 힘들었다. 하지만 적어도 몇몇 짓궂은 학생들을 제외하면, 조세핀을 비롯해 많은 친구들이 내게 손을 내밀었다. 일본어는 한국어와 발음이 비슷하고 어릴 때부터 애니메이션을 통해 회화 중심으로 배웠기 때문에 오히려 영어보다 말하기가 자유로웠다. 그런데 마음은 늘 자유롭지 못하고 불편했다. 미국은 날 친구로 받아들여 준다는 생각이 들었는데, 일본은 그들만의 동그라미를 그려놓고 아시아인인 나를 절대 그 안으로 들이지 않는 것만 같았다.

일본에 대해 첫 몇 달 동안 부정적인 생각을 가졌던 것은 아마도 내가 너무 높은 기대치를 갖고 있었기 때문일 것이다. 하버드대학교에서도 처음엔 그랬다. 특히 학생들의 생활습관이나 행동을 보며 실망이 컸다. 한국의 획일적인 모범생 상을 기대하고 있다가 자유분방한 아이들을 보고 이해하기가 힘들었던 것이다. 그때처럼, 난 일본에 대해서도 만화 주인공 같이 착한 사람들을 기대했던 것이다. 특히 여행하며 잠시 일본에 머문 친구들의 달콤한 경험담을 듣고 친절함을 일본의 국민성으로 철석같이 믿고 있었나 보다. 그 친구들은 외국인들이 많이 찾는 관광지만 돌아보고 와서 일본의 지극히 부분적인 모습만을 전했던 것일 텐데……. 좀 더 현실적으로 판단해 외국인으로서 당하는 어려움은 일본도 마찬가지라는 것을 인정했다면, 그렇게 일본이 싫지는 않았을 것이다.

미국에서는 영어로 수업을 듣고 영어로 리포트를 쓰면서 언어의 장벽과 한계를 느낄 때 한국이 그리웠다. 또 미국 문화를 잘 알지 못해 어려움을 겪을 때도 한국이 그리웠다. 유학을 포기하고 싶을 정도는 아니었지만, 학기말이 다가오면 한국으로 돌아간다는 생각에 가슴이 설레었다. 하지만 그러면서도 학교를 잠시 떠난다는 것이 아쉬웠다. 한국에 오면 하버드의 캠퍼스가 눈에 아른거렸고, 잔디 위를 조르르 빠르게 가로지르던 청솔모도 생각났다. 커리어 하우스의 식당에서 웃고 토론하던 친구들도 보고 싶었다.

그런데 일본은 달랐다. 부모님은 내가 일본처럼 가까운 나라에 있을 시간이 앞으로 얼마나 더 있겠냐며 두 달에 한 번 집에 오도록 배려해주셨다. 나는 아버지 생신을 위해 집에 돌아가는 첫 귀국을 얼마나 손꼽아 기다렸는지 모른다. 일본으로 간 지 두 달도 안 되었지만 첫 귀국을 기다리고 또 기다렸다. 그리고 다시 일본으로 돌아가야 했을 때는 저절로 한숨이 나왔다. 그래도 1년 동안 일본어를 마스터하기 위해서 난 일본 생활을 참고 견딜 수밖에 없었다. 그것이 내가 일본에서 해야 할 일이었으니까.

일본어? 6등급이면 어떻고 7등급이면 어때?

어려울수록 생기는 오기

처음 와세다대학교에서 배치고사를 보고 난 1~8등급 중 6등급에 들어갔다. 내 실력에 비하면 사실 실망스러운 결과는 아니었다. 초등학교 6학년 때, 나는 3개월 정도 일본어를 배우고 나서 일본 애니메이션에 빠져 있었다. 중학교 때는 어머니가 녹화해주신 애니메이션과 아버지가 서울에서 사다주신 터무니없이 비싼 만화책 몇 권으로 일본어를 독학했다. 만화책과 애니메이션이 같은 내용이었기 때문에, 먼저 만화책을 읽고 나서 TV로 애니메이션을 보면 들리지 않던 대화도 잘 들리기 시작했다. 애니메이션은 특히 표정과 행동이 과장돼 회화를 배우는 데는 안성맞춤이었다. 하지만 이렇게 만화를 본 것도 중학교가 끝, 고등학교 때부터는 영어에만 매달렸다. 그리고 대학교에 들어와서 잠깐 한자를 외우고 한 학기 수업을 들은 것이 다였다.

배치고사를 보았을 당시엔 반드시 1년 안에 일본어를 마스터하겠다는 말도 안 되는 야망을 가졌다. 그런 야망 때문인지 나는 6등급을 들어서는 안 된다는 강박관념에 사로잡혔다. 교재를 보니 사실 너무 쉽기도 했다. 체계적으로 일본어를 배운 것이 아니라 난 일본어의 존댓말을 쓸 줄 몰랐고, 한자 역시 만화책에 나오는 정도밖에 몰랐다. 하지만 애니메이션 캐릭터들의 과장된 표정과 행동을 통해서 의미를 파악하며 공부한 덕분인지 회화나 문법에서는 같은 수업을 듣는 학생들보다 앞서 있었다. 6등급에 배치된 것은 아마 글쓰기 부분에서 점수를 얻지 못한 탓이었을 것이다. 한자도 잘 모르고 체계적으로 글쓰기 수업을 들은 것도 아니었으니까.

선생님을 찾아가 무조건 고집을 피웠다. 난 1년 안에 일본어를 마스터해야 하니 7등급을 들어야겠다고. 하지만 선생님은 딱 잘라 말했다.

"그렇게 서두를 필요 없잖아요. 다음번에 들어요, 7등급은."

그러고 보니 내가 일본에 왔던 이유가 생각났다. 여태까지 앞만 보고 달려왔으니 여유를 가지고 쉬면서 인생에 정말 중요한 것이 무엇인지 성찰해보고 싶어서가 아니었던가. 그런 기억을 떠올리자 모든 수업을 7등급으로 올려서 고생을 하느니, 몇 가지만 등급을 올려 착실히 들어야겠다는 생각이 들었다. 일단 말하기와 듣기 수업은 대표 선생님의 판단에 따라야 했다. 하지만 문법에는 어느 정도 자신이 있으니 7등급을 들어도 될 것 같았다. 그리고 한자가 약한 데다 만화가 아닌 글을 읽어본 적이 없으므로 읽기를 중점적으로 해야 할 필요가 있었다. 7등급 읽기 수업을 담당한 선생님에게 가서 무조건 난 이 수

• 일본 와세다 대학교 같은 반 학생들과 함께

업을 들어야겠다고 또 고집을 피웠다. 존댓말도 잘 못 하는 학생이 와서 막무가내로 7등급 수업을 듣겠다고 하니 얼마나 황당했을까. 이 선생님은 정 그렇다면 마음대로 하라며, 대신 성적은 기대하지 말라고 으름장을 놓았다.

7등급 읽기 시간은 확실히 어려웠다. 소설을 한 권 정해 수업 시간에 함께 읽으면서 모르는 단어의 문화적 의미나 문법을 짚어나가는 방식이었다. 차례로 한 명씩 읽어나가는 식이었는데, 한자를 잘 알지 못하는 나는 특히 초반에 지적을 많이 당했다.

"아니 박상, 왜 7등급이 그런 한자도 읽지 못하는 거죠?"

난 이런 반응이 낯설지 않았다. 민사고 시절, 미국에서 살아본 적 없던 나는 몇 년간 미국 초등학교를 다니다 온 학생들과 함께 수업을 들으며 그런 지적을 많이 받았던 것이다. 영어를 알아듣지 못해 유럽사를 가르쳤던 간제(Ganse) 선생님께 혼날 때, 그리고 단어시험을 보면서 영한사전을 정신없이 뒤적일 때도 그랬다. 난 소위 충격요법에 익숙했다. 차라리 "조금밖에 안 배웠는데 일본어를 잘하네" 하는 칭찬보다 따끔하고 창피스러운 지적이 공부하는 데 자극이 되어 좋았다.

일본어라는 값진 열매

일본어를 공부하는 동안 한자가 가장 어려웠다. 일단 아는 단어가 너무 부족했다. 난 그날로 학교 안에 있는 문구점으로 뛰어가 가지고 다니기 좋은 작은 수첩을 샀다. 그리고 다음 수업에서 배울 내용을 몇 페이지씩 미리 읽고, 그 안에서 모르는 단어를 찾아 수첩에 적었다.

한자의 뜻을 일일이 찾아보고 문법상 모르는 것이 있으면 인터넷에서 찾아보았다. 이렇게 단어를 미리 예습하긴 했지만 난 읽기 자료에는 일부러 한자의 발음을 적어놓지 않았다. 물론 적어놓으면 수업 시간에 선생님이 갑작스레 시켜도 창피는 당하지 않겠지만, 그건 너무 쉽게 편법으로 가는 방법 같아 내키지 않았다. 난 지하철 안에서, 그리고 길을 걸으면서 암기 수첩을 손에 들고 한자와 단어를 외워나갔다. 아마 지나가는 사람들이 보기에는 공부에 미친 이상한 아이 같았을 것이다. 수첩을 보다가 얼굴을 들고 하늘을 올려다보며 단어를 중얼중얼 하거나, 손을 들어 허공에 한자를 그려보곤 했으니 말이다.

물론 이렇게 1년을 공부했어도 오랜 시간 꾸준히 일본어를 공부해온 학생들보다 뛰어나게 잘할 수는 없었다. 언어에 있어서만큼은 투자한 시간이 거짓말을 하지 않는 것 같다. 하지만 내 목적은 어디까지나 내가 만족할 수 있을 정도로 일본어를 구사하는 것이었지, 다른 학생들과 경쟁해 좋은 학점을 따는 것이 아니었다. 내가 일본어의 천재일 필요도 없고, 내가 일본어를 전공하는 학생들보다 뛰어나게 잘해야 할 필요도 없었기 때문이다. 그렇게 나는 마음 편하게 내가 좋아하는 만큼만 일본어 공부를 했다. 결국 1년이 끝났을 때, 난 목표했던 것만큼은 아니지만 일본어 소설책을 읽을 수 있을 정도의 실력은 갖추게 되었다.

와세다대학교에서 어학 수업을 듣고 전공과목을 청강했던 것은 분명 어떤 의미에서는 커다란 도전이었다. 준비가 부족한 만큼 지금까지 꾸준히 공부해온 학생들보다 일본어를 잘할 수 없는 것이 당연한 일이었으니까. 대신 난 와세다대학교에서 나를 돌아보는 시간을 가질 수 있었고, 전공 도서가 아닌 다른 책들을 읽는 여유를 누릴 수 있었다. 이것만으로도 나는 일본에서 보낸 1년의 시간을 절대 후회하지 않는다. 지금 내 책꽂이에는 천천히 사전을 찾아가며 읽을 수 있는 일본 소설과 책들이 열 권도 넘게 꽂혀 있다. 이 책들을 눈으로 훑기만 해도 정말 만족스럽다. 이 정도면 일본에서 보낸 1년간의 휴식은 또 다른 언어로 얻은 값진 열매가 아니었을까.

네가 심어진 곳에서 아름답게 피어나라

일본 문화가 일본인들에게 가져온 고통

도쿄의 하늘은 외롭다. 언젠가 밤늦게 교회 언니들과 함께 집으로 돌아오면서 느낀 것이다. 도쿄에서 기독교인으로 사는 것은 꽤나 힘든 일이었다. 중국에서는 기독교가 정부의 박해를 받고 있지만, 일본의 경우는 문화적인 박해를 받고 있다. 다른 사람과 살 끝만 닿아도 불쾌하게 여기는 일본인의 특성 때문일까. 그들을 사랑하기란 정말 쉬운 일이 아니었다. 자기 민족 우월주의와 주변 아시아인들을 무시하고 서양인들은 무조건 숭배하는 사대주의에 빠져있는 일본. 그런 일본은 가까이 하기에 너무도 먼 나라였다. 나를 원하지도 않는 일본인들을 이해하고 그들에게 다가가려고 노력하는 것은 불가능에 가까웠다. 일본을 사랑하기는커녕 나는 혐오에 가까운 눈으로 그들을 바라보고 있었다.

그런데 언제부턴가 일본에 대해 동정심을 느끼기 시작했다. 모두가 유행하는 스타일의 옷을 입고 유행하는 스타일의 머리를 해야만 사회에서 받아들여지는 것처럼 느끼는 사람들……. 지하철 안에서 여자 대학생들의 화려하게 염색한 머리를 보면 컬러 인형들 같았다. 아침에 꽤나 시간을 들여 만졌을 듯한 파마머리를 쓸어 올리며 그들은 미니스커트에 롱부츠 또는 쫄바지를 수시로 매만졌다. 화장은 또 얼마나 공들여 했는지 감탄스러울 정도였다. 덕지덕지 칠한 핑크빛 볼 터치는 깔끔하고 청순하다기보다는 화려하지만 시들어가는 꽃을 연상시켰다. 사람은 누구나 아름답게 보이고 싶은 욕구가 있다지만, 일본 사람들은 도를 넘어선 것처럼 느껴졌다. 겉으로는 공손한 말투로 극존칭의 경어를 섞어 쓰지만 그다지 진심이 묻어나지 않는 것과 비슷한 느낌이기도 했다.

사람은 사회적 동물이라고 한다. 그런 인간의 본성에 반해, 남이 자신과 관계를 맺으려 하면 귀찮아해야 할 것만 같은 사회적 분위기는 많은 일본인에게 오히려 부담이 되었을 것이다. 와세다대학교 어학 수업 시간에 보고 읽은 텍스트들 중에도 외로움으로 힘들어하는 사람들에 대한 것이 많았다. 중·고등학교에서 이지메를 당해 힘들어하고, 그로 인해 자살을 택하는 어린 학생들……. 이지메를 당하면 도움을 구하는 것이 당연한데도, 학생의 부모는 "너를 괴롭히는 것은 네게 잘못이 있기 때문이고, 네가 남들에게 폐가 되기 때문"이라며 당하는 아이에게 애틋한 사랑을 주지 않았다. 애정을 바라는 것은 어린애가 부모에게 어리광을 부리는 것과 다름없다고 보며, 중·고등학생이 되면 당연히 그런 어리광을 부려서는 안 된다고 생각하고 있었다. 일본에서 '애교를 부리다'라는 단어가 부정적으로 받아들여지는 것도 이와 관련이 있는 것 같다.

2008년 3월에는 극단적으로 쇼킹한 사건이 일어났다. 한 20대 중반의 청년 실업자가 아키하바라에 차를 몰고 가서 사람을 치고는, 차에서 내려 지나가는 시민들에게 마구잡이로 사무라이 칼을 휘두른 것이다. 이로 인해 열 명 정도가 부상을 입었고, 시민들을 보호하기 위해 뛰어든 경찰이 심하게 다쳤다. 뉴스에서는 그가 놀랍게도 일본의 트위터에 해당하는 웹사이트에 자신의 계획을 자세하게 올렸다고 보도했다. 사건을 일으키기 1분 전, '지금 계획을 실행한다'는 글을 마지막으로 휴대폰을 통해 올린 것이다. 뉴스는 그가 다른 사람과 접촉이 없었고, 자신과 바깥세상을 연결하는 단 하나의 통로로 이 사이트를 이용하고 있었던 것 같다고 밝혔다. 어쩌면 이 청년은 마지막 글을 올리는 순간까지도 바라고 있었을지 모른다. 누군가가 자신의 극단적인 행동을 눈치 채고 손을 내밀어 말려주기를. 나는 이 사건에 대해, 일본 문화가 사람들에게 가져온 고통의 극단적인 표현이라고 생각했다. 과연 이 사람들의 외로움이 빈민들의 굶주림보다 사치스러운 고통이라고 할 수 있을까.

내가 일본에 간 것은 여유를 가지고 생각할 시간을 가지고 싶어서, 그리고 인간으로서 성장하는 시간을 가지고 싶어서였다. 학교에 갔다가 집에 와서 식사를 하고 나면 저녁 8시가 다 되었다. 그러면 30분 정도 친구들과 수다를 떨다가 한 시간에서 한 시간 반 정도 집 주변을 걸었다. 처음에는 운동을 해보겠다며 아이팟을 팔에 두르고 뛰다가 걷기를 반복했다. 그러다가 아이팟에 빼앗기는 시간이 아깝다는 생각이 들어, 아무것도 듣지 않고 거리를 걷기 시작했다.

그렇게 걸으면서 나는 나와 얼굴을 마주치지 않으려 시선을 피하는 도쿄 사람들을 관찰했다. 조곤조곤 대화를 나누며 지나가는 어른들부터 우정을 과시하는 듯한 말투로 호들갑스럽게 수다를 떠는 대학생들까지. 밤 10시가 가까워지면 늦게까지 문을 연 라면 집과 맥도날드에서 손님을 맞이하는 공손하면서도 활기찬 아르바이트생의 목소리가 들려왔다. 그 소리에 귀를 기울이면서도 머리엔 온통 다른 생각뿐이었다. 사람의 고통은 계량할 수 있는 것일까.

제3세계의 빈민들은 가난과 질병에 방어할 틈도 없이 무너져간다. 아이들이라고 예외는 아니다. 케냐의 어린아이들은 지붕 없는 학교에서 교과서도 없이 공부하다가 집에서 부르러 오면 언제라도 일터로 나가야 한다. 슬럼가에서 쓰레기를 뒤지다 굶어죽는 아이들도 있다. 그들에 비하면 너무도 부유한 생활을 해온 내가 그 고통을 감히 이해한다고 표현할 수는 없을 것이다. 생활에 필요한 모든 것들이 턱없이 부족한 데서 오는 불안감, 언제 어떤 재난이 닥쳐올지 모르는 낭떠러지 끝의 위기감 속에 살고 있는 그들…….

이에 비해서 일본인들이 느끼는 외로움은 정신적인 고통에 불과하다. 하지만 그러한 정신적 고통이 과연 생존의 위기에서 오는 고통과 비교해 아무것도 아닌 것일까. 국가에서 실직자들을 위한 자금을 마련해 주는데도 자신의 권리를 챙기지 못하고 많은 사람들이 노숙자로 내몰리는 나라가 일본이다. 이유는 '사회에서 할 일을 다하지 못해 면목이 없기 때문에', 또는 일본인들이 그렇게도 사용하길 좋아하는 '폐가 되기 때문에'라는 것이다. 노숙자가 되고 나서도 '당신은 사회에 도움을 주지 못하는 폐'라고 하는 사회적 시선 때문에 쉽사리 도움을 청하지 못하는 사람들의 고통은 어떨까? 권리를 주장할 법적 근거가 있고 권리를 주장하면 국가가 도움을 줘야 할 의무가 있는 나라인데도, 일본인들은 도움 한 번 청해보지 못하고 길가로 내몰리고 있다. 제3세계 빈민들이 물자 부족으로 아무 손도 써보지 못하고 죽어가는 것과 무엇이 다를까. 이지메 때문에 자살이라는 극단적인 방법을 택해야 하는 중·고등학생들도 안됐기는 마찬가지다. 일본은 자국의 문화를 무척이나 자랑스럽게 생각하지만, 그들은 그렇게도 자랑스럽게 여기는 자국의 문화에 의해 억압받고 있다는 생각이 든다.

내가 받은 5달란트

나는 발전경제학 수업을 들으며 제3세계 국가들의 균형적인 발전, 그리고 빈민들을 가난에서 구제하기 위한 국가정책을 공부했다. 그때 배운 이론들을 생각하면서, 나는 대학교 특유의 이상주의적 사고방식에 휘말려 나도 내가 사는 세상에 작게나마 도움이 되는 일을 할 수 있을 것이라는 희망을 가졌다. 물론 내가 머리로 할 수 있는 일은 현지에서 자원봉사자들이 부딪치는 난관, 그리고 그들에게 올 수 있는 위험이나 그로 인한 희생과는 비교도 할 수 없을 것이다. 그들은 정말 숭고한 사람들이니까. 나는 그저 내가 좋아하는 일을 하고 싶었던 것

뿐이고, 그것이 어쩌다 보니 다른 사람을 도울 수 있는 카테고리에 들어갔던 것뿐이다.

하지만 일본에 오고 나서 그와는 다른 도움을 필요로 하는 사람들을 만나게 된 것 같다. 아프리카의 기아들이나 에이즈로 고통 받는 사람들과는 또 다른 차원의 도움을 필요로 하는 사람들을. 이들 중 대다수는 자신이 도움을 받아야 할 사람이라는 사실을 인정하려들지 않았다. 외롭다고 하여 타인의 도움을 구하는 것은 곧 다른 사람에게 칭얼대는 것이며, 남에게 폐가 되는 행동이라고 생각했기 때문이다. 그것이 바로 일본 문화였다. 이들의 보이지 않는 고통에 대해 나는 그때까지 얼마나 매정했던가. 무지에서 오는 그들의 거만함에 증오를 느꼈을 뿐, 이에 대해 오랫동안 진지하게 생각해본 적이 없었다. 내가 정말 사려 깊은 아이였다면 그들에게 알려주어야 하지 않았을까. 사람의 관계는 그들이 생각하는 것처럼 온과 기리에 의한 주고받음의 관계가 아니라는 것을, 그리고 아무런 계산이 없는 관계일 수 있다는 것을. 난 왜 그 많은 시간을 아무에게도 도움이 되지 않는 증오에 낭비했던 것일까.

그런 면에서 본다면 하버드대학교도 크게 다를 바 없었다. 내가 아는 한 하버드에는 쓸데없다고 생각될 정도로 불행한 사람들이 많았다. 학점으로 남과 자신을 비교하지 않고 자기가 가는 길에 대해 확신을 가지고 있으면서도, 그들은 세계 최고의 대학교에 다니는 학생이라는 타이틀 때문에 허황된 자존심 싸움을 벌일 때가 있었다. 저녁식사 시간에 토론을 하다가도 무지가 탄로날까봐 두려워 일부러 자신이

• 일본 도쿄 도청 전망대에서

네가 심어진 곳에서 아름답게 피어나라.
이 말씀에 충격을 받아 나는 많은 생각을 했다.
분명 난 하루아침에 변화하지는 않을 것이다. 하지만 나는 다짐했다.
변화하기 위한 몸부림을 멈추지 않을 것이라고.

깊게 알고 있는 분야에 대한 이야기만 꺼내는 아이들부터 시작해, 괜한 자격지심으로 아무 이유 없이 다른 학생들에 대해 '멍청하다'는 소리를 늘어놓는 아이들도 있었다. 난 이런 아이들과는 깊게 사귀지를 못했다. 그들과 같이 있는 것 자체가 스트레스였기 때문이다. 자신이 잘 알고 있는 분야에 대해 필요 이상 구구절절 늘어놓는 아이들은 곧잘 내 무지를 경멸하는 태도를 보였고, 다른 학생들을 멍청하다고 말하는 아이들은 자신이 나보다 뛰어난 이유를 찾느라 혈안이 되었다. 한마디로 말해 피곤한 부류들이었다. 하지만 지금 생각해보면 난 이들에게 좋은 친구가 되어줄 수도 있었다. 필요할 때는 모르는 것에 대해 더 자세히 물어봐줄 수도 있었고, 그들이 나보다 뛰어난 분야가 있으면 그것을 인정해주며 성격 좋게 넘어갈 수도 있었으니까. 그런데 단지 난 자존심 때문에 그들을 멀리했던 것이다.

교회에서 들었던 말씀처럼, 인간의 죄(Sin)의 중심에는 내(I)가 있다. 내가 다른 사람을 사랑하지 못한 것은 그들이 사랑받을 자격이 없었기 때문이 아니라, 내 자존심이 내 시야를 가리고 있었기 때문이다. 난 내가 꿈꾸는 일—돈보다는 다른 사람을 위한 연구를 하고 싶다는 꿈—이 내가 아는 몇몇 친구들의 꿈—돈을 벌어서 예쁜 마누라와 살고 싶다—과 비교해 조금 더 이기적이지 않다는 이유로 알량한 자만심을 느끼고 있었다. 하지만 난 정작 나와 가까이 있는 사람들에 대해서는 어떤 희생도 거부하고 있었다. 내 국적 때문에 나를 무시하는 사람들, 자신의 자존심을 세우기 위해 나를 깎아내리려 하는 사람들에게 모든 책임을 전가하려 했고, 나 자신에게서 잘못을 찾으려는 노력은 눈곱만큼도 하지 않았다. 마음의 희생에 이렇게 인색하다면, 어떻게 앞으로 더 구체적인 희생을 해야 할 때 아깝다는 생각 없이 할 수 있겠는가.

'봉사란 무엇인가'에 대해 여러 가지 생각을 해왔다. 나는 대학교에서 한국인 입양아들을 위한 멘토링 프로그램이나 노숙자 센터의 자원봉사 프로그램에 참여한 적은 있지만, 제3세계에 실제로 가보거나 한 적은 없었다. 고등학교 때 방학을 이용해 잠시 고아원 영어 선생님을 했던 게 고작이었다. 때문에 현지에서 열정적으로 봉사활동을 하는 친구들을 볼 때면 나 자신에 대해 부끄러움을 느끼곤 했다. 앞으로 내가 하고 싶은 일이 연구 쪽이라, 그들에 비해 더더욱 봉사의 기회를 갖기가 쉽지 않을 것 같아 고민도 많이 했다. 지금 잠깐씩 시간을 내서 봉사활동을 할 수 있고 앞으로도 그럴 수 있겠지만, 그것이 진정으로 내가 가지고 있는 것을 나 자신이 아닌 더 큰 이상을 위해서 쓰는 것일까 의문도 들었다. 3학년이 끝나고 일본에서 1년을 지내면서 얻은 가장 큰 수확은 내가 이 질문에 대한 답을 찾았다는 것이다.

"네가 심어진 곳에서 아름답게 피어나라."

내가 다니는 교회의 지도자는 학생들에게 이런 말씀을 해주시곤 했다. 고린도전서에서 사도 바울이 말했던 것처럼, 사람에게는 각각 다른 달란트가 주어졌다. 나는 다른 사람들이 그들의 달란트를 이용하는 것을 따라하는 것이 아니라, 나의 달란트를 하나님 영광을 위해 써야 했다. 그리고 내가 받은 달란트는 분명 아카데미아, 학계에 있었다. 10달란트를 받은 사람에 비해 내가 할 수 있는 일이 적다며 내 달란트를 묻어둘 것이 아니라, 내가 받은 5달란트로 일을 해야 했던 것이다. 난 제3세계 같은 곳에 가서 봉사를 한다면 다른 사람들에게 인정받을 수 있을 것이라는 비겁한 기대를 하고 있었는지도 모른다. 내 주위에도 도움이 필요한 사람은 얼마든지 많은데, 나는 이들에게 내가 줄 수 있는 도움을 외면하고 있었다. 그리고 다른 사람들에게 널리 알려지지 않는다는 이유로 마다하고 있었다.

네가 심어진 곳에서 아름답게 피어나라. 이 말씀에 충격을 받아 나는 많은 생각을 했다. 나는 더 많이 성장해야 한다. 내 인생에 있어서 내가 받은 부르심을 알고, 그 부르심에 따라 나의 할 일을 소신 있게 내 페이스로 해나가는 성숙한 태도가 필요하다. 내가 있는 곳에서 내 시간을 다른 사람에게 나누어주는 사람이 되어야 한다. 남들에게 인정받고 싶다는 세속적인 목표를 버리고, 내가 옳다고 생각하는 일을 이루겠다는 생각으로 하루하루를 설계해야 한다.

분명 난 하루아침에 변화하지는 않을 것이다. 나도 모르게 남들에게 인정받고 싶어 할 것이고, 내가 가진 것을 나누어주기가 쉽지 않을 것이며, 내 자존심을 위해 다른 사람에게 책임을 전가할지도 모른다. 하지만 나는 다짐했다. 변화하기 위한 몸부림을 멈추지 않을 것이라고. 와세다대학의 1년 연수를 끝으로 이렇게 마음을 정리하고, 나는 하버드대학교 캠퍼스로 돌아갈 준비를 하고 있었다.

우리의 의무는 도전하는 것

눈부시게 맑은 하늘의 축복 속에, 학사모를 하늘로 날리면서 나는 마음껏 환호했다. 나를 보호해 주던 하버드대학교로부터 한 걸음 내디딘다는 것, 그 하얀 거품 속을 나간다는 것은 더 이상 내게 두려움이 아니었다. 시니어 위크까지만 해도 그 보글거리는 거품 속에 남아 있고 싶다고, 4년을 다시 이 캠퍼스에서 살고 싶다고 미련을 가졌지만, 이 순간만큼은 내가 그렇게도 사랑했던 대학생활이 끝난다는 것에 대해 일종의 해방감을 느꼈다.

휴식은 끝! 이제 뭐든 할 수 있어

1년간의 휴식을 끝내고 보스턴으로 돌아왔을 때, 내 가슴은 설렘으로 두근두근 했다. 난 소위 워커홀릭임이 분명했다. 여유를 가지고 쉬며 즐기는 것도 2~3개월로 끝, 그 다음부터는 더 효율적으로 더 많은 것을 해야 할 것만 같은 조바심이 들면서 급기야는 암기 위주의 외국어 공부에 지쳐버렸다. 나는 같은 집에 사는 친구들에게 버릇처럼 말했다.

"단순히 외우는 공부 말고, 머리를 짜내며 생각하는 공부가 하고 싶어."

물론 친구들은 혀를 찰 뿐이었다.

"느긋하게 쉬러 일본에 왔다는 애가 그런 소릴 하니?"

도쿄에서 돌아온 4학년 초, 난 그야말로 의욕이 충만해 있었다. 특히 일본에 있는 동안 일주일에 두 번씩은 한 시간 넘게 빨리 걷는 운동을 해왔기 때문에 몸도 가볍고 튼튼했다.

내가 앞으로 가야 할 길에 대해서는 3학년 때 이미 결심한 게 있었다. 혼자 거리를 걸으며 생각하고 기도한 결과 얻어낸 확신은 간단했다. 하나님께서 내게 주신 것은 분명 학계나 연구 분야의 재능이라는 것. 이제부터 난 대학원에 들어가기 위한 준비를 차곡차곡 해나가면 될 것이었다.

4학년을 시작하기 전에 반드시 결정해야 할 것이 하나 있다. 논문을 쓸 것인가, 쓰지 않을 것인가. 하버드대학교의 논문 심사는 까다롭기로 이름나 논문을 쓰는 4학년생은 제출 기한인 3, 4월까지 자기 방에서 모습을 드러내지 않는다는 무서운 소문도 있다. 하지만 고통이 있으면 대가가 따라오는 법, 논문을 써서 좋은 성적을 받으면 세 가지 레벨(Summa Cum Laude, Magna Cum Laude, Cum Laude)로 분류되는 영예 졸업상을 받을 수 있다.

난 영예 졸업상에 관계없이 반드시 논문을 쓰고 싶었다. 2, 3학년 때 모두 세미나 형태의 수업에서 내가 직접 주제를 제시하고 이에 대해 자료를 해석하는 논문을 써보았지만, 계량학적 배경 지식이 부족한 만큼 만족할 만한 수준의 논문을 내놓지 못했다는 생각이 들었다. 졸업논문은 굉장히 엄격하게 평가되며 지도교수가 논문을 쓰는 과정에서 조언을 해주기 때문에, 전 학년의 논문에 비해 더 만족스러운 경험을 할 것이라는 기대도 있었다.

또한 대학원 진학을 생각하면서 논문을 쓰지 않는다는 것은 말이 되지 않았다. 대학원에 들어가면 1학년과 2학년까지는 이론 수업을 듣지만, 3학년부터 졸업할 때까지는 교수와 함께 연구를 하며 논문을 쓴다. 그렇다면 4학년 때 졸업논문을 쓰지 않고 어떻게 내가 대학원에 진학할 능력이 있는지를 알 수 있으며, 대학원 공부를 즐기게 될지를 알 수 있겠는가. 대학원은 사람에 따라 5~7년에 달하는 시간을 투자해야 하는 과정이다. 따라서 대학교를 졸업했으니 대학원에 간다는 안이한 생각으로 진학을 결정할 수는 없었다. 기회가 되는 만큼 연구논문을 써보고 교수와 이야기를 나눠보는 것이 최선의 길이었다.

논문 외에도 대학교 4학년 때 꼭 해보고 싶은 것이 있었다. 바로 박사 과정 수업을 들어보는 것이었다. 나는 'Advanced Standing' 프로그램으로 통계학 석사과정을 밟으면서 대부분 석사 수준 이상의 수업을 들었다. 그런데 박사 수준 이상의 수업은 두 개 밖에 듣지 못했다. 한국인 이윤정 교수의 '통계학 부분의 선형회귀(Linear Regression)를 이용한 자료 해석'이라는 수업과 게리 챔벌레인 교수의 박사 과정 계량경제학 수업이었다. 통계학 수업은 청강 인원수가 적어서 오히려 점수를 받기가 어려웠다. 일곱 명에게 A, A⁻, B⁺, B, B⁻를 나누어 주어야 했으니 교수님도 마음이 아프셨을 것이다.

나는 이 수업에서 박사 프로그램을 밟고 있는 중국인 친구들과 숙제를 하면서 많은 것을 배웠고, 학기말에는 A⁻를 받았다. 계량경제학의 경우 수업을 따라갈 수 없을 정도로 어렵지는 않았다. 아무래도 통계학 수업을 많이 듣다 보니 박사 과정 1학년의 계량경제학에서 쓰이는 공식들이 생소하지 않았기 때문일 것이다. 물론 박사 과정 학생들과 경쟁하기 때문에 수업에 투자해야 하는 시간은 많았지만 말이다.

이 수업에서는 친구들과 밤샘 과제 마라톤을 하기도 했는데, 시간을 투자한 만큼 좋은 결과를 낼 수 있었다.

내가 4학년 때 선택한 박사 과정 수업은 시간 투자가 많고 학점을 받기가 어렵기로 유명했다. 경제학 박사 과정 학생들에게 물어보면 대부분 1학년 시절은 두 번 다시 생각하고 싶지도 않을 만큼 괴로웠다고들 하는데, 그 이유 중 하나가 바로 이 수업 때문이었단다. 그런데도 내가 굳이 이 수업을 선택한 것은 아마도 일본에서 1년 동안 벼르고 별렀기 때문일 것이다. 난 그때 수리적인 사고가 필요한 수업을 무척이나 듣고 싶었으니까. 일본에서는 어학 수업밖에 듣지 못해, 문법 구조와 단어만 외웠지 논리적 사고로 결과를 내는 공부는 전혀 할 수 없었다. 그 시간을 참으며 1년간 고대했던 일인 만큼, 나는 주위 사람들이 말리는 것도 듣지 않았다. 대학원 1학년 수업을 이미 들은 친구들은 논문을 쓰면서 박사 과정 수업을 듣는 것, 특히 내가 들으려고 하는 미시경제학 수업을 듣는 것은 자살 행위에 가깝다고 했다. 하지만 1년 동안의 휴식에서 돌아온 내게 그런 말은 그저 행복한 불평으로 들릴 뿐이었다. 난 스스로에게 도전이 되는 수업을 듣고 싶다며 고집스럽게 미시경제학 수업을 선택했다. 아니, 어쩌면 한 해밖에 남지 않은 하버드에서의 시간에 과한 욕심을 낸 것일지도 모른다.

1년간의 휴식으로 힘이 넘쳤는지, 일본에서 학교로 돌아온 나는 공부 외에 다른 일도 마음껏 해보고 싶었다. 마치 신입생 때와 같은 설렘과 무엇이든 할 수 있을 듯한 에너지가 느껴져 가만있을 수가 없었다. 그래서 학기 초 '노구'를 이끌고 신나게 동아리 설명회를 돌아다녔는데, 다행히 적성에 딱 맞는 동아리를 발견했다. '눈송이'라는 예쁜 이름을 가진 봉사활동 동아리였다. 눈송이에서 하는 일은 폴란드, 페루 등지의 고아원과 연계, 그림동화책을 통해 아이들에게 사랑을 전하는 것이었다. 그 방법은 아주 색다르고 신선했다. 먼저 그곳 고아들에게 좋아하는 색깔, 좋아하는 영웅 등에 대해 설문조사를 한다. 그리고 몇 개월 후 아이들이 좋아하는 색깔로 그려진, 좋아하는 영웅이 등장하는 그림 동화책을 깜짝 선물로 보내주는 것이다.

나는 눈송이 활동에 내 룸메이트였던 조세핀을 끌어들였다. 마침 조세핀은 글 쓰는 것을 좋아하고 나는 그림 그리는 것을 좋아했으니 찰떡궁합이었다.

"조세핀, 네가 스토리를 생각해내고 내가 그림을 그리면 어떨까?"

이야기를 꺼내니 조세핀은 나보다 더 좋아했다. 베스트 프렌드라지만 둘이 워낙 학문적 관심사가 달라서 함께 프로젝트에 참여한다든지 같은 수업을 들었던 적이 없었으니까. 함께 사는 것이 마지막이 될 수도 있는 4학년 때, 손잡고 의미 있는 일을 할 수 있다는 사실에 우린 완전히 들떠 있었다.

1년간의 휴식이 너무 길었던 걸까. 난 다시 달릴 준비가 되어 있었고, 달릴 수 있다는 사실 자체에 흥분을 느끼고 있었다.

논문 쓰면서 박사 과정 수업을 듣겠다고?

갈팡질팡 논문 주제 찾기

사실 대학교 졸업을 위해 반드시 논문을 쓸 필요는 없었다. 경제학부의 경우, 논문 세미나를 시작하기 전에 논문 쓸 준비가 되었는지 다시 한 번 생각해 보라는 뉘앙스의 사전 소개 모임을 갖는다. 괜히 겉멋이 들어서, 혹은 영예 졸업에 욕심이 나서 논문을 쓰겠다고 달려드는 학생들이 있기 때문이다. 이런 학생들은 1학기가 끝나기도 전에 엄청난 시간 투자를 해야 한다는 사실에 질려 항복을 하거나, 아니면 1학기를 간신히 마치고 논문을 그만두기 마련이다. 논문 세미나에서는 경제학부 교수들이 직접 학생들을 지도하기 때문에, 이렇게 그만두는 학생들이 생기면 교수들은 시간 낭비에다 다른 학생들에게 멘토 역할도 하지 못하게 된다.

논문을 쓰기 위해서는 어떤 주제로 쓰고 싶은지 미리 생각해보는 것이 좋다. 1년 전 혹은 한 학기 전이면 적당할 것 같다. 나는 4학년 이 되기 전 1년을 쉬면서 일단 어떤 자료를 쓸 수 있는지부터 알아보았다. 학부생들 중에는 자신이 직접 설문조사를 하여 자료를 구하는 경우도 많지만, 나는 공공기관의 자료를 쓰고 싶었다. 내가 설문조사를 직접 하면 그만큼 보람은 있겠지만, 조사 결과를 적용할 수 있는 인구의 범위가 작아지기 때문이었다. 나의 재정 능력이나 물리적 자원을 생각해도 통계학적으로 큰 범위의 인구를 대표할 수 있을 만한 샘플과 그에 대한 자료를 모으는 것은 힘들었다. 이에 비해 공공기관에서 준비한 자료를 쓸 경우 실제 생활에 정말 도움이 될 정도의 연구를 할 수 있었다. 공공기관의 자료는 일단 랜덤 샘플링을 통해서 샘플이 전체 인구를 대표할 수 있도록 하기 때문이었다. 나보다 먼저 졸업한 친구들에게 조언을 구하니, 재미있게 연구할 수 있는 주제로 하지 않으면 1년이 무척 괴롭다고 했다. 그렇다면 자료 수집을 직접 하기보다는 이미 공공기관에서 연구원들을 위해 마련해놓은 자료를 이용하는 것이 나을 것 같았다. 내가 쓰고 있는 논문이 현실에 영향을 미칠 수 있는 것이 아니라면 열정을 가지고 할 자신이 없었기 때문이다.

1년을 쉬지 않았다면 나는 아마 3학년 2학기 때부터 논문 자료를 찾았을 것이다. 난 와세다대학교 수업을 듣고 GRE 시험(Graduate Record Examination: 미국의 일반 대학원에 입학하려는 학생들을 평가하는 시험)을 준비하면서 이곳저곳에서 자료를 찾기 시작했다. 관심 분야가 교육이나 의료 부분인 만큼 세계은행이나 정부 부서 홈페이지에서 흥미로운 이론을 시험해볼 자료가 있는지 찾아볼 수도 있고, 하버드-MIT

자료 센터 웹사이트에서 교수들이 사용한 자료를 보고 교수의 논문과 다른 내용의 연구를 할 수 있을지 생각해볼 수도 있었다. 그리고 한편으로는 3학년 때 세미나를 들으면서 알게 된 교수에게도 도움을 청했다.

욕심이 많아서였을까. 이 자료를 보면 이런 질문을 해볼 수 있을 것 같고, 저 자료를 보면 저런 연구를 할 수 있을 것 같아 헷갈렸다. 이러다 보니 4학년 초가 될 때까지 하나로 마음을 정하지 못했다. 나는 3학년 때 세미나를 들으면서 알게 된 마이클 크래머 교수에게 논문 지도교수가 되어 달라는 부탁 메일을 보냈다. 그때까지도 난 다른 선배들에게 조언을 듣지 못한 상태였다. 논문을 쓰는 게 얼마나 힘들며 그 과정에서 얼마나 경쟁이 치열한지, 하는 얘기는 듣지도 못했으니까. 난 그저 몇 가지 주제들 중 한 가지를 정해 논문을 쓰면 되겠거니, 그 정도로만 생각하고 있었다.

크래머 교수가 보낸 답장을 보고 나는 난감했다.

'여러 학생들이 부탁을 했으니, 자네가 생각한 주제를 조금 더 자세하게 문서로 작성해 보내게. 그것을 보고 나서 자네가 얼마나 좋은 논문을 쓸 수 있을지 생각한 후에 답을 주겠네.'

그 답장은 나에게 정말 충격적이었다. 난 지도교수를 구하는 것은 그리 어렵지 않겠거니, 마음을 푹 놓고 있었다. 지금 돌이켜보면 크래머 교수에게 학생들이 몰린 건 당연했다. 크래머 교수는 특히 발전경제학 분야에서는 스타 교수라고 할 수 있을 정도로 유명했으니, 경제대학원 진학을 꿈꾸는 학생들에게는 그야말로 최고의 논문 지도교수였을 것이기 때문이다. 난 그때까지 막연하게만 생각했던 논문 주제에 대해 빨리 결정을 내려야 한다는 사실을 깨달았다. 그 동안 너무 느긋한 태도로 논문 준비를 해왔다면 어쩔 수 없는 일, 더 늦기 전에 집중해서 내 계획에 차질이 생기지 않도록 해야 했다. 내 머릿속은 논문 주제에 대한 생각으로 꽉 차 있었다.

기꺼이 즐긴 논문 스트레스

그 동안 염두에 두고 있던 주제로는 인도의 한 마을 의료 서비스 소비에 대한 것 등 여러 가지가 있었다. 다시 한 번 신중히 살펴보니, 그 중 세계은행에서 1993년과 1997년에 실행했던 베트남 설문조사를 이용해 1993년에 실행된 국가 의료보험에 대해 연구하는 게 가장 현실적으로 보였다.

베트남은 사회주의 국가인 만큼, 소련 체제 붕괴 전까지는 소련의 원조를 받으며 국민들에게 의료 서비스를 싸게 제공할 수 있었다. 특히 당시 인구의 80퍼센트 이상이 살고 있던 시골까지도 의료시설을 제대로 갖추도록 자원을 분배했다. 다른 개발도상국과 비교해 국민들이 훌륭한 의료 혜택을 받았던 것이다. 하지만 소련 체제 붕괴 후 원조가 끊기면서 예전과 같은 의료 서비스를 제공할 수 없게 되었다. 베트남 정부는 1980년 후반부터 시장경제 체제를 일부 받아들이면서, 의료 서비스 부분에서도 많은 변화를 겪었다. 정부에서 제공하던 의료 서비스를 민영 의료기관에서도 제공할 수 있도록 하고, 국민들이 의료비를 대부분 부담하도록 한 것이다. 그 후 공공 의료기관에서 일하던 의사들은 적은 급료를 충당하기 위해서 사적으로 상류층 환자들 진료에 집중했다. 공공 의료시설들은 낡고 정부에서 제공하는 약은 줄어들면서 일반 국민들에 대한 의료 서비스가 열악해지기 시작했다. 의료비를 부담할 수 없는 빈곤층에게는 특히 타격이 컸다. 빈곤층 사람들은 보건소에 가는 대신 알아서 약을 사 먹거나 아무런 치료도 받지 않는 일이 늘어났다.

이런 국민들의 부담을 줄이기 위해 베트남 정부는 1993년 국가 의료보험을 시행했다. 국가가 국민의 의료비를 모두 부담할 능력이 없으므로, 부유층이 조금 더 많은 보험료를 냄으로써 빈곤층에게 혜택이 돌아가도록 하기 위한 것이었다. 이런 방식으로 지원을 하지 않는 한 정부가 비용을 감당할 수 없었다. 따라서 국가 의료보험제도가 국민들에게 어떤 영향을 미치는가에 대한 연구는 베트남 정부 입장에서 볼 때 상당히 중요한 이슈였고, 많은 경제학자들도 큰 관심을 갖지 않을 수 없는 주제였다.

나는 크래머 교수에게 이런 내용으로 이메일을 보내고 다시 답장을 기다렸다. 이러다가 논문을 아예 못 쓰게 되는 건 아닐까. 초조하고 불안했다. 논문 주제와 지도교수를 정해야 하는 데드라인이 얼마 남지 않았는데, 이렇게까지 준비가 안 되어 있다는 사실이 암담하게 느껴질 뿐이었다. 그리고 며칠 후, 드디어 답장이 도착했다. 논문 주제에 대해 어떻게 풀어나갈 것인지 한번 들어보고 싶다며 오피스로 찾아오라는 내용이었다. 이메일을 받고 나는 또 밤을 새워 인터넷 학술지를 뒤적였다.

다음 날 오피스로 찾아가자 교수는 날씨가 좋으니 밖에서 이야기하자며 겉옷을 챙겼다. 하늘이 청결해 보이도록 맑은 오후, 교수는 하버드 야드의 한쪽 벤치에 앉아 내가 가져온 문서를 훑어보았다.

"주제가 마음에 드네. 좋은 논문이 나올 것 같아."

크래머 교수는 이 말 한 마디와 함께 논문을 지도해주겠다며 흔쾌히 허락했다. 이 말을 듣기 위해 내가 몇 날 밤을 샜는지 크래머 교수는 결코 모를 것이다.

4학년 학기 초, 나는 논문에 쏟아 부어야 할 시간에 대해 너무도 과소평가하고 있었다. 논문을 쓰면서 박사 과정 수업을 듣겠다는 얘기에 '미쳤다'고 했던 친구들의 말을 들었어야 했는데……. 난 1년밖에 남지 않은 시간에 많은 것을 해내고 싶었다. 그리고 그런 의욕에 부응이라도 하듯 세미나에서 만만치 않은 숙제가 내려졌다. 학기가 시작되고 2~3주 안에 논문 주제에 대한 배경 연구를 끝내라는 주문이었다. 사실 그 주문이 그렇게 과한 요구는 아니었다. 하지만 대학원 수업을 들으면서 논문 준비를 완벽하게 해가는 건 가능한 일이 아니었다. 두 마리 토끼를 잡으려다가 모두 놓치는 격이 될지 몰랐다.

대학원생들의 자료 해석을 줄곧 도와왔고 매년 연구논문을 쓰는 세미나에 참석해왔지만, 졸업논문은 또 다른 레벨의 경험이었다. 이를테면 3학년 연구 세미나에서는 계량학적으로 문제가 있는 방법을 쓰더라도 교수가 어느 정도 용서를 해주고 넘어갔다. 많은 학생들이 아직 계량학을 듣지 않았다는 이유였다. 그러나 졸업논문에는 용서가 없었다. 연구 샘플에서 몇몇 아웃라이어를 제외하는 데도 혹시 계량학적으로 문제가 생기지 않겠냐는 등의 질문을 받았고, 그런 질문을 받을 때마다 나는 내가 어떤 방법으로 결과를 내고 있었는지 다시 체크해야 했다. 그러다가 혹시라도 잘못한 곳을 발견하면 어떤 실수를 저질렀는지 처음부터 다시 생각해보아야 했다. 또한 결과가 나오면 내가 어떤 이론을 가지고 결과를 설명할 수 있는지, 내 이론과 다른 이론으로도 결과에 대한 설명이 가능한지를 꼼꼼히 따져보아야 했다. 그리고 가능하다면 다른 이론이 왜 적합한 설명이 될 수 없는지를 증명해내야 했다. 이런저런 방법을 사용해서 내 이론이 가장 적합하다는 사실을 증명할 수 없으면, 다시 처음으로 돌아가 왜 이런 결과가 나왔는지, 그것을 어떻게 설명해야 할지를 생각해내야 했다.

내가 사용한 자료는 용량이 무척 커서, 내 노트북으로는 결과를 내는 데도 하룻밤이 꼬박 걸렸다. 난 자정까지 사용하고 있던 컴퓨터 프로그램 STATA의 코드를 고치다가, 자기 전에 실행 버튼을 누르고 아침에 일어나서 내용을 확인하곤 했다. 또 그 결과를 보고는 침대에 걸터앉아 어떻게 이 결과를 설명해야 할지 궁리하곤 했다. 난 생각할 때 혼잣말로 이런저런 논지를 펼쳐보고 역시 혼잣말로 그 논지에 대한 반례를 들곤 하는데, 논문을 쓸 때는 침대에 앉은 채 밤 2~3시가 되도록 혼잣말을 중얼거리곤 했다. 옆방의 조세핀은 늦게까지 잠을 자지 않는 밤샘형 인간이라 크게 방해를 받지는 않았겠지만, 그녀는 분명 눈동자를 굴리며 생각했을 것이다. 도대체 쟤는 뭐가 문제지?

무엇보다도 졸업논문에는 데드라인이 있기 때문에 시간 부족으로 스트레스를 받았다. 시간이 더 있다면 할 수 있는 일들이 이것저것 있는데, 날짜를 맞춰야 한다는 이유로 몇 가지를 포기해야 하는 게 아쉬웠다. 오랜 시간을 쏟아 부은 결과가 계량학적으로 문제가 있어 못 쓰게 되었을 때는 다른 방법을 찾을 때까지 참을성을 가지고 생각해내야 했다. 하지만 문제에 부딪쳤을 때, 그리고 해결할 수 있는 새로운 아이디어가 떠오르고 그 아이디어를 어떻게 시행해야 할지 진지하게 고민할 때, 또한 결과를 보고 드디어 수긍이 가는 설명을 생각해냈을 때, 그럴 때 오는 성취감은 논문 쓰는 과정을 무엇보다 즐겁게 했다.

하버드대학교는 대학원 중심의 학교라, 교수들이 학부생들보다 경험이 많은 대학원생들에게 관심을 가지는 경우가 많다. 어떤 교수들은 이제 막 진지하게 공부를 시작한 학부생들이 당연한 것에 대해 질문하거나 말도 안 되는 아이디어를 오피스 아워에 가져와 늘어놓는 걸 달가워하지 않는다. 그래서 시간을 낭비하고 있다는 듯한 태도를 보이며 제발 오피스에서 나가 달라는 바디 랭귀지를 끊임없이 해보이기도 한다. 학부생들이 배우는 과정에 참여하는 것을 좋아하고 그들이 이해할 때까지 설명해주는 친절한 교수들도 있지만, 이들 역시 학부생들과 진지하게 연구 프로젝트를 하기보다는 대학원생들이 하는 프로젝트에 학부생들을 참여시키는 경우가 많았다.

어쨌든 논문을 쓰면서 지도교수와 1 대 1로 만나 의견을 듣고 논문을 고쳐나가는 작업은 잊지 못할 경험 중의 하나일 것이다. 분명 논문은 나에게 고생스러웠다. 논문을 낼 때가 다가올수록 뾰루지 하나 나지 않던 얼굴에 여드름이 심하게 번졌다. 하지만 다른 사람이 생각해본 적 없는 주제를 찾고 그에 대한 답을 찾아나갔다는 것은 그 무엇과도 맞바꿀 수 없는 값진 경험이었다.

의미 있는 도전, 대학원 수업

나흘 밤 머리를 쥐어짜야 풀리는 숙제

경제학 박사 과정의 미시경제 수업을 맡은 글레이저 교수는 학생들 사이에서 직설적인 코멘트로 악명 높았다. 그의 학부생 수업에서 일어난 해프닝은 자주 구설수에 오르기도 한다. 한번은 글레이저 교수가 한 학생의 질문을 받고 나서 그 학생을 한심하다는 듯 쳐다보더니 이렇게 말했다고 한다.

"이 질문은 내가 받은 멍청한 질문들 가운데서도 가장 멍청한 질문이로군."

그 수업을 듣는 학생들은 그 후로 교수에게 아무런 질문도 하지 않았다고 한다.

학부생이 박사 과정의 수업을 들으려면 교수의 허락을 받아야 한다. 첫 수업에서부터 글레이저 교수는 누가 그 수업을 들어야 하며 누가 듣지 말아야 하는지에 대해 말하기 시작했다.

"이 수업은 경제학 박사 과정 학생들을 위한 수업입니다. 혹시 그렇지 않은 학생들이 이 자리에 있다면 이 수업을 듣는 것을 다시 한번 고려하기 바랍니다. 학부생들은 이 수업을 듣지 않는 것이 좋을 겁니다. 꼭 듣고 싶다면 수업 시간 후에 나에게 오십시오."

당시 나는 글레이저 교수의 선전포고도 무섭지 않았다. 1학년 여름 방학 때 학부 수준의 미시경제 수업을 들은 것이 고작이고 다른 학생들보다 수준 높은 수학 수업을 들은 것도 아닌데, 어디에서 그런 자신감이 나왔는지 모르겠다. 난 당당하게 글레이저 교수에게 가서 학부생이지만 이 수업을 듣고 싶다고 했다. 교수는 나에게 어떤 수학 수업을 들었고, 어떤 미시경제학 수업을 들었냐고 묻고는 이렇게 말했다.

"학생에게 이 수업이 맞는지는 잘 모르겠어. 굳이 듣고 싶다면 내가 말릴 수는 없겠지만."

글레이저 교수는 가르치는 것을 무척이나 즐기는 듯했다. 그는 일주일에 한 번씩 아침 8시 반에 '학생들과 함께 하는 아침식사' 시간을 가졌다. 처음 글레이저 교수가 아침식사에 대한 얘기를 했을 때, 난 그가 학생들과 함께 식사를 하고 담화를 나누는 쿨한 교수라는 생각에 무척이나 감동을 받았다. 내가 상상했던 아침식사는 당연히 몇몇 학생들과 교수가 둘러앉아 어젯밤 본 풋볼 게임에 대해 대화를 나누는 캐주얼한 것이었다. 그런데 웬걸, 아침식사 시간은 실제 수업 시간보다도 훨씬 정신없었다. 베이글로 반쯤 잠든 정신을 깨우려고 노력하면서, 글레이저 교수가 엄청난 속도로 써내려가는 이런저런 이론을 노트에 적어야 했으니까. 그의 뇌세포는 혹시 그리스 문자로 이루어져 있는 것이 아닐까.

글레이저 교수는 강의를 할 때 학생들 한 사람 한 사람에게 눈을 맞추며 이야기하는 분이었다. 그러다가 이름을 아는 학생이라도 있으면 짧은 시간에 대답하기는 무척이나 곤란한 질문을 해대곤 했다. 부리부리한 눈을 학생의 얼굴에서 한시도 떼지 않고 빠른 속도로 말을 하면서 말이다. 그렇게 빨리 말하는 것도 외국인인 나로서는 알아듣기가 힘들었지만, 그보다 더 경악할 일은 따라가기도 벅차게 수학 공식을 읊고 암산해 나간다는 것이었다. 글레이저 교수는 수업 시간에 칠판에 쓰는 대신 복잡한 미적분을 말로 풀어나가곤 했다. 그러고는 학생들이 받아쓰기를 포기했을 때쯤 아무나 이름을 불러 그 다음 과정을 암산해내라고 요구했다. 그런 일은 좀 피해갔으면 좋으련만, 한번은 내 이름이 불렸다. 가뜩이나 부리부리한 눈으로 내 얼굴을 쳐다보고 있는데, 그가 방금 내뱉은 긴 수학공식을 기억하고 있을 리가 없었다. 난 그냥 어깨를 들썩이고는 말했다.

"기억 못 하겠어요."

글레이저 교수는 그럴 줄 알았다는 듯 싱긋 웃었다. 아마도 그는 우리가 같은 속도로 암산하길 바라기보다는 자신의 능력을 과시하고 싶었는지도 모른다.

박사 과정 수업은 학부 수업과는 확실히 달랐다. 수업의 속도에서부터 숙제의 수준까지. 학부 수업에서는 대부분 교과서를 읽지 않고 죽 훑어만 보아도 풀 수 있을 정도의 숙제를 내는 경우가 많았다. 아무리 어렵다고 해도 여럿이 모여서 이야기를 하다 보면 하루나 이틀 밤이면 풀 수 있었다. 이에 비해 박사 과정의 숙제는 그야말로 머리를 싸매야 했다. 교수도 당연히 학생들이 며칠에 걸쳐 씨름한 다음에 숙제를 제출할 것이라고 생각하는 듯했다. 학생들은 숙제가 주어지는 날부터 시작해 사흘, 나흘에 걸쳐서 머리를 쥐어짰고, 나흘째 밤 정도에는 스터디 그룹 멤버들끼리 답을 맞춰보고 정보를 교환했다.

박사 과정 학생들의 스터디 그룹에 끼기가 힘들다는 사실을 알았을 때, 난 수업을 그만두는 것이 좋았을 것이다. 하지만 그놈의 오기가 발동하여 날 포기하도록 놔두지 않았다. 함께 수업을 듣고 있던 다른 두 명의 학부생들은 몇 주가 지나자 논문에 집중하겠다며 수업에 더 이상 나오지 않았다. 나는 미련하게 혼자 남아서 수업에 매달렸다. 논문을 쓰면서 그와 함께 엄청난 양의 숙제를 하는 것은 분명 현명한 선택은 아니었을 것이다.

하지만 박사 과정 수업은 학부 수업과는 많이 달랐던 만큼, 나에겐 대학원 과정이 어떤 과정인지를 알 수 있는 좋은 기회였다. 즉, 학부에서 좋은 성적을 거두었으니 박사 과정도 그럴 것이라는 생각이 얼마나 허황한지를 보여주는 동시에, 내가 과연 박사 과정을 즐길 수 있을지에 대한 답을 제공해줄 기회였던 것이다.

공부할수록 매료되는 경제학

사실 첫 학기에 들었던 수업은 나에게 무리였던 것 같긴 하다. 박사 과정에 진학하기 전에 반드시 들어야 한다는 실해석학(Real analysis)

수업도 듣지 않은 채 내 멋대로 했던 것부터가 문제였다. 하지만 2학기에 수학 수업을 들으면서 미시경제이론의 두 번째 코스를 들을 때는 1학기 때보다 쉽게 따라갈 수 있었다. 2학기에도 역시 스터디 그룹에는 들어갈 수 없었지만, 1학기 때와는 달리 혼자서도 숙제를 어느 정도는 할 수 있게 되었다. 그리고 무엇보다 중요한 건, 수업을 좀 더 쉽게 이해할 수 있어서인지 그만큼 흥미를 더 가질 수 있게 되었다는 것이다. 그만하면 된 것 아닌가?

2학기 수업을 가르친 그린 교수는 여러 대학원에서 1학년 수업 교재로 쓰는 교과서의 저자로, 과연 어떤 사람일지 모두가 궁금해했다. 대학원 선배들의 말로는 그가 어려운 숙제와 시험 문제를 내는 것을 즐기며, 학생들이 수업 내용을 이해하지 못하면 왜 그것도 알아듣지 못하느냐는 듯 화를 내는 교수라고 했다. 하지만 그의 첫 수업에서 내가 받은 인상은 정반대였다.

"모두들 환영해요. 난 그린 교수라고 해요."

마치 그는 우리 중에 누군가가 그를 모르기라도 한 것처럼 말을 꺼냈다. 우스꽝스러운 초록색 모자를 쓰고서. 그러더니 생각지도 못한 질문을 던졌다.

"우리가 사용하고 있는 교과서 뒷면에 무엇이 그려져 있는지 아는 사람?"

차라리 첫 수업에서 배울 이론이 무엇인지에 대한 질문을 했으면 열정적인 답변을 받았을 것을……. 그 질문에 우린 모두 '왜 이렇게 어이없는 질문을 하는 거지?' 하는 표정으로 서로를 쳐다보았다. 대학원생 한 명이 손을 번쩍 들고 대답했다.

"전 교과서를 사랑합니다. 우리 교과서엔 네 개의 그래프가 그려져 있죠."

그 말에 그린 교수는 쓰고 있던 초록색 모자를 '교과서를 사랑하는' 대학원생에게 던졌다. 정답을 맞힌 데 대한 상품이라는 것이었다. 얼마나 멋진가.

그린 교수의 수업과 올리버 하트 교수의 수업에는 나를 신나게 하는 이상한 힘이 있었다.

"조세핀, 시장에는 균형이 있을 수도 있고 없을 수도 있대! 완전 쿨하지 않아?"

새벽 2시에 내가 조세핀 방에 뛰어 들어가서 한 말이다. 책을 읽고 있었는지 아니면 글을 쓰고 있었는지, 조세핀이 벌개진 눈으로 무슨 말을 하냐는 듯 나를 쳐다보았다.

"시장에 균형이 있으려면 여러 가지 가정을 해야 돼. 모두가 완전한 대칭 정보를 가지고 있다고 가정하지 않으면 시장에는 균형이 없을 수도 있는 거지. 그러니까 아무런 규제 없이 시장을 믿자는 논리는 틀릴 수도 있어."

"응. 그래."

조세핀이 건성으로 대답했다. 새벽 2시에 왜 이런 이야기를 듣고 있어야 하는지 모르겠다는 표정이었다. 경제학을 공부하는 사람이 아니면 이해할 수 없는 것일까. 내가 학문적 발견을 통해 느끼는 기쁨을 조세핀과 함께 나눌 수 있다면 좋을 텐데. 어쨌든 나는 경제학에 점점 더 깊이 매료되고 있었다.

내가 앞으로 공부하고 싶은 분야는 응용 마이크로 경제학 분야이다. 응용 마이크로 경제학은 수학적인 이론보다는 직관적인 설명을 사용하는 경우가 많다. 따라서 미시경제학 이론은 분명히 내가 공부하고 싶은 분야는 아니다. 하지만 배우면 배울수록 귀찮다기보다는 쿨하고 재미있는 게 바로 미시경제학이기도 했다.

대학원생들은 확실히 대학생들과 달랐다. 대학생들은 동아리 활동을 하고 친구들과 만나는 등 사회생활을 공부만큼이나 중요하게 생각했다. 반면 대학원생들은 무엇보다 공부를 우선시했다. 그들은 매일 도서관에서 밤을 새는 것 같았고, 혹시 함께 저녁이라도 먹게 되면 공부 얘기밖에 하지 않았다.

어제 읽은 어떤 경제학자의 논문이 재미있었다고 누가 말이라도 꺼내면, 다른 사람이 그 논문과 관련 있는 다른 논문에 대한 이야기를 하기 시작했다. 이들과 비교하자면 나는 사실 논문보다는 사람을 좋아하는 편일 것이다. 저녁을 먹으면서 논문 이야기를 한다는 것이 내 성격엔 맞지 않았다. 그래도 다른 대학생들에 비해 내가 공부를 즐긴다는 것만은 틀림없었다. 학구열만큼은 누구에게도 뒤지지 않았으니까.

대학원 수업은 분명히 큰 도전이었다. 스무 시간을 넘게 붙잡고 있어도 끝낼 수 없는 숙제, 열심히 풀고 나오면서도 내가 얼마나 맞혔는지 감도 잡을 수 없는 시험……. 나에게 대학원 수업은 정말 많은 것을 깨닫게 해주었다. 다른 사람들이 모두 가니까 나도 대학원에 간다는 식의 사고방식이 얼마나 위험한지, 그리고 수업은 절대로 쉽지 않지만 내가 얼마나 대학원에 가고 싶은지를 알게 되었으니까.

'파이 베타 카파' 클럽 멤버가 되다

내가 우편함을 확인하는 것은 단지 《이코노미스트》가 나오는 목요일, 일주일에 한 번 정도밖에 되지 않는다. 아니, 시간이 없을 때는 3주일 동안이나 우편함을 확인하지 않아 《이코노미스트》를 한꺼번에 세 권씩 들고 방에 들어갈 때도 있다. 미국에선 사실 소포나 편지를 받는 일이 별로 없기 때문에 우편함을 자주 확인하지 않아도 크게 문제 될 것은 없다.

그런데 내가 그 주에 우편함을 확인한 것은 얼마나 다행이었는지 모른다. 아직 학기 초라 셔틀 버스에서 《이코노미스트》를 읽어도 될 만큼 피곤한 줄을 모르던 때였다. 잡지를 우편함에서 꺼내는데 그 밑에 봉투 하나가 보였다. 하버드대학교의 '파이 베타 카파(Phi Beta Kappa)'에서 온 편지였다. 난 소로리티(sorority: 미국에서 사교·전문 활동·명예를 위한 여자들의 모임. 남자의 경우 fraternity)에는 관심이 없는데 왜 이런 게 왔지? 하는 마음으로 봉투를 뜯었다.

'박원희 양, 당신을 파이 베타 카파의 멤버로 초대합니다. 파이 베타 카파는 하버드대학교에서 학업 성적이 우수한 학생들에게 주어지는 멤버십으로, 오랜 역사를 자랑하는 단체입니다. 멤버가 되고 싶다면 두 명의 교수에게 추천서를 받아 제출하십시오.'

그제야 생각났다. 내가 일본에 가 있는 동안, 예전에 수업을 함께 듣던 친구가 파이 베타 카파의 멤버로 선정되었다며 블로킹 그룹 친구들과 난리를 피웠다고 소식을 전했던 일이. 그런데 내가 파이 베타 카파에 초대되었다고? 2학년 때 하버드 장학생으로 선정되어 내 성적이 하버드에서 10퍼센트 안에 든다는 정도는 알고 있었지만, 파이 베타 카파는 나와는 다른 세계 사람들의 일이라고 생각하고 있었다.

"조세핀! 나 파이 베타 카파에서 연락이 왔어! 말도 안 되지 않아?"

조세핀은 오히려 대수롭지 않다는 듯 대꾸했다.

"당연한 것 아니야? 너 정도 성적이면 가능하지."

"응?"

예상과 다른 반응에 당황스러웠지만, 조세핀이 그렇게 생각한다면 나야 고마울 따름이었다.

막상 추천서를 내라고 하니 누구에게 부탁을 해야 할지 막막했다. 일단 3학년 때 들었던 대학원 계량학 교수 챔벌린에게 부탁하기로 마음먹었다. 약간 걱정이 되긴 했다. 수업을 들은 지 몇 년 되어 나를 기억하지 못할 수도 있었으니까. 하지만 파이 베타 카파 멤버십은 성적뿐 아니라 얼마나 어려운 수업을 들었는가를 중요시하기 때문에,

챔벌린 교수의 추천서가 큰 도움이 된다는 것만은 분명했다. 다행히 그는 나를 기억하고 있었고, 내게 흔쾌히 추천서를 써주겠다고 했다.

다른 추천서는 통계학 수업을 가르쳤던 코우 교수에게 부탁했다. 그는 나와 친했고 이것저것 마음을 써주는 자상한 분이었다. 내가 3학년을 마치고 일본에 갈 때도 그곳에서 무엇을 할 것인지, 앞으로 무엇을 하고 싶은지를 물어보며 관심을 가져주었다. 그러니만큼 그는 파이 베타 카파 추천서를 당연히 써주겠다고 허락을 해주었다. 그러면서 올해는 무슨 수업을 들을 것인지, 또 논문은 쓸 것인지에 대해 여러 가지를 물어보았다. 늘 고맙다는 생각이 들게 하는 사람들이 있다면, 코우 교수가 바로 그 중의 한 명일 것이다.

그렇게 추천서를 내고는 거의 한 달을 기다린 것 같다. 사실 내 성적은 좋은 편이기는 했지만, 쉬운 수업을 들어서 올 A에 가까운 성적을 받은 학생들과는 비교가 되지 않았다. 파이 베타 카파에서는 얼마나 어려운 수업을 들었는지를 고려해 멤버를 뽑는다지만, 나보다 좋은 점수를 받을 학생들이 많을 것만 같았다. 여태까지는 성적에 구애받기보다 대학원 진학에 도움이 되는 수업을 듣겠다고 고집을 부려왔는데, 갑자기 마음이 싱숭생숭해졌다. 남에게 인정받는 것만큼 나에게 큰 유혹은 없는 것 같다. 내 소신에 맞는 일을 해나가면 된다고 생각하다가도, 남에게 인정받고 싶다는 욕구에 쉽게 흔들리는 건 어쩔 수 없었다.

'내가 정말 파이 베타 카파 멤버로 선정되는 건 아닐까' 하는 기대를 어린아이 같다고 생각하면서도 나는 발표를 얼마나 기다렸는지 모른다. 우편함을 매일같이 열어보는 것은 물론 《크림슨》에 먼저 발표가 날까 싶어 몇 번이나 확인을 해보기도 했다.

초대장과 똑같은 봉투를 발견한 것은 추수감사절 휴일이었다! 다른 미국인 학생들이 모두 집으로 떠난 그날, 그렇게도 기다려왔건만 막상 봉투를 받고 보니 열기가 두려웠다. 혹시 떨어졌다는 통보가 아닐까. 두근거리는 가슴을 겨우 진정시키고 봉투를 열었다.

'박원희 양, 파이 베타 카파의 멤버로 선정된 것을 축하합니다. 파이 베타 카파 멤버가 된 것은 큰 성취입니다. 11월 말에 있을 환영식에 당신을 초대합니다.'

나는 무작정 조세핀에게 뛰어가 그녀의 품에 안겼다. 내가 얼마나 학업을 중요시하는지를 아는 조세핀은 물론 진심으로 기뻐해주었다. 나에게 아무런 질투도 느끼지 않고 언제나 좋은 일이 생기길 바라주는 조세핀. 그런 친구가 옆에 있다는 것은 정말 큰 축복이었다.

파이 베타 카파 환영식은 현 파이 베타 카파의 회장이자 레버렛 하우스의 사감인 호워드 조지가 진행했다. 나와 함께 그 해의 멤버로 선정된 71명의 학생들은 레버렛 하우스에서 마련한 디저트를 먹으며 서로의 연구 과제나 앞으로의 꿈에 대해 이야기를 나눴다. 사실 레버렛 하우스의 고풍스런 방에서 똑같이 포멀한 옷차림으로 까망베르 치즈와 그레이프 같은 디저트를 먹으며 영국 악센트를 흉내 내는 듯한 말투로 이야기를 나누는 것은 내심 우스웠다. 나는 그런 거품 있는 사람이 아니니까.

어쨌든 모두가 하버드대학교에서의 마지막 1년을 맞이하면서 이 자

Phi Beta Kappa

Founded December 5, 1776

This writing certifies that

Won Hee Park

was made a member of ΦBK by action of the
Alpha Iota Chapter of Massachusetts at Harvard College
November 21, 2008
in recognition of high attainments in liberal scholarship

In Witness Whereof, the President and the Secretary of the Chapter have hereunto affixed their signatures

President

Secretary

• 사이언스 센터의 카페 안에서(위),
파이 베타 카파 증서(아래)

리에 있다는 것을 무척이나 자랑스러워하고 있는 듯했다. 아니, 그동안 많은 고생을 했던 만큼, 땀 흘려 일한 대가로 좋은 열매를 거두었다는 생각을 하고 있었을지도 모른다.

환영식이 있고 나서 몇 주 후, 《크림슨》에 파이 베타 카파 멤버들을 축하해주는 기사가 실렸다. 이를 본 기숙사 친구들이 다들 몰려와 떠들썩하게 축하 인사를 해주었다.

"원희, 축하해. 나도 파이 베타 카파 멤버였어. 정말 잘 해냈다."

졸업한 튜터가 내게 악수를 청하며 말했다. 그러고는 파이 베타 카파만의 특별한 악수법이 있다며 가르쳐주었다. 비밀이기 때문에 지금 밝힐 수는 없지만.

다른 친구들도 나름의 방식으로 축하의 멘트를 날려주었다.

"넌 괴물일 거야. 분명해."

"에휴. 난 3년 동안 뭘 한 건지."

"내 남자친구도 이번에 파이 베타 카파가 되었는데. 축하해."

파이 베타 카파의 상징은 열쇠다. 축하 메일과 함께 열쇠 모양의 장식이 달린 열쇠고리나 목걸이 등의 사진이 있는 카탈로그가 왔다. 자랑스러워하실 부모님을 위해 나는 파이 베타 카파 증서를 넣을 액자와 열쇠고리를 하나씩 샀다.

나는 파이 베타 카파를 레주메 만들기의 한 챕터로 생각하고 싶지도 않았고, 남들이 인정해준다는 이유로 우쭐해지고 싶지도 않았다. 이것은 단지 내가 앞으로 가고 싶은 길에 대한 격려였다고 나는 생각한다. 자신감에 앞서, 나 자신을 의심하길 잘 하는 나에겐 격려가 필요했으니까. 그런 점에서 파이 베타 카파의 멤버가 된 것은 분명 감사 할 일이었다.

커클랜드 슈팅 사건, 하버드에서 이런 일이?

미국에서는 하버드대학교를 '거품'이라고 표현하는 사람들이 많다. 학생마다 다르겠지만, 내가 보는 하버드는 분명 거품이었다. 진실한 실체는 학교 명함으로 얻어지는 것이 아니다. 지혜를 얻고 생각하는 법을 배우고 삶의 태도를 배우는 것은 하버드의 명함과는 별개의 문제이다.

삼성장학회에서 지원을 받으며 다른 걱정 없이 학업에 집중할 수 있다는 것은 나에게 큰 특혜였다. 성적표에 A가 뜨는지 A⁻가 뜨는지 하는 것이 학생들의 관심을 사로잡는 이곳에서는 B가 무엇보다 큰 재앙이며, 중간고사에서 평균 아래의 점수를 받은 것이 가장 큰 고민거리가 되는 듯했다. 우리는 이런 고민들이 얼마나 보잘것없으며 얼마나 사치스러운 것인지를 전혀 모르고 있었다.

하버드대학교에서도 가끔씩, 우리가 있는 곳이 대학교일 뿐이며 성적에 대한 집착이 인생 전체를 놓고 볼 때 얼마나 우스운 것인지를 깨닫게 하는 충격적인 사건들이 일어났다. 많은 경우 이는 몇몇 학생들의 안타까운 죽음이었다.

4학년 때, 한 남학생이 학교에서 주최하는 달리기 대회에서 갑자기 쓰러져 사망했다는 소식이 학부 총괄 학장의 이메일을 통해 전해졌다. 또 한국에서도 보도된 바 있듯, 한 한국계 미국인 여학생이 숨진 채 발견되었다는 소식도 들려왔다. 이런 소식은 꿈과 야망으로 가득한 그들의 삶이 어떻게 그리도 갑자기 무너져 내릴 수 있는지, 학생들을 혼란스럽게 했다. 우리는 마치 우리가 영원히 살 것처럼 내일의 계획, 다음 주의 계획, 그리고 내년의 계획을 세우고 있었건만, 그런 계획과는 상관없이 삶은 느닷없이 끝나버릴 수도 있다는 것을 깨달아야 했다. 우리가 계획할 수 있는 것에는 한계가 있으며, 우리는 어쩌면 이 세상에서 미미한 존재일 뿐이라는 것도. 또한 수업에서 힘들게 따낸 A보다 중요한 것이 얼마나 많은지, 가던 걸음을 멈추고 생각해보기도 했다. 사람들은 나를 어떻게 기억할까. 성적에 목숨을 건, 인간이라기보다는 아주 느린 컴퓨터에 가까웠던 사람으로 기억할까, 아니면 무엇보다도 인생을 꽉 차게 살려고 노력한 사람으로 기억할까. 완벽주의를 지향하는 성격 때문에 성적에 집착하곤 했던 나는 이런 생각을 하지 않을 수 없었다.

이런 일들과 함께, 내가 있는 곳이 과연 하버드대학교가 맞는지 의심을 하게 하는 사건도 일어났다. 학교 신문 《크림슨》에서 크게 보도한 사건들 중 너무도 믿기지 않아서 헛웃음이 튀어나온 사건이 있었는데, 이는 내 기숙사 바로 옆에 있는 캐봇 기숙사에서 발생했다. 한 남학생이 스물한 살 생일에 과음을 하고는 말도 안 되는 행동을 한 것이다. 미국에서 합법적으로 술을 마실 수 있게 된 것을 기념해 밤새도록 술을 마신 그는 사리분별을 하지 못할 정도가 되었다. 새벽에 이 남학생은 방문이 열린 다른 남학생의 방에 들어가 1학년들이 듣는 경제학 수업 Ec 10 과제를 훔쳤다. 그런 다음 한 여학생의 방에 들어가, 자고 있는 그녀의 얼굴을 쓰다듬으며 훔친 Ec 10 과제에 대해 장황하게 불평을 늘어놓았다는 것이다. 그러다가 잠에서 깬 여학생이 비명을 지르는 바람에 마침 기숙사를 돌던 경비 아저씨에게 발각되었다. 그 남학생은 강간 미수 혐의로 입건되었고, 훔친 Ec 10 과제는 증거물로 경찰에 넘겨졌다. 도대체 그 남학생이 만취해 어처구니없는 행동을 하도록 놔둔 친구들은 누구이며, 아무리 스물한 살 생일이라지만 그렇게까지 술을 마셔댄 그 남학생은 무슨 생각을 하고 있었는지 알 수 없는 일이다.

4학년 말에는 이보다 더 심각한 사건도 있었다. '커클랜드 슈팅 사건'으로 불리는 이 사건은 대부분의 학과가 졸업논문 데드라인에 있던 5월에 발생했다. 기숙사 방에서 이메일을 확인하고 있는데, 하버드대학교의 경찰로부터 이메일이 왔다. 리버하우스 기숙사들 중 하나인 커클랜드 주변에서 총기 사건이 있었으니 주변 기숙사에 있는 학생들은 밖으로 나가지 말고, 다른 기숙사에 있는 학생들도 외출을 자제하라는 내용이었다. 하버드대학교 경찰에서 이메일을 보내오는 것은 주로 기숙사 주변에서 일어나는 강도사건 때문인 경우가 많은데,

1년에 한두 번 살인 사건이 일어날까 말까 하는 평화로운 케임브리지에서, 그것도 하버드대학교 특별 경찰들이 학생들의 안전을 위해 삼엄한 경비를 하고 있는 캠퍼스에서 총기 사건이 일어난 것은 큰 충격이었다.

학교 측에서는 당황한 것이 분명했다. 그 다음 날 아침까지 학생들은 총기 사건이 왜 일어났는지에 대한 정보를 전혀 알아낼 수 없었다. 아침이 돼서야 학교 신문인 《크림슨》에 큼직하게 기사가 실렸다. 사건이 일어난 것은 오후 4시쯤. 총에 맞은 사람은 케임브리지 근교에 사는 한 흑인 젊은이였다. 그는 하버드대학교의 학생이 아니었고, 보스턴 근교의 대학교에 다니면서 마약 거래를 하고 있었다. 마약 거래를 하는 학생이 왜 커클랜드 기숙사에서 총에 맞았는지, 총을 쏜 사람은 누군지, 학생들은 혼란스러웠다. 또한 하버드대학교 기숙사는 ID 카드가 있어야 들어갈 수 있는데 어떻게 이 학생이 기숙사에 들어왔는지도 알 수 없었다. 그는 곧 병원으로 옮겨졌지만 결국 목숨을 잃고 말았다.

며칠 후, 수사부에서는 총기 사건으로 숨진 젊은이가 할렘 가에서 장학생으로 온 한 하버드대학교의 여학생과 교제를 하며, 그 여학생을 통해서 학생들에게 마약을 판매해왔다고 밝혔다. 범인은 하버드대학교를 놓고 마약 거래를 위한 영역 싸움을 하는 깡패 집단의 멤버였던 것으로 밝혀졌다. 그는 총을 들고 자신을 쫓아오는 깡패 집단을 피해 하버드 기숙사로 도망가다가 총에 맞은 것이었다.

내가 대학교에 들어가기 전, 미국의 한 사립 고등학교에서 마약 스캔들이 일어나 미국 전체가 발칵 뒤집혔던 적이 있었다. 마약은 나에게 전혀 유혹이 되지 않기 때문에, 난 특히 마약에 빠지는 학생들을 이해할 수 없었다. 잠시 약에 의존한 쾌락을 느끼기 위해 다른 사람의 목숨을 담보로 삼는 일을 어떻게 감행할 수 있는 것일까. 특히 하버드대학교에 다니는 천재들이 어떻게 순간의 쾌락을 위해 그렇게도 많은 것을 감수하는 선택을 할 수 있는지 알 수 없었다. 수요가 없었다면 공급도 없었을 터, 하버드대학교가 마약 거래범들에게 영역 싸움을 할 정도의 시장이었다는 사실이 지금도 믿어지지 않는다.

마약 거래범과 교제하며 학생들에게 마약을 팔아온 여학생은 4학년인데도 용서 없이 퇴학을 당했다고 한다. 그녀뿐만 아니라 기숙사로 들어오려는 마약 거래범에게 문을 열어준 여학생도 어떤 형태의 처벌을 받았다고 들었다. 퇴학당한 여학생은 자신이 할렘 가에서 온 흑인이기 때문에 이런 불공평한 판정을 받았다며 학교에 항의했지만, 공공연히 범죄 행위를 해온 그녀에게 동정심을 느끼는 사람들은 별로 없었다.

사건이 모두 마무리되고 다시 내가 살던 세계, B 학점이 최악의 재앙인 사치스러운 세계로 돌아가며, 난 스콧 피츠제럴드의《위대한 개츠비》의 마지막 부분에서 느꼈던 씁쓸함을 맛봐야 했다. 개츠비가 죽고 난 후, 그가 부와 명성을 누릴 때 그렇게도 몰려들었던 사람들, 특히 개츠비를 죽음으로 내몬 장본인 데이지와 그녀의 남편이 아무렇지도 않게 다시 삶을 살아가는 것이 생각났기 때문이다. 마약 거래를 하던 젊은이가 죽고 난 후, 그에게서 마약을 사는 등 불법 행위를 했던 하버드대학교 학생들은 다시 태연하게 자신의 학문적 세계로 돌아갔을 것이다.

물론 마약을 하는 학생들은 분명 소수일 것이다. 적어도 내가 알고 있던 사람들 중에 상습적으로 마약을 하는 이는 한 명도 없었다. 하지만 커클랜드 슈팅 사건은 나에게 이름만은 그토록 빛나는 하버드대학교 학생들이 얼마나 무책임할 수 있는지를 보여주는 듯했다. 나에게 피해가 오지 않으면 남들이야 어떤 위험에 빠지건 상관없다는 듯한 태도는 아무리 생각해도 실망스러웠다. 이런 사람들이 나중에 힘 있는 자리에 앉게 된다는 생각을 하면 끔찍하기 짝이 없었다. 고통 받는 사람들이 있든지 말든지, 자신들의 이익에 따라 정책 결정을 내리는 지도자들이 아마 대학교 때 이런 모습이 아니었을까.

기적처럼 찾은 직장, 준비된 우연

대학교라는 보호막에서 나가야 할 때

4학년 2학기가 되어 졸업반 학생들이 모두 분주해지기 시작했다. 인터뷰를 해야 한다며 매주 주말 뉴욕행 비행기를 타는 학생들이 있는가 하면, 이미 대학원에서 합격통지서를 받은 학생들도 많았다.

내 룸메이트인 조세핀은 1학기 때 하버드 비즈니스 스쿨에 지원서를 냈다. 앞으로 중국과 미국의 장애인들에게 직업 선택의 기회가 더 넓어지도록 현실적인 방안을 마련하겠다는 조세핀. 그녀는 하버드를 떠나 중국에 있는 동안 시각장애인들을 위한 NGO에서 일했고, 시각장애인들과 직접 만나 인터뷰를 하면서 비즈니스 생활을 경험했다. 중국의 시각장애인들은 대부분 정부가 지원하는 마사지 교육을 받는다. 이는 생계 마련의 통로가 되면서도 그 외에 다른 직업은 가질 수 없게 되는 단점이 있다. 조세핀은 영어-중국어 통역 교육을 시켜주는 기관을 방문하면서, 시각장애인들도 마사지 외에 다른 직업을 선택하는 게 가능하다는 강한 신념을 가지게 되었다고 한다. 그녀는 비즈니스 스쿨에서 매니지먼트 등을 공부해 앞으로 장애인들을 위해 일하겠다는 계획을 세우고 있었다.

나를 보호해주는 대학교라는 거품에서 내가 곧 나가야 한다는 사실을 갑자기 느끼게 된 건 조세핀이 비즈니스 스쿨에서 결과를 통보받았을 때였다.

"도와줘!"

조세핀이 크게 소리를 치며 방으로 뛰어 들어왔다. 내가 파이 베타 카파 결과가 들어 있는 봉투를 열지 못하겠다며 우는 소릴 할 때는 피식 웃던 조세핀. 그런 그녀도 비즈니스 스쿨에서 온 이메일을 보고는 바짝 긴장을 한 것이다. 혼자서는 도저히 볼 수가 없다며 징징대는 조세핀을 보고는 결국 의자에 함께 앉아 이메일을 클릭했다. 그리고 첫 문장을 읽자마자 우리는 둘 다 비명을 지르기 시작했다.

"꺄악, 된 거야? 내가 정말로 하버드 비즈니스 스쿨에 들어가게 된 거냐구!"

"그래, 최고의 비즈니스 스쿨에 들어간 거야. 조세핀, 네가 말야!"

나는 조세핀 이상으로 그녀의 합격을 기뻐했지만 처음엔 믿기지 않았다. 사실 조세핀은 모범생이 아니다. 수업에 가는 것보다 애니메이션을 보거나 소설 쓰는 것을 좋아하며, 학교 수업과도 상관없고 동아리 활동과도 무관한 글을 쓰다가 수업에 필요한 에세이를 제출 마감 시한 바로 전까지 건드리지도 않는 일이 많았다. 4학년 때 논문을 쓰면서도 그랬다. 조세핀은 논문을 내기 직전까지 읽을거리를 찾는 정도로만 연구를 하다가, 마지막 일주일간 100페이지에 달하는 논문을 써냈다. 물론 그 한 주 동안은 같이 살면서도 조세핀의 얼굴을 보기가 힘들었고 언제 자는지도 알 수 없었다. 평소에는 내가 조세핀보다 늦게 자고 일찍 일어나는데, 그 일주일은 조세핀이 자는 걸 본 적이 없다. 하지만 1년 동안 써서 내야 할 논문을 일주일에 써냈으니 분명 무리가 되었을 것이다.

조세핀이 이렇게 말도 안 되게 논문 계획을 잡은 것은 어느 정도 잘할 수 있다는 자신감이 있었기 때문일 것이다. 실제로 조세핀은 그렇게 몰아치듯 써 내고도 좋은 성적을 받았고, 라몬트 도서관에 논문이 보관되는 영광까지 안았다. 하지만 그리 놀랄 일만은 아니었다. 이전에도 조세핀은 하루 만에 써 낸 에세이로 A를 받을 때가 많았으니까.

조세핀은 자신이 중요시하는 것에 대한 투자를 아주 현명하게 했다. 앞으로 학문적인 일보다는 현실 속에서 사람들과 부딪히는 일을 하고 싶은 만큼, 그녀는 성적은 나보다 좋지 않을지언정 동아리 활동만큼은 확실히 뛰어나게 해냈다. 여름방학마다 정부에서 인턴을 하거나 고아원에서 봉사활동을 하는가 하면, 학기 중에도 중국계 미국인 학생들을 멘토링하는 프로그램에 참가하고 이런저런 이벤트에서 사람들을 만나는 등 부지런히 뛰어다녔다. 조세핀이 비즈니스 스쿨에 합격한 것은 당장에 결과가 나오는 성적보다 자신이 정말 원하는 것에 시간을 투자한 결과였다.

나는 1년 동안 학교에 남아서 교수와 일을 하고 싶었다. 3학년 때

대학원생들과 일한 경험은 있었지만, 교수와 함께 연구하며 대학원에 가서 어떤 일을 할 건지 진지하게 탐색한 적은 없었으니까. 다른 직업들과는 달리, 교수와 함께 하는 일은 2월이 될 때까지 아무것도 알 수 있는 게 없었다. 어떤 자리가 있는지, 어떤 교수가 사람을 필요로 하는지 등 아무런 정보도 뜨지 않았으니까. 2월까지 참고 기다려야 웹사이트에 교수들의 포스팅이 하나하나 올라오는 걸 볼 수 있었다.

나는 2월부터 이곳저곳 지원서를 내기 시작했다. 사실 난 이 정도의 성적과 실력이라면 서류심사는 쉽게 통과하겠지, 하는 안이한 생각을 하고 있었던 것 같다. 그런데 내는 지원서마다 거절을 당하자 갑자기 마음이 조급해지기 시작했다. 거절의 사유는 대부분 내 능력과 상관없이 '미안하지만 이미 사람을 구했다'는 식이었다.

이해가 되지 않았다. 난 구직 광고가 나자마자 며칠 안에 연락을 했는데, 어떻게 그 사이에 사람을 구했다는 것일까. 교수들이 구직 광고를 내자마자 몇 분 만에 레주메를 보내지 않는 이상 불가능한 일 아닌가. 시민권이 없는 외국인에게 선뜻 일을 주지는 않을 거라는 추측은 했지만, 그때 일은 아직도 나에게 불가사의로 남아 있다.

4월이 될 때까지 난 다음 해의 계획이 없었다. 그 사실이 얼마나 당황스러웠는지! 언제나 돌아갈 학교가 있고 듣고 싶은 수업이 있었다는 것은 얼마나 행복한 일이었던가. 막상 졸업을 앞두고 짜임새 있게 돌아가던 일상이 무너질 것 같은 생각에 마음이 다급해졌다. 특히 때를 맞추기라도 하듯 터진 서브프라임 모기지론으로 일시적인 경기 후퇴 현상이 일어나면서 직업을 구하기는 더 어려워진 것 같았다. 누구나 그렇겠지만 대학교를 졸업하고 실업자가 될지도 모른다는 불안감에 마음은 더 초조해지기만 했다. 한 번도 경험하지 못한 일이라 난 더 움츠러들고 있었다.

나의 믿음이 성장할 기회

하루는 아침 일찍 도서관에 가다가 아카펠라 그룹에 함께 있던 친구와 마주쳤다. 졸업하지 않았냐며 깜짝 놀라는 그 친구를 보니 갑자기 대화를 나누고 싶었다. 친구를 기숙사로 데려와 음료수를 마시며 이런저런 얘기를 했다. 4학년이다 보니 서로 앞으로의 계획을 묻는 건 당연했다. 나는 대학원에 가고 싶다고 말한 뒤, 실은 직장을 알아보고 있는데 일이 잘 풀리지 않는 것 같다고 솔직하게 털어놓았다.

"어떤 쪽에 관심이 있는데?"

"글쎄, 논문은 베트남에 대해서 썼는데. 교육 쪽이든 정책 쪽이든 대학원에 들어갈 때까지 이것저것 해보고 싶어."

교육이라는 말에 친구의 눈빛이 갑자기 초롱초롱해졌다.

"지금 나와 같이 일하는 교수가 사람을 구하고 있어. 지원해볼래?"

정보가 원활하게 소통되지 않는 시장에서 이건 복이 터진 것이나 마찬가지였다. 하나님께서 우연을 통해 이 친구를 만나도록 해주셨던 게 틀림없었다.

"정말? 그럼 한번 지원해볼게. 지금으로서는 어떤 교수와도 일을 하고 싶다고 하겠지만, 교육 쪽이라면 나에겐 제일 좋은 자리인 것 같아."

하지만 그렇게 말하면서도 희망을 갖기가 쉽지는 않았다. 절반쯤은 한국에 돌아갈 것을 생각하면서, 한국에서는 어떤 일을 할 수 있을지 부모님을 통해 알아보고 있었을 정도였으니까.

교수에게 레주메와 이메일을 보내고 나서 하루 만에 답장이 왔다. 내일 와서 인터뷰를 하라는 것이었다. 지원서를 많이도 보내봤지만 인터뷰까지 간 것은 이번이 두 번째였다.

첫 번째 인터뷰 때는 준비가 되어 있지 않아 곤욕을 치렀다. 물론 왜 그 교수와 일하고 싶은지 정도는 생각을 해두었고, 교수가 쓴 페이퍼를 몇 가지 읽고 질문할 내용에 대한 준비도 웬만큼 해갔다. 하지만 교수가 내게 처음 물었던 것은 자신의 연구에 대한 것이 아니라 내 논문에 대한 것이었다. 논문을 2분 안에 설명해보라는 주문에 난 얼마나 당황했는지 모른다. 논문이야 내가 썼으니 잘 알고는 있지만, 2분 안에 어디서부터 어떻게 이야기를 해야 할지 알 수 없었다. 첫 질문에 대한 답부터 말을 더듬으면서 식은땀이 나기 시작했다. 다음 질문은 내가 준비했던 것이었는데 도무지 집중이 되지 않았다. 처음부터 당황을 했으니 나를 어떻게 생각할까, 이미 나 같은 학생에게는 관심이 없다고 생각하고 있는 게 아닐까, 여기서 일하긴 이미 글렀는지도 모른다, 이런 잡다한 생각으로 머릿속이 뒤죽박죽이었다. 결국 첫 번째 인터뷰는 망친 것이나 다름없었다.

나는 두 번째 인터뷰에서는 절대 똑같은 실수를 하지 않겠다고 결심하고 꼼꼼히 준비를 했다. 내 논문에 대한 '스피치'부터 교수의 예전 연구나 지금 진행되고 있는 연구에 대한 것까지 철저하게 대비를 했다.

아니나 다를까, 인터뷰를 한 연구원이 처음 던진 질문은 내 논문에 대한 것이었다. 이번만큼은 확실한 준비가 되어 있어 막힘없이 대답했다. 그 다음으로는 교수가 하고 있는 연구에 대한 질문이 들어왔다. 지금 하고 있는 연구에 대한 설명과 함께 몇 가지 가정을 주고는, 그 가정들에 따르면 어떤 연구 결과가 예상되는지를 묻는 것이었다.

"자, 교수가 쓴 논문들 중에 흑인 아이들 사이에서 좋은 성적을 받으면 백인처럼 행동하는 것으로 낙인찍힌다는 것 기억하죠? 흑인 아이들은 그래서 더더욱 공부를 열심히 하지 않아도 된다는 생각을 하게 돼요. 그렇다면 흑인 아이들의 성적은 흑인들만 있는 학교보다 흑인과 백인 아이들이 함께 있는 학교에서 더 좋을까요?"

난 이런 질문을 받으면 항상 애매한 대답을 하게 된다. 몇 가지 가정이 주어졌다고 해도 다른 요소들 때문에 예상을 하기가 어렵기 때문이다.

"좋을 수도 있고 안 좋을 수도 있지 않을까요? 흑인 아이들만 있는 학교에서는 분명히 자신들과 비교할 백인 아이들이 없는 만큼, 흑인 아이들이 공부를 열심히 하지 않을 이유도 없을 거예요. 1등이든 꼴등이든, 흑인 아이일 테니까요. 그러나 한편으로는 흑인 아이들이 다니는 학교는 흑인과 백인 아이들이 함께 다니는 학교에 비해서 자원이나 교사의 질이 떨어질 테니 성적이 좋지 않을 수도 있겠죠."

인터뷰어는 세 명의 연구진과 교수, 네 명이었다. 마지막으로 만난 것이 교수였는데, 그 교수는 오히려 내 연구 실적이나 사고 능력에는 크게 관심이 없는 것처럼 보였다. 그는 내 레주메를 보더니, 여태까지 들었던 수업에 대한 질문을 몇 가지 하고는 몇 년 동안 일할 생각이냐고 물었다.

"2년 동안 일할 수 있다면 좋겠지만, 전 유학생이기 때문에 1년밖에 일할 수 없습니다."

그 말에 교수의 표정이 어두워졌다.

"그건 별로 좋은 일은 아니군. 어쨌든 연락을 하도록 하지."

그렇게 인터뷰를 끝내고 나니 기분이 좋지 않았다. 사실 교수는 내가 얼마나 생각하는 능력이 있는지, 얼마나 열심히 일할 자신이 있는지에 대해서는 아무것도 묻지 않았다. 그저 내가 들었던 수업에 대해서만 간단히 물었을 뿐이었다. 거기다 교수는 내가 대학원 수업에서 좋은 성적을 받지 못한 데 대해 실망을 한 것처럼 보이기도 했다. 어떻게 온 기회인데, 이렇게 끝낼 수는 없다는 생각에 난 교수에게 바로 이메일을 보냈다.

'교수님, 오늘 한 인터뷰는 무척이나 즐거웠습니다. 제게 시간을 내주셔서 감사합니다.

인터뷰에서 교육정책에 대한 이야기를 더 하고 싶었는데 아쉽네요. 특히 지금 교수님께서 하고 계시는 연구에서 곧 자료 수집이 끝나고 자료 해석을 할 예정이라고 알고 있습니다. 저는 수집된 자료들 중에서 선생님의 학생들에 대한 평가 자료는—학생들이 선생님의 평가에 따라 어떻게 행동할 것인지를 결정하는 만큼—학생들의 행동을 평가하는 객관적인 기준은 될 수 없을 것 같다고 생각합니다. 사실 이에 대해 교수님께서 어떻게 생각하시는지 여쭈어보고 싶었는데, 시간이 없었네요.

저는 교수님의 연구에 무척이나 관심이 있고, 앞으로 자료 해석에 참여하고 싶습니다. 좋은 소식 기다리겠습니다.'

이렇게 이메일을 보내고 단 10분 만에 교수에게서 연락이 왔다.

'그래요? 그럼 내일 아침 10시에 연구실로 와서 지금 연구진이랑 이야기를 나눠보겠어요? 우리가 이야기를 나눌 주제는 "5백만 달러가 있다면, 교육에 대한 어떤 연구를 하겠는가?"입니다. 그럼 내일 봅시다.'

이건 다시 한 번 주어진 기회였다.

다음 날, 나는 두세 시간 생각해서 정리한 것을 가지고 교수의 연구실로 향했다. 그날의 미팅은 정말 재미있었다. 이들이 꺼낸 교육혁신 정책은 내가 이미 한국에서 경험한 것이었기 때문이다. 연구원들은 자신의 의견을 스스럼없이 이야기해 나갔다.

"요즘 아이들은 교사에 대한 존경심이 부족해요. 아이들에게 체벌을 하면 어떨까요?"

"그룹 책임 시스템을 도입하는 건 어떨까요? 과제를 그룹 단위로 주는 거죠."

가만히 듣고 있던 나는 손을 들고 말했다.

"글쎄요. 한국 초등학교에서 그룹 책임 시스템을 잠깐 도입했었는데, 결국은 뛰어난 학생이 과제를 혼자 하더라고요. 별로 좋은 것 같지 않아요."

"그럼 성적을 모두에게 공개하는 것은 어떨까요? 공부를 못 하면 부담을 느낄 것 아니에요."

"중학교에서 성적이 나오면 교실 앞 칠판에 붙여놓곤 했는데, 큰 효과는 없는 것 같았어요. 학생들이 그냥 성적을 보고는 그러려니 하는 것 같던데요?"

이 말에 교수가 웃음을 터뜨리면서 말했다.

"어차피 미국에서 학생들을 때리거나 성적을 공개하는 건 불가능할 텐데, 학생들을 다 한국으로 보내버리면 어때?"

이렇게 미팅이 끝나고 3주일이 지났을까. 교수에게서 이메일이 왔다.

'원희 양, 앞으로 1년간 잘 부탁해요. 사실 원희 양을 남과 다르게 보이도록 한 건 원희 양의 열정이에요. 순열 계산 정도는 누구나 할 수 있잖아요?'

그렇게 난 기적처럼 내가 앞으로 1년간 일할 곳을 찾았다. 그런데 그날 도서관에 가다가 아카펠라 그룹의 친구를 만난 것을 그냥 우연이라고 해야 할까? 난 하나님께서 나의 믿음이 성장할 기회를 주신 것이라고밖에 생각할 수 없다. 그런 것도 모르고 합격의 이메일을 받기 전까지 얼마나 초조했는지, 얼마나 하나님을 믿지 못했는지를 생각하면 내 얕은 신앙이 부끄러울 뿐이다. 이 이메일을 받고 나는 외쳤다.

"내게 너무나 좋은 하나님, 당신의 이름을 찬양합니다."

물론 하나님께서 내게 주시는 것은 물질적인 것이나 성공은 아니지만, 이는 분명 하나님께서 내게 필요한 것은 반드시 주심을 가르쳐주신 것이라고 난 믿는다.

훕스 상과 숨마? 후보로도 만족해

논문을 내면 좀 한가해질까 싶었는데, 하버드대학교는 쉽게 졸업장을 내주지 않았다. 논문을 내고 몇 주일 후에 경제학과 졸업시험이 있었다. 졸업시험은 미시경제학 이론, 거시경제학 이론, 그리고 계량경제학 이론, 이렇게 세 부분에서 나오는데, 시험 결과에 따라 영예 졸업을 할 수 있을지가 결정되었다.

사실 나에겐 졸업시험 결과보다 지금 듣고 있는 대학원 수업에서 얼마나 잘 하느냐가 더 중요했다. 그래서 시험을 보는 주가 될 때까지 전혀 준비를 하지 않고 있다가, 예전에 공부한 노트를 꺼내 사흘 동안 집중적으로 읽어 내려갔다. 전년도 시험문제를 찾아보니 그다지 어렵지는 않은 것 같았다. 대학원 수업을 들으면서 어렵고 쉬움에 대한 척도가 달라져, 웬만한 수업은 다 쉽다고 착각을 하게 된 모양이었다.

그렇게 바쁘게 4월이 지나고 5월 초, 경제학부의 행정실장으로부터 '홉스'라는 제목의 이메일이 왔다.

'크래머 교수가 이야기했는지 모르겠는데, 원희 양의 논문이 홉스 상 후보로 채택되었어요. 서류를 모두 준비했으니 와서 가져가세요.'

아직 논문 성적도 받지 않았는데 갑자기 이런 이메일을 받으니 기쁘다기보다는 당황스러웠다. 홉스 상은 대학교 내에서 우수한 논문에 주어지는 상으로, 개인에게는 큰 명예로 여겨진다. 사실 홉스 상에 대한 기대를 하고 있는 건 일주일 만에 논문을 써 낸 조세핀이었다. 조세핀이 글을 잘 쓰기도 했지만, 홉스 상은 논문을 준비한 모든 학생의 간절한 소망이기도 했다.

크래머 교수를 찾아가니 그는 자신이 직접 쓴 추천서를 내밀었다.

'원희 양의 논문은 베트남에서 시행된 의료보험에 역선택(adverse selection: 사고 발생률이 높은 사람이 가입하려는 경향)이나 도덕적 해이 문제가 일어나는지를 세계은행의 자료 해석을 통해서 테스트하고 있습니다. 원희 양이 다루고 있는 문제는 개발도상국 내에서는 무척 중요한 것이며, 건강경제학 학자들이 흥미로워하는 문제이기도 합니다. 원희 양의 논문은 몇 번의 퇴고를 거친다면 저널에 기재될 수 있을 정도로 우수하며, 내게 의존하기보다는 원희 양 자신이 독립적으로 연구를 해서 이뤄낸 것입니다.'

어쨌든 결국 난 홉스 상을 받지는 못했다. 경제학부에서는 거시경제 분야의 다른 논문에 이 상이 주어졌다. 지난해에는 미시경제 분야 쪽이었으니 이번에는 거시경제 분야가 유력했을 것이다. 아쉽기는 하지만 후보로 선정되었다는 것, 그리고 크래머 교수로부터 무척이나 좋은 추천서를 받았다는 것만으로도 아직 받지 않은 논문 성적에 대한 걱정이 반 이상 줄어든 셈이었다.

훕스 상 지원서를 내고 나서 나흘이나 지났을까. 다시 경제학부의 행정실장으로부터 이메일이 왔다. 이번에는 제목이 '숨마 결정을 위한 인터뷰'였으니, 나는 다시 깜짝 놀라지 않을 수 없었다.

하버드대학교에는 두 가지 종류의 영예 졸업이 있다. 하나는 '영어 영예(English Honors)'라고 불리는 것으로, 영어 영예 졸업을 하기 위해서는 다른 보통 졸업자들보다 전공 수업을 조금 더 받아야 하고 졸업시험에서 좋은 점수를 얻어야 한다. 영어 영예를 받으면 졸업할 때 'with Honors'라는 수식어가 붙게 된다. 다른 하나는 '라틴 영예(Latin Honors)'라고 불리는 것으로 숨마(Summa cum Laude), 마그나(Magna cum Laude) 그리고 쿰(Cum Laude)의 순서로 나뉜다. 라틴 영예를 받으려면 일단 학과에서 추천을 받아야 하고, 대학교 학부생 중에서 GPA가 높아야 한다. 경제학과의 경우 라틴 영예 졸업생으로 추천받기 위해서는 논문을 써서 우수한 성적을 받아야 하며 졸업시험 성적이나 GPA도 우수해야 한다. 그리고 라틴 영예 중에서도 가장 높은 숨마로 추천을 받으려면 인터뷰도 거쳐야 한다.

정말 난 하버드대학교 4년간 숨마에 대한 욕심이 없었다. 성적이 높은 편이니 마그나는 받겠거니 생각은 했었다. 그런데 갑자기 숨마로 추천을 받는다고 하니 조금 욕심이 나긴 했다. 사실 내 GPA는 높은 편이기는 했어도 숨마에 해당할 정도로 높은 편은 아니었다. 어려운 수업을 듣고 내가 대학원에서 학문을 계속할 수 있는 학자로서의 자질을 가지고 있는가를 결정하면서, 사실 높은 GPA에 대해서는 어느 정도 양보를 한 것이나 다름없었다. 그런데도 숨마로 추천받은 걸 보면 아무래도 논문에서 좋은 평가를 받은 모양이었다.

인터뷰는 나와 경제학과 교수 세 명의 대화로 이루어졌다. 예상대로 교수들은 나에게 논문에 대해 설명을 해보라고 했다. 그러고 나서는 거시경제 부분에 대한 질문을 하기 시작했다.

"지금 정부에서 말하는 경제고무정책이란 무엇이지? 그리고 어떤 가정 아래서 이 정책이 효과가 있는지도 말해보게."

사실 난 거시경제보다는 미시경제에 강한데, 질문을 던진 교수가 거시경제학계의 스타이다 보니 어쩔 수 없었다. 다행히 졸업시험을 본 지 얼마 안 되어 아직 거시경제학 분야의 내용이 머리에 남아 있었다. 기억을 떠올려 아는 대로 답을 하고 나자, 내가 얼마나 알고 있는지 좀 더 시험해보려는 듯 이렇게 말했다.

"그래? 그럼 여태까지 학자들이 연구한 내용을 토대로 평균 소비경향의 수치에 대해 한번 설명해보게."

모르는 바에 대해서는 솔직히 모른다고 하는 게 최고라는 것이 내 철학이다. 난 어깨를 으쓱하면서, 그 분야 학자들의 연구에 대해서는 잘 모른다고 대답했다. 사실 내 논문이 미시경제학 분야였던 만큼 교수도 내가 거시경제학보다는 미시경제학 쪽에 관심이 많다는 것쯤은 알고 있었을 것이다.

"여기까지 하지. 수고했어요."

이렇게 인터뷰가 끝나고 난 뒤, 나는 다음 순서를 기다리고 있는 여

난 졸업 상으로 숨마를 받지 못했다. 그러나 아쉬움은 없었다.
난 학문적으로 도전하기를, 친구들과 우정을 쌓기를 원했다.
이 두 가지를 경험하기 위해 최선의 선택을 했다. 그것으로 만족했다.
갖지 못한 비싼 장난감에 대해 투정을 부리는 것 같은 후회는
내가 지금까지 해온 선택의 가치를 뭉개버리는 것이었으니까.

■

학생에게 행운을 빌어주었다. 끝이 좀 아쉽기는 했지만 별로 후회되는 것은 없었다.

2주가 지난 후 드디어 영예 졸업 결과가 나왔다. 학과 행정실에 가서 직접 결과가 담긴 봉투를 받아와야 했다. 숨마 아니면 마그나 둘 중의 하나일 텐데 그렇게 떨릴 수가 없었다. 행정실 밖으로는 나처럼 결과를 받으러 온 학생들이 길게 줄을 서 있었다.

내 차례가 되어 행정실에 들어가니 행정실장이 방긋 웃으며 이름을 물었다. 논문을 낼 때와 인터뷰를 했을 때 얼굴을 보았는데 기억을 못하나? 내가 이름을 말하자 행정실장은 눈을 동그랗게 뜨고 나를 쳐다보았다.

"그 사이 얼굴이 너무 좋아진 거 아니야? 못 알아봤잖아!"

그리고는 내게 봉투를 건네주더니 한 마디 덧붙였다.

"경제학부 학장이 원희 양에게 인사를 하고 싶어 했어. 축하해."

"4년간 감사했어요."

봉투를 받고 걸어 나가는데, 뒤에 줄을 선 학생들이 귓속말을 하다가 축하 인사를 건넸다. 봉투를 열어 보니 짧은 편지가 씌어 있었다.

'원희 양,

당신의 학업적 성취를 축하드립니다. 당신은 하버드대학교 경제학과에서 숨마로 추천받았습니다. 숨마를 받지 못할 경우, 당신은 마그나 쿰 라우데 및 경제학과 내 최고 영예라는 이름으로 졸업을 할 것입니다. 다시 한 번 축하합니다.'

나는 경제학과 300명 중 8명 안에 드는 최고 명예에 선정되었고 논문 역시 숨마를 받았다. 그러나 홉스 상에서도 그랬듯, 난 대학교 전체 졸업 상으로는 숨마를 받지 못했다. 대학교에서 주는 졸업상은 쉬운 수업을 들어도 학점이 높은 것만 중요하게 보는 경향이 있다. 하지만 그렇다고 조금 더 쉬운 수업을 듣고 좋은 성적으로 졸업할걸, 하는 아쉬움은 없었다. 난 대학교에서 학문적으로 도전받기를 원했고, 학문 이외에 친구들과 우정을 쌓기를 원했다. 그리고 난 이 두 가지를 경험하기 위해서 최선의 선택을 했다. 난 그것으로 만족했다. 갖지 못한 비싼 장난감에 대해 투정을 부리는 것 같은 미성숙한 후회는 내가 지금까지 해온 선택의 가치를 뭉개버리는 것이었으니까.

하버드의 하얀 거품에서 한 발짝 내딛다

1~3학년 학생들이 기말고사를 마치고 집에 간 후, 4학년 학생들은 일주일간 '시니어 위크'라 불리는 휴식 기간을 갖는다. 4년간 정든 친구들과 이별 전에 좋은 추억을 쌓으라는 취지이며, 졸업 전 마지막 서류를 확인해야 하는 행정실 직원들을 위한 학교 측의 배려이기도 하다.

시니어 위크 동안 학생 대표들은 예비 졸업생들을 위한 이벤트를 매일같이 마련해놓는다. 사실 난 일본 연수로 1년을 쉬지 않았다면 지난해에 시니어 위크를 보냈을 것이다. 나와 친하게 지냈던 대부분의 친구들은 이미 졸업을 한 상태였다.

나는 시니어 위크 때까지도 졸업을 한다는 것이 믿어지지 않았다. 아니, 믿고 싶지 않았다. 그때까지 학교에 남아서 졸업식과 동시에 개최되는 동문회를 준비하던 몇몇 후배들도 말했다.

"믿어지지 않아, 언니가 졸업을 한다니. 정말 졸업하는 거야?"

그러면 나는 이렇게 받아쳤다.

"아직 졸업장 받을 때까지 시간이 있는걸."

지금까지 나를 보호해주던 대학교라는 거품을 벗어나는 게 겁났던 것일까. 학교에 다닐 때는 대단한 고민이라고 해봤자 이 동아리에 들어야 할지 저 동아리에 들어야 할지, 또는 이 수업을 들어야 할지 저 수업을 들어야 할지, 그런 정도였을 뿐이다. 또 엄청난 재앙이라고 해야 친구와의 말싸움이나 B 학점 정도가 고작이었다. 나는 이 동화 같은 세상에서 나가야 한다는 것이 싫었던 것일지 모른다. 더 이상 학생이라는 이유로 잘못이 용서되지 않는, 졸업생들 사이에서는 '현실 세계'라고 불리는 것에 대한 두려움이었을 것이다.

시니어 위크가 영원히 계속되기를 난 얼마나 바랐는지 모른다. 그러면서 야속하게 흘러가버리는 시간에 막연한 분노를 느끼기도 했다. 시니어 위크에 나는 조세핀 그리고 몇몇 친구들과 함께 '식스 플래그즈(Six Flags)'라는 놀이공원에 갔다. 우리나라의 에버랜드와 비슷한 곳이었다. 배 위에서 열리는 댄스파티 '문 나이트 크루즈(Moonlight Cruise)'에도 가고, 하버드대학교의 마지막 파티 시니어 소와레(Senior Soiree)에도 참석했다. 얼마 남지 않은 대학생활을 난 그렇게 보냈다. 웃고 이야기하고 즐기면서도, 이 시간이 계속되지 않을 것이며 일주일도 안 돼 지금까지 알았던 것과는 전혀 다른 세상으로 발을 내딛어야 한다는 생각이 머리를 떠나지 않았다. 한 층에 여러 친구들이 함께 살며 새벽 두 시든 세 시든 찾아갈 수 있고 이야기할 수 있었던 생활도 이젠 끝이었다. 그 다음 조세핀은 중국으로 가고 나는 이곳에 남아

서로 다른 길을 가게 된다는 것이 슬펐다.

시니어 위크가 끝나자 졸업식을 보기 위해 부모님들이 오시고 축제 분위기도 절정에 달했다. 어떤 의미에서 난 이 축제 분위기에 100퍼센트 동참할 수 없었다. 나는 운이 좋아 마지막에 직장을 구했지만, 내가 아는 친구들 중에서 직장을 찾은 친구들은 많지 않았기 때문이다. 아직 일할 곳이 정해지지 않은 친구들은 앞으로 무급 인턴이라도 구해보겠다는 둥, 정 안 되면 집에 가야 하지 않겠냐는 둥 우울한 얘기를 하기도 했다. 하버드의 야심 찬 인재들이라고 하기에는 너무나도 초라한 계획들이었다. 하지만 이들은 모두 그들이 지나온 시간, 그들에게 하버드대학교 학생이라는 자부심을 주고, 다음 학기에 들을 수업을 선택하는 등 해야 할 일들을 주고, 함께 웃을 수 있는 친구들 주었던 그 시간이 끝나가는 것을 기쁘게 기념하고 있었다.

졸업식 중에 학생회장과 부회장 등 여러 명이 졸업 스피치를 했는데, 그 중 한 학생은 이렇게 말했다.

"2009년 졸업생 여러분! 우리는 망했습니다. 우리는 그 동안 가장 지적인 존경을 받았지만 이 곳을 떠나는 순간 실업자가 가장 많은 사회로 나가게 됩니다. 우리는 하버드 역사에서 가장 역동적이며 가장 재능이 뛰어났지만, 가장 실업자가 많은 클래스가 될 것입니다."

모두가 그 말에 폭소를 터뜨렸다. 그러면서도 금융위기에 사회로 첫 발을 내딛는 차가운 현실을 생각하며 쓴맛을 느껴야 했을 것이다.

다른 학생 역시 우리 자신의 처지를 빈정거리는 듯 이야기했다.

"앞으로 우리는 페이스북으로 다른 친구들을 스토킹하면서 겉으로는 인터넷을 이용한 사회적 네트워킹과 정보 수집을 하고 있는 것처럼 포장할 것이고, 집에서 부모님께 구박이나 받으며 뒹굴거리면서도 겉으로는 가족과의 관계를 돈독히 하기 위한 실내 활동을 하고 있다는 포장을 하겠죠."

우리는 모두 속았던 것일까. 하버드에서 우린 모두 지금보다는 더 찬란한 미래를 위해 4년 동안 공부를 했을 텐데……. 금융위기로 실업률이 가장 높았던 해, 단지 시대의 장난으로 우리는 꿈에 다가갈 첫 걸음부터 발목을 접질린 것 같았다. 하버드대학교가 그 동안 감춰둔 달콤한 거짓말 때문이었을까.

엎친 데 덮친 격으로, 졸업식 기간 동안 많은 학생들이 정체 모를 독감(신종플루)을 앓았다. 돼지독감일 가능성이 있다며 학교에서는 무척이나 조심하는 듯했다. 나와 조세핀 역시 독감에 걸려 학교 보건센터를 찾았고 하루를 꼬박 누워 있었다.

아버지는 진료 때문에 졸업식에 오시지 못하고 어머니만 졸업 일주일 전에 오셨다. 처음 내가 이 대학에 입학할 때 아버지는 졸업식엔 꼭 참석하겠다고 약속하셨다. 나도 해리포터에 나오는 빨간 어깨띠를 두르고 석사 가운을 입은 모습을 아버지께 보여드리고 싶었다. 내 가운은 검정색만 입은 학부 졸업생과 달리 빨간 띠가 하나 더 둘러져 있었다. 학사와 석사 학위를 동시에 받는다는 뜻이었다. 학부생들 중 석사학위를 함께 취득한 학생은 우리 기숙사에서 딱 두 명이었다.

어머니는 졸업식 기간에 부모님과 함께 참여하는 행사들을 둘러보면서, 아버지가 같이 오지 못한 것을 내내 안타까워하며 비디오카메라에 내 모습과 졸업 행사를 담으셨다. 어느 집이든 하버드대학교 졸업식은 굉장한 사건으로, 많게는 할아버지와 할머니는 물론 삼촌과 사촌들까지 참석하는 경우도 종종 있었다. 때문에 학교에서는 졸업식 참석 쿠폰을 한 학생당 열 개까지로 제한해 판매했다. 졸업식 당일은 관광객들도 많아 수많은 인파 속에 걸음을 옮기기도 힘들었다. 독감약을 먹고 하루를 쉰 덕에 졸업식 마지막 날 참석할 수 있었던 것은 얼마나 다행인지 모른다.

"미들섹스 카운티의 군 보안관으로써 개회식을 선포합니다!"

미국 졸업식 전통에 따라 군 보안관의 선포로 졸업식이 공식적으로 시작됐다. 그 순간 사람들이 일제히 함성을 질렀다. 그 함성 소리에 머릿속으로 지난 5년의 시간이 파노라마처럼 지나갔다. 떠들썩한 기숙사 파티 문화에 충격을 받았던 기억, 엉뚱한 영어로 친구들을 당황하게 만들었던 순간, 몇 끼나 굶고 잠도 자지 않은 채 방에만 틀어박혀 중간고사 공부에 매달렸던 시간, 단순한 호기심 때문에 친구들과 논리학 응용문제를 붙잡고 있었던 일……. 나는 그 벅찼던 모든 기억을 기꺼이 보내주었다. 그리고 덱스터 게이트 후면에 써 있는 문구를 떠올렸다.

"Depart to serve better thy country and thy kind(국가와 인류의에 공헌하기 위해서 떠나라)."

대학교 총장의 졸업 축사를 들으며 학사모를 하늘 높이 던질 때 느꼈던 그 가슴 뭉클함. 이제 나는 그 힘으로 꿈꾸는 것을 두려워 하지 않으며 새로운 목표를 향해 도전할 것이다.